소백산맥 ❺

해를 먹은 섬

소백산맥 5 해를 먹은 섬

발행일 2024년 8월 30일

지은이 이서빈
펴낸이 손형국
펴낸곳 (주)북랩
편집인 선일영 편집 김은수, 배진용, 김현아, 김다빈, 김부경
디자인 이현수, 김민하, 임진형, 안유경, 신혜림 제작 박기성, 구성우, 이창영, 배상진
마케팅 김회란, 박진관
출판등록 2004. 12. 1(제2012-000051호)
주소 서울특별시 금천구 가산디지털 1로 168, 우림라이온스밸리 B동 B111호, B113~115호
홈페이지 www.book.co.kr
전화번호 (02)2026-5777 팩스 (02)3159-9637

ISBN 979-11-7224-263-3 03810 (종이책) 979-11-7224-264-0 05810 (전자책)

이서빈 대하소설

소백산맥

5

해를 먹은 섬

북랩

머리말

왜 사람은 살아야만 할까?

이 시소설은 외지고 황량한 시대를 외나무다리 건너듯 건너온 선조들과 우리의 이야기다. 선조들은 조선 5백 년이 일본에 어이없이 무너지고 대혼란을 겪으면서 그 참담하고 암울한 상실의 시대를 살아내기 위해 시시각각 밀려오는 죽음의 공포와 싸웠다. 천신만고 끝에 나라의 주권을 되찾기까지 반쪽짜리 나라에서 당해야 했던 그 많은 수모는 형언하기 어려울 정도다.

숨을 쉬는 것이 신기할 만큼 내일을 보장할 수 없던 참혹한 시대. 숨 속에도 죽음과 불안이 섞여 드나들던 시대의 이야기를 시작(詩作)의 키보다 더 높은 자료들을 모아 적어 내려갔다. 아직 세상에 태어나지 못해 역사에 묻혀있는 말들을 시말서를 쓰듯 내 청춘의 기나긴 시간을 하얗게 지우면서 머릿속을 탈탈 털어 시적인 언어로 썼기에 시소설이라 이름 붙였다.

〈소백산맥〉은 4·3 사건을 비롯해 건국이 되기까지, 그리고 오늘날 경제 강국이 되기까지 살아온, 그럼에도 불구하고 살아내야만 했던 격변기(激變期)로부터 세계 모든 사람이 우리나라에 살고 싶어 하는 순간까지를 그려낸 소설 같은 이야기이다.

34년 전통 '영주신문'에 연재 중 독자의 요청이 많아 총 17권 중 연재가 끝난 5권을 미리 출판한다. 이 지면을 통해 영주신문에 깊은 감사를 드린다. 나머지도 연재가 끝나는 대로 출간 예정이다.

입으로 다 말할 수 없는 일들을 유교 사상이 에워싸고 있는 영남의 명산 소백산 자락 영주 지방을 무대로 삼아 펼쳐내었다. 소설 속 사라져가는 우리나라의 미풍양속과 문화, 구전 이야기에 많은 관심을 가져주신 독자분들께 깊은 감사 말씀을 전한다.

2024년 8월

이서빈

목차

해를 먹은 섬

I

혹시, 먼 세월이 흐른 후 1948년 4월 3일부터 일어난 이 제주 4·3 사건에 대해서 정확하게 알고 싶은 사람이 있다면 내가 적어둔 이 글을 읽어주면 좋겠다. 역사란 승자의 기록이니 혹시라도 남로당, 다시 말해 공산주의가 승리를 한다면 이 나라를 공산주의로 만들기 위해 얼마나 많은 죄 없는 제주 사람들이 희생의 제물로 바쳐졌는지 묻혀버릴 것이고, 이뿐만 아니라 자신들의 욕심을 채워 이 나라가 공산주의가 된다면 이 사건은 장차 후손들에게 이 잔혹한 희생을 상대방인 자유민주주의에 덮어씌울 수도 있기 때문이다.

그래서 나는 정말 꼼꼼하게 기록해둘 것이다. 후손들은 이 사건을 보지 못했기에 지금 보고 적은 이 기록들은 신문에 내기 위해 부풀리거나 줄이지도 않고 누구에게 아첨하기 위해 기울지도 않

고 아무에게도 간섭받지도 않고 본 대로 기록해둘 것임을 밝힌다. 그렇기에 역사의 산 증인인 이계절이란 사람이 제주 4·3 사건의 현장에서 발로 뛰며 의심나면 물어보고 귀로 듣고 눈으로 보면서 기록했다는 점을 참고해주길 간절하게 바라는 마음이다.

일기장 머리말에 계절은 이렇게 적어둔다. 사건이 어떻게 흘러갈지 알 수 없는 앞날 아무래도 사건이 대충 끝날 것 같지 않고 장기전으로 갈 것 같다. 세상 모든 걸 바라보는 눈이 자유롭지 못하면 모든 일을 바라보는 눈이 갇혀 있기 때문에 진실이 묻혀 가짜가 진짜로 둔갑해 역사가 되는 경우가 많기 때문이다.

계절은 사람으로서 해서는 안 될 일을 하는 파렴치들의 만행에 아무것도 모르고 죽어가고 다시 혼란 속으로 빠졌다는 생각에 부르르부르르 날마다 치를 떤다. 죄를 다발다발 묶어서 불구덩이에 넣어 불꽃이 온 세상을 밝힐 때 만천하에 저들의 죄 연기가 풀풀 날아 공산주의란 사상이 얼마나 무서운 것인지 명백하게 알 날이 올 것이다. 자유를 속박하는 나라가 인권을 구속하는 나라가 여기에 둥지를 틀어서는 아니 되리니. 이기로 똘똘 뭉치고 공산주의 권력에 물들어 정의를 짓밟으며 자신의 조국에 혼란을 일으키는 저 괴물들이 언젠가는 어린이가 길가에서 피 흘리며 죽어가는 고통만큼 아니 그것보다 천 배 만 배 더 쓰라린 고통이 기다리고 있으리라 반드시 있으리라 생각하며 차곡차곡 사진을 찍어두고 있다.

제주 경찰감찰청장 군정장관 도지사란 빛나는 계급을 이마에 붙이고도 시민들의 안위를 위해 아무것도 하지 못하는 이들은 직업에 충성하며 나라의 안정을 위해 온몸으로 뛰었지만 별 진전이 없다. 부상자들이 조금이라도 적었으면 하는 생각이 들자 부글부글 속 창자가 끓어 과부하가 걸린다. 생각 같아서는 모두 계급장 떼고 홀딱 벗고 목욕탕에 들어가 한판 붙어 절절절절 이마를 땅에 찧고 설설설설 잘못을 가마솥에 끓이고 지휘봉처럼 불끈불끈 발기하는 대신 조금만 더 다른 타협을 찾길 권해주고 싶은 심정이다.

한편 총파업에 동참한 공복 66명은 모두 파면 조치한다. 관공서와 교육기관 등 총파업에 동조하거나 가담한 직원들을 조사하여 모조리 숙청 작업에 들어간다. 그렇지 않고는 쉽사리 안정될 기미가 보이지 않는다. 공무란 사적인 안타까움에 눈이 멀면 안 되는 것. 이 혼란한 틈에 총파업에 동조했다는 건 나라를 배신하고 자신의 영달과 권력을 위한 것이다. 이것저것 이쪽을 보나 저쪽을 보나 어느 쪽도 시원하게 잘했다고 말할 수 없다는 생각을 하는 계절은 제대로 먹지도 자지도 못하고 밤낮으로 거리로 관공서로 뛰어다니며 상황을 파악하고 있다.

4·3 당시 무장대를 토벌하려고 국군이 주둔한 곳이 있다. 서기면 사무소 앞에서는 좋은 기쁜 소식 꽃말 명찰을 가슴에 단 먼나무가 서서 먼, 먼, 먼, 먼, 도대체 대체 도대체 이 상황이 먼일이냐며 가지를 흔들어댄다. 미처 다 자라지도 못하고 길바닥에서 목숨이 부러져간 어린 영혼. 피 흘리며 죽어가는 목숨과 무고하게 갇히는

제주의 주인공들을 바라보며 녹퍼런녹퍼런 울음을 철철철철 울고 있다. 가슴 아픈 기억과 역사는 그렇게 시간을 다 잡아먹고 있다. 혼란한 시간을 몸서리치며 평생을 그늘로 살 수는 없지 않은가? 누가 이 제주의 인생을 이렇게 저당 잡았단 말인가! 그 누가 이 도민들의 목숨을 붉게 물들여 저당 잡는단 말인가! 미 군정의 공산주의 공포증과 한국 정부의 공산주의 척결 통치가 맞물리면서 무고한 제주도민들이 학살되고 제주민들의 보금자리마저 강탈해버린 것이라며 외치는 공산주의자들. 저들은 제 나라를 좀먹기 위해 태어난 자들은 아닐 텐데 이찌 저리도 변절되었단 말인가?

제주의 잔인한 봄은 이렇게 붉은 피를 흘리며 찢어지고 짓밟히고 목을 버리며 봄을 빼앗기고 흘러흘러 역사의 뒷골목으로 숨 가쁘게 걸어가고 있다. 계절은 도대체 일이 어디서부터 시작되었는지 자세히 알아보아 기록을 하고 있다. 4·3 사건의 주역은 지독한이라고 해도 과언이 아니다. 지독한은 1926년 남제주군 대정읍 출생이고 대구 심상소학교와 일본 교토 상봉중 졸업 일본 도쿄 중앙대 1년을 수료했다. 지독한은 박공산의 비서였던 남로당 중앙선전부장 김돌의 딸과 결혼을 했다. 그리고 해방 후 대구 10월 사건 개입으로 조선공산당 경북도당 세포조직 책임자로 활동하면서 박공산의 남로당 정신에 깊이 물들게 된 것이다. 대구에서 제주로 건너와 대정중학교 사회과 교사로 있던 지독한은 2·17 사건으로 검거 선풍이 일자 부산에 있는 처가인 김돌의 집에 피신해 있다가 다시 내려와 자신의 이름인 나풍선이란 이름 대신 장인인 김돌이 중국에서 쓰던 가명 지독한으로 둔갑하고 남로당 중앙당 선전위원 및 대정면 조직부장으로 일하며 제주를 붉은 섬으로 물들이기 시작했다. 그는 학병 출신 일본군 소위였던 무장대장 구더기와 조말단 군사부 부부장과 함께 국방경비대(국군의 전신) 제9연대 2중대장 문지기와 긴밀한 관계를 유지하면서 1947년 8, 9월경부터 무장 훈련을 비밀리에 실시하기 시작했다.

문제는 이렇게 비밀리에 남로당 조직이 탄탄하게 자라는 동안 그대로 방치되었다는 점이다. 개미가 둑을 파고 있는 것을 모르고 둑이 무너지기 직전에서야 알았기 때문에 일이 이렇게 커진 것이다. 인민유격대가 1947년 8월 그 뜨겁고 지글지글 돌도 녹아내리는 여름에 지휘부를 한라산에 두고 각 거점별로 훈련을 실시하다가 2·7 구국 투쟁을 시험적으로 치르고 나서 각 지구별 자위대를 재편성했다. 남로당 야산유격대 무장 폭도는 남로당 군사부 총책에 의해서 대구 10월 사건 직후 조직되었다. 그 후 2개소에서 맹훈련을 시키며 지독한이 초대 사령관이 된 인민유격대는 애월 지구에서는 애월면 녹고악, 한림 지구에서는 애월면 샛별오름(신성악) 주변에 편성됐고 이어서 지구별로 잇따라 편성되었던 것인데 모두 깜깜하게 몰랐던 것이다.

1947년 11월

이렇게 공산주의의 붉은 물이 너무 번진 걸 뒤늦게 안 미 군사고문단장은 한국군 3개 대대를 서북청년단원으로 충원시킨다. 남로당의 만행을 강경 진압이라도 하지 않으면 끝나지 않을 일이라 생각한 것이다. 서북청년단, 그들이 휘파람을 휘날리며 제주도에 도착한다. 서북청년단은 이북에서 토지개혁과 친일숙청 등이 이루어지고 있어 이를 피해 도망치듯 월남해 온 것이기에 이들은 반공이 얼마나 중요한가를 뼈저리게 느낀 사람들이었다. 3·1 기념행사 이후 어지럽고 점점 험악해져가고 있는 제주도 사회 분위기를 하루빨리 안정권으로 회복해 주민들이 마음 놓고 살 수 있어야 한다는 생각으로 이들을 제주도로 투입한 것이다.

이들이 안정을 위해 일하는 과정에서 주민이 실제 공산주의자인지 아닌지 가리기는 쉽지 않았다. 서청 단원들은 성산국민학교에 주둔하며 질서를 바로잡기 위해 밤낮으로 노력했지만, 결코 쉽지만은 않았다. 섬이란 지리적 지형을 이용해 많은 주민들은 남로당에 가입했고 남로당에 가입한 집의 남편과 아들을 일본이나 산으로 도피시켰기 때문이다. *왜 도피시켰나? 내 아들이나 남편이 남로당에 가입하든 빨갱이 짓을 하든 너희들이 무슨 상관이냐? 자유민주주의에서.* 두 눈을 부라리며 덤벼드는 아낙에게 *어디로 도피시켰는지 말하면 살려주마* 하고 엄포를 놓아도 아낙들은 *미친 소리*

*하지 말라*고 무더기로 패악질을 해댔다. 한 사람씩 묻는데 그들은 무더기로 덤벼들었다. 그러나 이미 물이 든 사람들을 어떻게 위협을 가해서라도 도피시킨 남로당 빨갱이들을 잡아야만 한다는 게 서북단 청년들의 생각이다. 그들은 북에서 이미 공산당 사회를 겪다가 남하한 사람들이기 때문이다. 그들은 자유민주주의가 얼마나 좋은 것인가를 모르고 남로당에 가입한 사람들이 불쌍하기도 하고 한심하기도 했다. 그러나 어찌할 방도가 없다. 자유민주주의를 지켜야 한다고 알리기 위해 기금이 필요했다. 기금을 마련하기 위해 이승만 초상화를 판매하기도 했다. 이들은 이 나라가 자유민주주의를 잃고 남로당의 계책대로 공산주의가 된다면 이 나라는 장래가 없다고 뼈저리게 느낀 사람들이기에 서슬푸르게 남로당 간첩 활동을 하는 사람들을 색출해내기에 더욱 열을 올렸다. 전쟁, 그야말로 전쟁이었다. 경찰 인력이 턱없이 부족해 도무지 해결책이 없자 서청 단원 중 경찰 임무를 맡고 제주에 파견되기도 했으나 이미 너무나 견고하게 다져진 남로당과의 싸움은 치열한 전쟁이었다. 이미 거짓에 속아 삶의 해방구로 생각하고 남로당에 입적하고 함께 제주를 혼란으로 몰고 가는 사람들이 너무 많았다.

이상한 건 남로당이 갖은 만행을 풀어놓고 갖은 행패를 제주도에 깔고 다니는 것은 너무나 당당했고 청년단들이 자금 모금을 위해 하는 일은 아주 나쁜 명분을 만들며 당당하게 테러를 일삼고 혼란 씨를 뿌려대며 자신들이 제주를 지키겠다며 제주도민들을 선동하고 나선다. 이승만 사진도 그랬다. 사진과 태극기를 매매하는 것을 그들은 강매를 하고 있다고 위장시킨다. 자유민주주의 자체를 부정하는 남로당 간부는 미 군정에 *제주도가 조선의 모스크바라는 걸 입증해 보이겠다*고 했다. 반드시 제주도를 조선의 모스크바로 세우겠다고 시퍼렇게 날 선 날들을 벼리며 주민들을 선동하자 미군 방첩대는 경찰이 정의를 회복하지 못하면 남로당 단체들이 제주 경찰을 공격할 것이라고 예견하고 더는 제주를 혼돈 속으로 몰아넣는 일이 있어서는 안 된다고 판단한다.

이제 극에 다다라 더는 평화적으로 방법이 없음을 깨달은 경찰은 폭동의 조짐이 보이면 모두 유치장으로 집어넣어버린다. 미 군정과 경찰이 아니라면 제주는 이제 막 일제의 간섭에서 벗어나 서슬 시퍼렇게 날뛰는 저들에게 모두 포위당할지도 모를 일이었다. 너무도 평온한 정의로 정의롭게 살 고장인데 빨갱이들이 저들의 잣대로 정의 회복을 외치며 마구잡이로 사람의 손발에 붉은 물감을 칠한다. 도대체 도대체 신의 손은 어디서 무얼 하고 계시나? 이 혼란을 언제까지 지켜보고만 있을 것인지 계절은 답답한 마음일 뿐이다. 29일이나 30일만 외출을 하고 나머지는 자리를 지켜야 할 신들이 자리를 비워 매일매일 손 없는 날이 되고 만다. 일본의 혀 자른 입술이 어느 한국 시인의 시를 번역하면서 *손 없는 날*이란 말 하나 해석을 못 해 *手 없는 날*로 번역했다. 이 끝없는 지혜의 말과 글을 가진 우리나라를 호시탐탐 노리는 것에서 겨우 빠져나왔는

데, 일본 몰래 한글을 가르치는 일에 전념했던 계절은 또 다른 만행에 치를 떤다.

눈이 조팝꽃 피어나듯 온 나무에 내려앉는 아침 제주 땅에는 검은 눈이 펄펄 거리를 뒤덮고 있다. 내재율이 외재율이 되고 외재율이 내재율이 되어 뒤섞인 혼란을 이 매서운 추위도 어쩌지 못해 검은 눈을 내리며 달랜다. 자음 없는 모음은 아무짝에도 쓸데없는 일이니 조금만 더 조금만 더 견뎌라 견뎌라 또 견뎌라. 박박 깎은 까까머리도 시간이 지나면 다시 머리카락은 돋아난다. 포르말린 냄새가 풀풀 묻어나는 검은 말을 쏟아내고 있는 현실은 참담 암담 낙담 밀담 어떤 담으로도 막아낼 수 없다.

한반도가 기어코 남과 북으로 딴 살림을 차린다. 천궁 속 갇혀 있던 한 혀뿌리가 독이 든 뱀 혓바닥처럼 두 가닥으로 갈라져 날름날름거리며 한반도 하늘에 天文을 새긴다. 새빨간 거짓말! 흰 깃발이 펄럭이는 서로의 사상과 이념 때문에 샴쌍둥이가 된 이 나라에 앞으로 얼마나 많은 고통과 피비린내가 날 것인가를 예고하는 위험한 순간이다. 앞으로 우리 후손들에게 얼마나 참담하고 비통한 삶을 담보로 잡히는 일인지 얼마나 더 많은 피비린내를 몰고 올지 아는지 모르는지 이기의 욕망만 이글거릴 뿐이다. 욕심 기름기 줄줄 흐르는 저 만행의 칼날은 끝내끝내 끝끝내 허리를 잘라 앞으로 저 잘린 허리를 잇기 위해 후손들이 목숨 건 대수술을 단행해야 함을 모르는 사람들. 국민의 가슴은 가뭄 든 무논 이랑이 되어

이랑이랑 쩍쩍 갈라지고, 하늘은 시퍼렇게 두 눈 뜨고 눈꺼풀만 껌뻑이며 시원한 빗줄기 한 권 던져주지 않는 무논엔 올챙이 주검만 오글오글 모여 있다.

반도 하늘엔 별 하나 뜨지 않는 밤하늘을 예고하고 있다. 한 가족은 한 지붕 아래서 한 식탁에 둘러앉아 한솥밥을 먹으며 찻잔에 별이 지면 아침 차를 우려 햇빛을 마셔야 하거늘 두 가닥 갈라진 혓바닥만 날름대는 귀 없는 뱀 같다. 평화가 우루루 떨어져 바닥에 홍건하게 나뒹굴고 한반도 하늘엔 붉은 눈물이 흐르고 있다. 그렇게 시간은 끊임없이 흘러 드디어 남한 한쪽만의 단독선거가 5월 10일로 확정된다. 어릴 때 한 책상에 금을 긋던 장난 같은 일들이 현실이 된다. 분단의 실마리가 되는 남한 제헌 국회의원의 총선거에 격분의 불길이 온 누리로 번져나간다. 반대 성명과 시위가 격렬해진다. 좌익진영 우익진영을 떠나 선거에 반대하는 대열이 날로 날로 응집력이 강고해지며 확산되어간다. 김구와 김규식은 남한 단독정부 수립 반대와 그 대안으로 남북협상 추진을 내세운다. *하나의 조국*을 주장한다. 목숨을 걸고 분리 수술을 받는 일을 저지한다. 필연코 초래할 분단국가는 결사코 막아야 할 일이다.

분단 조국을 막기 위한 그들의 사투와 몸부림에도 불구하고 남과 북은 기어이 손발을 맞추지 못하고 단독정부 수립을 옹호하며 동지들 규합에 발 벗고 나서서 뛴다. 이미 공산주의를 북에 세운 노동당은 남한만의 단독선거를 저지하기 위해 대대적인 시위 계획을 세운다. 2월 7일을 전국적 규모의 총파업 날로 정하고 지지 협조를 홍보한다. 그러나 나라의 운명은 누구의 손을 들어주고 있는지 따지고 싶다. 국운은 이미 저울추를 한쪽으로 기울이고 있는 것이다. 귀신도 안 물어 가는 저 악독한 생각들이 넝쿨 지고 있다. 노동당의 대대적인 시위 계획 정보를 알아낸 미 군정은 핵심적 역할을 한 좌익진영의 간부들 색출 검거에 나선다. 이 땅을 공산주의로 만들고자 하는 야욕의 악마들이 줄줄이 색출되어 가지만 그들은 야욕을 거두기는커녕 잡혀가는 순간에도 기세등등하다. 한민족의 푸른 정신에 어떻게 저렇게 시커멓고 악랄한 정신이 물들 수 있단 말인가? 가혹한 神은 왜? 지라 꼬인 짓으로 지랄을 떨며 시뻘겋게 미친 괴물이 되어 왜? 나라를 반 토막으로 쪼개느냔 말이다.

하늘을 송곳으로 마구 찌르고 찔러도 눈도 깜빡 않는다. 천인공노할 태풍은 푸르게 푸르게 자기 몸의 피를 뽑아 사람들에게 맑은 공기를 제공해 주는 굵은 나무들을 무참히 흔들어버리는가. 태풍의 이빨 소리에 산천이 벌벌 떤다. 마구 흔들어대는 태풍 이빨은 도끼와 낫보다 더 무자비하게 민심을 흔들어 어느 것이 참이고 어느 것이 거짓인지조차도 분간하지 못하게 눈을 가리는 세상. 나라의 허리가 끊어지지 않게 막으려는 수고는 힘 한번 제대로 못 써보고 모래성에 쌓은 집처럼 무너져버린다. 계절은 불뚝불뚝 붉은 피가 솟아오르는 자신을 베어버리고 싶다. 머리를 찧어봐도 짐승처럼 꺼억꺼억 피 울음을 토해봐도 도저히 돌이킬 수 없는 수렁으로 일은 빠져들고 있다. 그렇다고 목숨을 버려본들 해결될 일은 없다. 어찌 되었든 살아야 한다. 피바람이 불어도 살아서 반드시 두 동강으로 갈라지는 것만은 막아놓고 죽어야 한다는 생각으로 싸우는 사람들을 응원하며 분주하게 이리저리 발바닥에 불이 나도록 방법을 찾으러 다닌다. 미친 하늘은 판도라 상자의 뚜껑을 열어버리고 만다.

1948년 3월

꿈 많던 날들이 상처투성이가 된다. 꽃눈이 휘날리는 3월을 마음껏 뛰어다니지도 못하고 우리에 갇혀 있다. 붉은 낮잠 위에도 꽃잎은 어지러이 휘날리고 악꽃을 피우려던 노동당이 하나둘 줄어들지만, 여전히 꼬리를 흔들고 돌아다니며 자신의 꼬리가 왜 물음표로 말리는지도 모른 채 꼬리를 말아 물음표를 살랑거리며 사냥개들은 갸르릉 갸르릉 날리는 흰 꽃들을 짖어대며 연이어 개 같은 짓을 저지르고 있다. 이리저리 피해 가며 야욕을 숨기지 않는 사람들, 그들은 말로도 타협으로도 붉은 물을 뺄 수 없었다. 서북청년단은 어떤 세제로도 붉은 물을 뺄 수 없음을 간파하고 지독한 골수분자들은 관원에 끌려가서 심문을 받아도 구타를 해도 절대로 전향할 생각이 없고 오히려 죽어가면서도 눈을 부릅뜨고 반항할 정도로 물들어 있었다. 더는 어찌해볼 수 없는 사람들에게 가한 경찰의 잇따른 고문치사 사건이 봄꽃 물처럼 번지고 있다. 3·1 사건 이후 도지사의 독단적 행정은 반쪽과 야합하며 반쪽을 옹호한다. *이 일은 서로 다른 생각의 문제가 아니라 나라가 공산주의가 되느냐 자유민주주의가 되느냐가 달린 중차대한 문제*임에도 저들은 감정만을 앞세워 꼭두각시 같은 짓만 하고 있다. 안타까움이 극에 치달아 공산주의 야욕에 물든 민심을 부글부글 끓도록 불을 지핀다. 그들의 분노는 샤먼의 주술 같은 향으로 번지고 있다. 피바람이 불고 거대한 파도가 바다를 뒤집는다. 북쪽 바다에 산다는 곤이라는 물고기가 남쪽 바다의 물고기를 곤으로 만드는 순간이다.

제주도 전역에 머무르고 있는 좌익진영은 자신들이 자초한 일임에도 모욕적이고 굴욕적이라면서 컹컹 짖고 우익진영은 개들과 맞서서 물리고 찢겨 광견병에 걸려 죽을 각오로 싸우자는 애국정신으로 똘똘 뭉친다. 애국정신은 급물살을 타고 목숨 걸고 끝까지 싸울 것을 붉은 심장들이 결의한다. 어떤 쪽이 개인가. 양쪽 모두 개들의 싸움인데 서로가 개라고 물어뜯고 있다. 좌익진영은 비장의 각오로 전열을 가다듬고 경찰과 서북청년단에 대한 공격에 나선다. 이들의 주요 명분은 남한만의 단독선거 총선거를 저지하는 데 초점을 맞추고 있다. 단독 총선이 치러진다면 공산화가 되는 길이 멀어진다는 걸 안 노동당은 필사적이다. 거기에 맞서 외치는 애국 국민의 목소리를 꺾지 마라. 애국 목소리를 꺾으면 나라도 꺾인다고 외친다. 계절은 반쪽이 된 나라를 돌아보면 또 다른 반쪽이 피를 흘리며 쓰러지는 모습이 보여 미칠 것만 같다. 제발 제발 제발 제발 제 발로 한쪽 발에 목발을 짚고 다닐 절름발이 짓을 하지 마라. 성난 물길이 지나간 자리는 처참함과 이빨 자국밖에 남지 않으니 피 울음으로 외치는 목소리를 꺾지 마라. 애간장 끊어지듯 외치는 저 푸른 물 가득 머금은 소리를 자신의 몸을 바위에 부딪치며 피 흘리며 외치는 저 소리를 귀하게 귀하게 귀하게 귀 열고 들어라. 역사의 비극적 흉터를 미리 방지할 예방약 같은 소리를 예방주사 같은 뾰족한 소리를 아프고 무섭더라도 제발 귓구멍을 열고 들으란 말이다. 우리가 지나간 자리 후손들이 보며 통곡으로 몸부림칠 그날이 오지 않도록.

절규가 한라산보다 높이 쌓이고 있었지만 귀머거리들은 기어이 귀에 전봇대를 박아두었는지 그 아우성을 못 듣고 있다. 남로당 제주도당이 주도하는 무장봉기의 신호탄이 캄캄한 밤바람을 타고 밤을 번득이고 있다. 밤하늘은 붉게 타오른다. 한라산 중허리 오름마다 봉화가 어둠을 밝히고 있다. 무장대 3백 5십여 명이 행동 개시에 나선다. 여명의 시간이 5·10 단독선거 반대에 항의하며 제주도 내 경찰지서의 절반인 열두 개 경찰지서를 조준하여 공격을 가한다. 평소에 원한을 사고 있던 대상을 우선으로 하는 데 뜻을 모은다. 경찰과 서북청년단 숙소가 습격을 당한다. 대동청년단과 독립 후민회에 차례로 습격을 감행한다. 우익진영에서 활동하는 핵심 인물이 살고 있는 집을 습격한다. 당일 아침 인명 피해는 기습을 당한 우익진영으로 하여금 더욱 격분을 불러일으킨다. 경찰 사망 4명, 부상 6명, 행방불명 2명, 우익진영 및 민간인 사망 8명, 부상 19명, 무장대 사망 2명, 생포 1명. 무장대는 남로당 제주도당 군사부의 지휘를 받는 산하 조직이다. 조직의 정예부대인 유격대와 이의 보조 임무를 담당하는 자위대와 특공대로 편성하여 일사불란하게 움직인다. 무장 세력은 5백여 명으로 추산된다. 무장 세력의 무기는 4·3 사건 당시 기준으로 일본군이 쓰던 99식 소총 30여 정과 죽창으로 알려진다. 무장대가 4월 3일 작전 행동 개시에 발맞추어 내용이 다른 호소문 두 장을 거리에 뿌린다. 호소문 중의 하나는 무장대의 공격 대상인 경찰과 공무원과 대동 청년단을 목표로 한 것이다. 또 하나는 일반 도민에게 간곡히 협조를 구하는 글이다.

친애하는 경찰관들이여!
탄압이면 항쟁이다.
제주도 유격대는
인민들을 수호하며 동시에
인민과 같이 서고 있다.

양심 있는 경찰들이여!
하루빨리 선을 타서 소여된 임무를 수행하고
직장을 지키며
악질 동료들과 끝까지 싸우라.
양심적인 경찰, 대청원들이여!
당신들은 누구를 위하여 싸우는가?
조선 사람이라면
우리 강토를 짓밟는 외적을 물리쳐야 한다.
나라와 인민을 팔아먹고
애국자들을 학살하는
매국 매족노들을 거꾸러뜨려야 한다.
경찰들이여!
총부리를 놈들에게 돌리라.
당신들의 부모·형제들에게 총부리를
돌리지 말라.
양심적인 경찰원, 청년, 민주인사들이여!
어서 빨리 인민의 편에 서라.
반미 구국 투쟁에 호응 궐기하라.

시민 동포들이여!
경애하는 부모·형제들이여!

4·3 오늘은

당신 님의 아들딸 동생이 무기를 들고 일어섰습니다.

매국 단선 단정을 결사적으로 반대하고

조국의 통일 독립과 완전한 민족 해방을 위하여!

당신들의 고난과 불행을 강요하는

미제 식인종과 주구들의 학살 만행을 제거하기 위하여!

오늘 당신 님들의 뼈에 사무친 원한을 풀기 위하여!

우리들은 무기를 들고 궐기하였습니다.

당신들은 종국의 승리를 위하여

싸우는 우리들을 보위하고

우리와 함께 조국과 인민의 부르는 길에

궐기하여야 하겠습니다.

이 사태에 대해 언론은 *경찰의 민심 이반*을 지적한다. 대안으로는 사법·행정·경찰 수뇌부의 인적 재편성의 필요성을 강조하고 서청을 해산해야 한다고 지적하지만 이건 이론적인 탁상공론에 불과한 자구책이라며 미 군정 검찰총장은 혼란한 틈을 타서 더욱 곪아 터져 피고름이 흘러 상처가 짓무르고 돌이킬 수 없는 사건으로 만들기 위한 책략이라고 진단한다.

미 군정청은 무장봉기 진압을 위해 제주도와 가까운 전라남도 경찰 백 명을 차출하여 어지러운 질서를 단 몇 초라도 빨리 잡고 민심을 잡아야만 제주도가 제자리를 잡는다는 판단하에 급파한다. 북과 남의 대치는 이미 이때부터 시작되고 있음을 알 리 없는 제주도민들에게 무장대들은 경찰에게 모두 잘못을 돌리고 있다. 제주 경찰 감찰청 내에 제주 비상경비사령부를 설치하고 목재로 된 세로형의 간판을 단다. 병력의 조직 확대를 위해 계속 지원을 요청한다. 이대로 가다가는 우리나라가 공산주의로 둔갑을 할 위기임을 직감한 것이다. 이쪽에서 보면 저쪽이 저쪽에서 보면 이쪽이 어느 쪽도 모두 미친 시간을 하루하루 조작하고 있어 허파에 구멍 뚫린 도시가 되어 각혈하고 있다. 피와 얼과 제주민의 목숨까지 마구 게걸스럽게 먹어 치운 하이에나 같은 봄이다. 도시 혈관 벽에 쌓인 혈전은 뇌경색을 심근경색을 유발시키고 이 피조차 핥아먹으려는 반쪽짜리 뇌들은 혓바닥을 넘실거리며 또 따른 전염병을 창궐시킬 대안을 마련하고 있다.

해를 먹은 섬

2

이제 막 일본서 찾은 주권을 맛보기도 전에 온 나라에 붉은 꽃물을 물들이는 4·3 사건의 뿌리는 공산당이었다. 삶은 서로에게 위로가 되고 희망이 되어 마음을 주고받는 따뜻함이다. 누구의 협박 때문에 책 속 빼곡한 지문에서 느껴지는 손 냄새와 붉게 그은 밑줄에 눈길을 멈추며 그래그래 고개를 끄덕이거나 아니야 아니야 서로의 생각을 인정하는 자유를 느끼지 못하고 생각 한 줄도 마음대로 쓰지 못하고 요구하는 대로 써야만 하는 사회가 공산주의인데 자유민주주의가 주인인 남한 땅에 공산주의를 창당해 자유를 갉아먹고 사는 벌레 집단이 뿌리를 내리는 것이다.

그 집단을 그냥 두면 아마도 남한 땅은 잎 다 갉아먹히고 줄기만 앙상하게 남은 나뭇잎 같은 신세가 되고 말 것이다. 그 자유 잎을 갉아먹고 사는 공산 집단의 우두머리인 박공산은 1900년에 대한제국 충청남도 예산에서 태어났다. 박공산의 아버지는 박공산이 태어날 무렵 이미 본처에게서 몇 명의 자녀들이 있었다. 그의 아버지는 땅을 가진 지주였으며 정미소를 운영하는 부농이었다. 그의 어머니는 충남 서산 출신으로 본남편과 사별하고 그사이에 딸 하나를 데리고 국밥집을 하다가 박공산 아버지의 첩이 되어 재가했다.

박공산은 서자의 신분으로 태어났기 때문에 자라면서 주변의 무시와 천대 구박과 놀림에 심한 시달림을 당했다. 그런 환경에 시달리며 한문을 배우던 박공산은 12세 되던 해인 1912년 예산 대흥보통학교 졸업 후 경성 제일고등보통학교(현 경기고등학교)에 입학한다. 비록 농촌에서 서자로 태어났지만, 그는 꽤 똑똑한 인물이었다. 박공산은 다른 사람들과 잘 어울리지 못했고 소심하고 말이 없었다. 박공산은 홍길동전 같은 책에 매달려 외로움을 삭히며 살았다. 유난히 얼굴이 검어 깜상이란 별명까지 얻은 박공산은 *내 자라서 반드시 이 서자의 설움과 치욕을 갚아줄 거야. 내가 서자로 태어나고 싶어 태어난 것이 아닌데 왜 이렇게 차별을 받아야만 해.* 하며 붉은 주먹을 쥐었고 일제 저항기와 광복 전후에 독립운동가로 활동했다지만 알고 보면 해방 전부터 그는 공산주의 사상에 눈을 돌려 활발하게 전개해나갔다.

조선일보 기자 재직 당시에도 동료 기자들과는 어울리지 않고 같은 공산주의 사상을 가진 사람들과 뭉쳐 다니면서 공산주의 사상을 붉게 물들였다. 공산주의에 함께 활동하던 동료가 고문으로 죽었다는 소식에 *그들을 당장 살려내라 그렇지 않으면 내 그냥 있지 않을 것이라*며 재판정에 달려들고 안경을 던지며 난동을 부릴 정도로 그는 공산주의 사상에 과격하게 물들어 있었다. 남한 공산화의 시작은 1921년 5월 상해에서 고려공산당에 입당하면서 위대한 영도자라는 별칭을 얻고 한창 잘나가던 시절에는 조선의 레닌이라고 평가를 받았던 박공산에 의해서다. 박공산은 1922년 조선에 잠입하던 중 단동에서 체포되어 평양형무소에서 1년 10개월 복역하고 1924년 1월 출소 후 1925년 4월 17일 을지로1가 조선공산원이라는 음식점에서 20여 명을 모아 조선공산당을 창당한다. 이것이 이 땅에서 공산당의 시작이다. 초대 책임 비서 김좌빨은 1923년 블라디보스토크에서 활동하던 인물인데 일본에 체포되어 감옥에서 옥사하면서 박공산은 졸지에 조선공산당 지도자로 올라서는 행운도 따랐다.

조선 공산주의자들이 독립운동을 하는 목적과 자유민주주의자들이 독립운동을 하는 목적은 완전히 달랐다. 자유민주주의자들이 독립운동하는 이유는 조물주가 우리에게 준 인권 즉 개인의 자유가 보장되는 사회를 만들기 위해서 독립운동을 하는 것이지만 공산주의자들이 독립운동하는 목적은 사유재산 제도를 부인하고 자신의 권력과 탄탄한 정치 체제를 만들기 위해 독립운동을 하는 것이다. 박공산은 1925년 11월 25일 공산주의 반일운동을 해서 수

용됐다가 1927년 11월 22일 병보석으로 석방되었다. 1925년 조선 공산당을 도입한 이후 조선일보에 기독교를 배척하는 글을 쓰는 선봉장이 되었고 개벽이라는 잡지 1925년 12월호 *역사상으로 본 기독교 내면이라는 글*에서 기독교 선교사들은 제국주의 영토확장을 위해 첨병 구실을 한다는 글도 게재했다. 그가 1928년 함흥에서 두만강을 건너 블라디보스토크로 탈출할 때 가수 김가수의 형 김나수가 그들이 탈출하도록 도와준 후 두만강을 건너는 장면을 보면서 만든 노래가 눈물 젖은 두만강이다.

박공산과 그의 아내는 시베리아 횡단 열차를 타고 모스크바에 가서 국제 레닌대학에 입학하였다. 그 당시 조선 사람으로 레닌대학에 입학해 공산주의 교육을 받은 최초의 인물이 박공산이다. 사람들은 눈물 젖은 두만강 노래를 아무 생각 없이 듣고 부르지만, 눈물 젖은 두만강이라는 노래가 만들어진 배경은 뼛속까지 공산주의인 박공산을 사모하면서 만들어진 노래인 것을 알고 있는 사람은 거의 없을 것이다. 일본 저항기에 주권을 잃고 살다 금방 헤어난 사람들은 모르고 짓는 죄가 더 많은 이 무지한 시대에 자신의 시야에서 멀어지는 박공산을 바라보며 두만강을 건너가는 내님은 언제 돌아올까 하는 애틋한 사연을 간직하면서 이 노래를 작사했다는 것을 아는 이가 없는 것이 당연하다. 그 후에 한 작곡가가 가사에 곡을 붙여 눈물 젖은 두만강이 만들어지고, 나중에 레코드社에서 녹음하여 세상에 나오게 되었다고 한다. 공산주의 골수분자를 사모한다는 이 노래의 배경이 노래로 만들어져 불릴 정도로 공산주의가 탄탄하게 뿌리를 내리고 있었던 것이다.

당시 박공산은 조선 민족의 해방을 위해 일제와 맞서 싸웠다고 말하지만, 속내를 들여다보면 진짜 박공산은 남로당(남조선로동당)의 우두머리를 꿈꾸는 야심가였을 뿐이었다. 그는 야심을 위해 서양 문물에도 관심을 돌려 미국 유학을 꿈꾸며 언더우드가 운영하는 YMCA 영어 학당에서 영어 공부도 하였고 또 일요일에는 인사동에 있는 승동교회를 다니면서 거기서도 영어를 배웠다. 박공산이 상해에 체류하던 1932년 4월 29일에 윤봉길 의사가 상해 홍구공원에서 도시락 폭탄을 던져 여러 명의 일본 고위 관리들을 살해하는 의거가 일어났을 때 박공산은 공산주의 활동에 해를 끼친다면서 윤봉길 의사를 맹렬히 비난했다. 그러나 박공산은 이 윤봉길 사건으로 1933년 7월 5일 상해에서 체포되어 서울로 압송되어 6년 형을 받았다. 박공산이 갇혀 있는 동안 1933년 박공산의 절친 김반역은 주말숙과 눈이 맞아 모스크바로 도망가서 재혼한다. 그러나 주말숙과의 재혼은 1937년 스탈린 숙청 때 김반역이 일본 간첩이란 누명을 쓰고 총살당하고 주말숙도 일본 간첩의 아내라는 위험분자로 낙인찍혀 카자흐스탄으로 추방되면서 토사구팽당하고 만다. 그 후 주말숙은 박공산이 북한 외상이 되었다는 소식을 듣고 북한으로 보내달라고 스탈린에게 여러 번 탄원서를 냈지만 소용없었다.

1945년 8월 15일 해방이 되자 당당하게 이 조국 금수강산을 공산화할 야욕을 품고 나타난 박공산은 8·15 해방을 맞아 지도자가 없어 큰 혼란이 일어나고 있는 틈을 타서 다음 날 16일에 서울 종로 네거리를 비롯한 서울 시내 곳곳에 벽보를 붙이기 시작한다. *대중의 위대한 지도자 박공산 선생은 어서 나와 우리를 지도해달라, 박공산 만세! 우리 박공산 동지여 어서 출연하라. 우리는 박 동지를 기다린다.* 지하에 숨어 있던 공산주의자들이 일반 국민에게 박공산을 이미지 메이킹하기 위해 이런 연극을 펼치며 선동했다. 3일 뒤인 8월 19일 드디어 박공산이 광주에서 서울로 올라왔고 8월 20일 조선공산당 건국준비위원회가 만들어졌다. 해방 후 극심한 혼란기에 좌파 중심의 건국준비위원회가 유일하게 전국 조직을 갖춘 강력한 단체로 부상하게 되면서 조선공산당이 건국준비위원회를 장악하게 된 것이다. 당시 미 군정의 여론조사에서는 우리 국민 78%가 공산주의 사상을 선호한다고 했다. 일본에 주권을 빼앗기고 상실의 시대를 살면서 공산주의가 무엇이고 자유민주주의가 무엇인지도 알지 못한 우리 국민의 무지함 때문에 해방 후에는 전국이 공산주의 사상으로 압도되어가고 있었다. 가혹하고 잔혹하고 깜깜한 시대였다. 이 나라를 보리깜부기 같은 공산주의로 추락시키려는 의도도 모른 체 무지한 국민들은 목구멍이 포도청이란 말을 실감하게 했다. 혼란기를 교묘하게 이용해서 *나라가 이렇게 혼란한 건 미국놈들 때문이다. 미국놈을 몰아내자!* 하며 선동을 부추겼고 그럴듯하게 포장한 포장 안에 무엇이 있는지도 모르고 현란하게 포장된 공산주의의 말 선물을 낼름낼름 받아먹는 국민의 심리를 이용해 남로당과 공산주의자의 우두머리 격인 박공산은 *이대로는 못살겠다. 우리는 모두가 잘사는 세상을 만들어준다*며 어렵고 힘들고 지쳐 있는 국민에게 거짓 선동을 계획적이고 체계적으로 해나갔던 것이다.

지식인들 젊은이들 사이에서는 공산주의 얘기를 빼면 대화에도 끼지 못할 정도였다. 이렇게 공산주의가 전국 조직으로 펼쳐나가고 공산당이 장악하고 있어 국민 여론도 공산당을 선호하는 지경까지 왔다. 이미 북쪽은 소련이 점령하여 완전히 접수하고 체계적으로 공산주의를 만들어가고 있었던 것이다. 박공산은 미군이 남한에 진주하기 2일 전인 9월 6일에 사실상의 임시정부인 조선인민공화국을 선포했다. 대한민국이 건국되기도 전에 남조선인민공화국이 선포된 것이다. 박공산은 자신의 권력 장악이 눈앞에 있다고 생각했다. 투표를 하더라도 공산당이 집권할 가능성이 컸으니까 박공산은 미 군정에도 적극적으로 협력하겠다며 유화 제스처를 펼쳤고 국민적 지지도가 높았던 이승만에게는 인공 주석직을 제의하면서 남한 접수 전략을 하나하나 실행해나갔다.

1946년 남로당 결성

1925년 박공산이 조선공산당을 창당한 후 1946년 남조선노동당이라고 하는 남로당을 결성하였다. 10월 대구 폭동 사건을 일으키기로 결심한 남로당과 박공산의 지령이 떨어졌다. 대구 폭동 사건은 박공산의 지휘로 남로당이 폭도로 변해 대구와 경북 전역 경찰서 습격 방화 살인 등을 통해 휩쓸면서 경북 18군에서 경찰관 80명을 살해하고 민간인 97명이 사망한 끔찍한 살인을 저지른 야만자들이 일으킨 사건이다. 박공산을 우두머리로 한 공산당들은 도끼와 죽창으로 난도질해서 죽이고 임신한 여자는 넘어뜨려 배를 밟아 죽이고 경찰관 부인을 완전히 발가벗기고 사지를 찢어 처참하고 잔인하게 죽였다. 4·3 사건이 일어나기 전 1946년 9월 남로당 주도 총파업은 바로 다음 달 1946년 10월 사건으로 이어져 우리 현대사에 남로당 추종자들이 얼마나 악랄하고 잔인하며 얼마나 엄청난 상처와 비극을 남겼는지를 말해주는 사건이다.

대구 10월 사건 2년 뒤인 1948년에 일어난 제주 4·3 사건과 여수·순천 사건의 신호탄 격이자 끔찍한 피해를 남긴 현대산 비극의 단초(端初)가 되었다. 전국적인 조직(조선공산당)을 움직이고 대규모 집회를 수시로 하다 보니 엄청난 돈이 필요한 박공산은 거액의 위조지폐를 찍어내기로 아이디어를 냈다. 박공산은 *조국 혁명이라는 숭고한 목적을 위해 수단이 문제냐!* 하며 위조지폐를 마구 찍어냈다. 군부대에까지 공산당원이 대거 침투해 있어 워낙 많은 돈이 시중에 유통되어 경제가 흔들릴 정도가 되어서야 경찰이 수사에 나섰다. 수사에서 가짜 지폐를 찍은 아연판이라는 인쇄 원판이 발각되었고 조사를 하니 주범들이 모두 조선공산당원들이었다. 놀라운 것은 조선정판사라는 출판사 사장이 박공산의 지령을 받아 공산정권을 수립하기 위해 자금 및 선전활동비를 조달하고 남한 경제를 교란시킬 목적으로 1945년 10월부터 6회에 걸쳐 거액의 위조지폐를 발행한 것이다.

그 사건으로 인해 박공산과 조선공산당 체포령이 내려지고 좌익세력에 대한 탄압국면이 전개되었다. 미 군정은 박공산 등 공산당 핵심 간부에 대한 검거를 감행하기에 이른다. 그러자 박공산은 *내가 이대로 당할 수는 없다. 어서 관을 구해오라! 그리고 내가 관 속에 눕거든 영구차 행렬로 만들라.* 박공산은 그렇게 관 속에 누워 영구차 행렬로 자신을 위장해서 북한으로 탈출했다. 탈출해 있다가 다시 북한에서 돌아온 박공산은 위조지폐 체포령에 심각성을 느끼자 불안을 감추지 못하고 심각한 표정으로 안절부절못하다가 무슨 결심이 섰는지 밖에 있던 좌파 후배 동지인 석좌파를 불러들인다. *부르셨습니까? 그래, 석 동무 내 아무리 생각해도 이거 이거 방법을 달리해야겠군. 이대로는 합법적 정권 장악이 불가능하겠다오. 그럼 어떻게 하실 작정입니까?* 함께 있던 좌파 후배 석좌파가 묻자 박공산은 손가락을 가위 모양으로 벌려 턱을 싸고

한 손은 팔짱 낀 팔꿈치를 떠받치면서 말한다.

우리 남로당은 이른바 신전술 즉 폭력 전술로 전환해야겠다우. 예? 폭력 전술이라니요? 지금부터 내 말 잘 듣고 내 말대로 움직이라우. 지금 나와 남로당 지도부에 대한 체포령이 떨어진 게 안 보이네. 이 체포령을 무효화하기 위해서는 총파업을 시행해서 국민들을 선동해 우리 편으로 만들어야 한다우. 총파업을 선동하되 명분이 될만한 구호는 '임금 25% 즉각 인상하라'로 되도록 크게 써서 거리에 붙들어 매라우. 그렇게 해야디 미국과 거래를 할 수 있는 조건을 만들어내고 국민들을 우리 편으로 만들 수 있지 그렇지 않고는 이 난국을 타개할 방법이 없다우. 가장 중요한 게 민심이라우. 최대한 민심의 아픔이 무엇인가를 읽고 가려운 곳을 긁어주면 국민들은 우리의 선동을 사실로 믿게 될 것이라우. 어서 그렇게 전국을 대혼란에 빠뜨려 미국놈들한테 우리의 힘을 과시해 보여 코를 납작하게 해야디. 지금 남한은 미 군정이 실시한 쌀 배급은 매점매석을 막기 위해 쌀을 모두 모아 균등하게 배급하는 정책이지만 지금 쌀값을 보라우 쌀이 60배까지 치닫지 않았네. 그래서 수많은 국민이 굶주림에 허덕이고 식량 때문에 민심이 흉흉하고 어지러워 반미 운동이 일어나는 이때 이 기회는 하늘이 우리에게 준 천재일우(千載一遇)의 기회라우. 이 기회를 잡지 못하면 끝장날지도 모르니 우리 남로당과 내가 투쟁하는 것은 사상 문제가 아닌 먹고사는 문제에 대한 항의, 즉 민심을 위한 일인 것처럼 포장해서

민중을 선동하라우.

좌익 세력들과 남로당은 이 기회를 놓치지 않고 민첩하게 이용했다. 박공산의 신전술 지령, 즉 폭동을 일으킨 사건은 1946년 9월 총파업을 하게 만들었다. 그렇지만 삼척동자가 보더라도 이 사건은 박공산의 위조지폐 사건을 덮고 공산화 야욕을 위해 조작한 일이었다. 박공산은 손바닥으로 하늘을 가리려는 일이었으나 그것을 알 턱이 없는 아니, 진실 따위는 개나 물어가고 배고픔을 채워준다는 빛 좋은 개살구 같은 말에 모두 동조를 한 것이다. 국민들의 무지함과 배고픈 마음을 교묘하게 이용한 것이다. 박공산은 말했다.

이 기세를 몰아 전평(조선노동조합전국평의회 조직원)은 부녀자들을 쌀 배급 받으러 가자고 부추기라오. 쌀 배급을 받세 부댓자루나 양푼 등 그릇을 들고나오게 한 뒤 천여 명 정도 모이면 국민들을 부추겨 대구시청으로 몰려가 쌀을 달라고 외치게 하고 분위기가 고조되면 이럴 것 없이 도청에 가서 결판을 내자고 선동해서 도청으로 가라우. 거리가 10분 거리밖에 되지 않으니 경북도청 광장으로 밀고 가라우. 그리고 대구역 부근 금정로의 운수노조 사무실 2층에는 노평(조선노동조합대구지역평의회) 사무실로 가서 구호를 외치라우. 일급제를 폐지하라! 박공산 체포령을 취소하라! 구호를 외치며 적기가(공산당 혁명가요)와 해방의 노래를 부르며 시위를 벌이라우.

박공산이 지시한 대로 그들은 일사불란하게 움직였다. 거리에서는 일순간에 국민들의 분노가 성난 야생마처럼 날뛰고 역 광장에는 100여 명의 무장경찰대와 기마 경관대가 경계 태세를 갖추고 포진해 긴박한 분위기가 되었다. 그 가운데 갑자기 2층 노평 사무실에서 *경찰 저놈들 죽여라!* 고함이 들리고 시위대가 경계를 서던 경찰을 이중 삼중으로 포위하고 사정없이 돌을 던졌다. 경찰들은 갑자기 날아오는 돌에 속수무책으로 당했다. 동료 경찰이 돌에 머리를 맞고 피를 흘리고 끊임없이 날아드는 돌에 맞서 경찰은 순간적으로 발포를 했다. 갑작스러운 소란에 말도 경찰도 사람도 모두 도망치기에 정신이 없어 아비규환이 되었다. 그러자 이 기회를 놓칠 리 없는 남로당은 *경찰이 사람을 죽였다. 총으로 마구 쏘아 사람을 죽였다.* 하고 대구 전역으로 말을 몰어나르며 국민들을 선동하기 시작했다. 그러나 실제로 죽은 사람은 단 한 명뿐이었다. 사건을 목격한 국민이 없었으니 보지 못한 국민은 거짓 소문이란 걸 알 리 없고 그 거짓말을 믿을 수밖에 없었다.

이 일을 빌미로 좌파 간부들은 비상대책회의를 열었다. *내일 노동자들을 총동원시키라우. 이렇게 해야 국민들 선동이 됨을 명심하고 실행하라우. 그리고 사람들이 모여들면 흥분해서 함께 동요하도록 선동해서 경찰 발포 사건의 책임을 추궁하도록 선동하라우. 그리고 최 동무 자네는 대구의대 학생회장 동무를 만나 시체에 시트를 덮고 끌고 나와 어제 대구역에서 경찰에 의해 죽은 학생이라고 선동하라우. 어제 노동자가 죽는 걸 본 사람이 없으니 시체가 많아도 국민들은 믿을 것이요. 그리고 그들은 노동자 시체란*

말에 흥분해서 그들이 우리 일을 도와줄 것이오. 네 알겠습니다. 그러나 시체가 있을까요? 이 머저리 같은 동무야 도립병원에는 해부 관찰용 시체가 안치돼 있는 걸 몰라? 5월부터 콜레라가 창궐해 엄청 많은 사람이 죽었고 신원을 알 수 없는 행려병자 시신도 많다는 이야기 들었어. 포르말린에 젖어있는 시체를 씻어내고 데모 도구로 삼기로 다 이야기되어있으니 시키는 대로 해. 넵 차질없이 거행하겠습니다. 좌파들의 계획은 그대로 적중해 수천 명의 사람이 몰려들었고 좌파들의 선동이 진실인 양 난동을 일으키고 대구의대 학생회장과 학생 4명이 시체에 시트를 덮은 채 메고 나와 *이분들은 어제 대구역에서 경찰의 총에 맞아 죽은 노동자의 시체들입니다. 여러분 미 군정과 경찰들은 살인마들입니다! 힘 없는 노동자를 죽였습니다!* 하며 아무런 양심의 가책도 없이 해부 관찰용 시체를 끌고 나와 거짓 선동을 했다.

같은 병원에 근무하면서도 마스크를 쓴 좌익 학생 네 명이 시체를 들고 2층 강당으로 올라가는데도 아무도 그들이 공산당 소속이란 걸 알지 못했으니 곳곳에 좌파들이 침투해 있음을 말해주는 것이다. 좌파 학생회장은 큰 소리로 말한다. *당국 경찰의 이런 만행을 보고서도 앉아서 공부만 하고 있다면 어떻게 피 끓는 조선의 젊은 지성인이라 할 수 있겠나? 굶주린 조선 인민들은 지금 당장에 한 끼의 밥이 필요하지 미국놈들이 주는 우유며 사탕이 무슨 소용이겠나? 오늘 우리는 단결된 힘으로 무고한 인민을 살상하는*

친일 경찰의 심장부를 찾아가 발포 책임을 밝히고 문책해야 한다. 하면서 연설했고 학생들은 번지르르 동백기름을 바른 말에 모두 함성을 지르며 손뼉을 쳤다. 일부 피 끓는 학생들은 그 새까만 거짓말에 속아 *나가자! 지성인들이여 모두 나가서 싸우자! 우리가 노동자들과 국민들을 위해 싸워야 한다!* 하며 주먹을 불끈 쥐고 소리를 질러 기세를 펄펄 돋구었다.

철저하게 준비해둔 학생회장의 구호에 따라 가운과 마스크 차림을 한 학생 4명이 시체를 앞세우고 순국선열들 관을 들고 애도라도 하듯 대구사대를 향해 진행했다. 자극적이고 붉은 절규로 외치는 충격적인 구호는 호소력을 발휘해 거리를 지나가던 사람들도 흥분해 순식간에 수많은 군중이 개미 떼처럼 대구경찰서 앞으로 모여들었다. 여기에 힘입은 박공산은 다음 지령을 내렸다. *최 동무 다음엔 공산당 산하 각 노조 농민조합 인민위원회 부녀동맹 민청 중고 학생들 시위 주동자 천백여 명을 모아 대구의대생 사이에 합류해 대구경찰서로 방향을 잡으라우. 그러고 나면 학생 대표들이 대구서장과 담판을 짓겠다고 하고 서장실로 쳐들어가라우. 서장실은 보초를 설 텐데요. 경찰은 인민위원회가 군중들을 선동해 포위하라우. 그리고 밖으로 나가지 못하게 막으라우.* 그들의 계획대로 모든 것이 딱딱 맞아들어갔고 보다 못한 경북경찰청장이 나서서 호소했다. *여러분의 대표자를 통해 요구조건을 전달받을 테니 나머지 분들은 해산하십시오. 무슨 일이 있어도 법과 질서를 지켜야만*

여러분의 요구가 수용될 것입니다. 해산하면 경북도청의 미 군정 경찰부장 플레지어 소령과 의논해 여러분의 요구 조건을 검토하겠습니다. 그러나 그들은 *미친 소리 집어치우고 당장 사과하라*며 더욱 날뛰었다. 그러자 플레지어 소령은 *이대로는 안 되겠다. 저 시위대를 무력으로라도 해산시키시오!* 하고 직접 명령했다. 그러나 *해산을 시키려면 어린 학도들도 있고 노약자도 있는데 어떻게 총을 쏠 수 있으며 고작 수만의 경찰로 저 많은 군중을 어떻게 물리칠 수 있습니까?* 하며 거부했다. 대구서장은 대구 유지들이 친일 경찰이라며 임명을 반대했던 인물이었다. 화가 난 플레지어 소령은 대구경찰서를 떠나 대구 주둔 미 제1보병연대 사령관 러셀 포츠 대령에게 병력을 요청했으나 포츠 대령은 *계엄령이 선포되지 않았는데 어떻게 병력을 움직이는가! 병력 요청을 들어줄 수 없다.* 하면서 들어주지 않았다.

미군은 대구경찰서가 점령된 뒤에야 병력을 출동시켰다. 경찰과 학생 대표가 담판을 벌이던 중 경찰이 모자를 벗어 던지며 갑자기 *인민공화국 만세! 인민공화국 만세! 인민공화국 만세!* 만세삼창을 했다. 군중들은 손뼉을 치며 열광했고 좌익 세력과 공산당들은 모두 신 경위를 헹가래 치면서 사기를 올리자 공산당 경북도당 책임자 장좌파가 나서서 *경찰이 먼저 무장을 해제하면 군중을 책임지고 해산시키겠다 어서 경찰이 무장해제를 하여라!* 했다. 순진하게도 이 말을 믿은 경찰서장은 *무기를 모두 무기고에 넣고 특공대도*

*무장해제하라*고 명령했다. 그러자 공산당과 그 세력들은 *민주인사들의 설득으로 경찰이 백기를 들었다. 총기를 모두 무기고에 넣는 것을 확인했으니 우리를 믿으시오!* 하고 외쳤다. 이로써 *학생들과 인민들 모두의 뜻이 일단 관철되었으니 해산하라*고 했지만, 군중들은 들것에 들린 시체 때문에 쉽게 물러가지 않았다. 이 거짓 시체 선동은 명백하게 포장을 하고 군중들을 흥분에 떨게 만드는 데 성공했다. 그리고 공산당은 무기고를 탈취하고 경찰서를 장악하고 *구속된 동지들을 모두 풀어주고 살인 경찰을 죽이라!* 외치며 벌떼처럼 달려들어 경찰들을 모두 쫓아내고 유치장에 갇힌 좌익들과 온갖 죄수들을 유치장에서 풀어주고 무기고에서 꺼낸 무기들을 가지고 일제히 시내로 달려나갔다.

인민보안대장 나빨갱은 100명씩 조를 짜서 시위대를 배치했다. 이들은 평소 불만을 품었던 경찰과 우익 지도자 민족진영 인사들을 찾아내 닥치는 대로 학살했다. 대구 10월 사건에 총포가 사용되어 대구 사태는 순식간에 전쟁터가 되어 사람들은 공포에 휩싸였다. 이 여세를 몰아 제주 4·3 사건을 일으키게 된 것이다. 남로당은 *자 동무들 이제 제주도로 옮겨 작전을 시행한다. 거긴 공산당에 충성심이 깊은 동지들이 많고 한라산과 산이 많다. 또 장점은 육지에서 멀리 떨어져 쉽게 진압이 어려울 것이며 또한 일본군이 파놓은 참호도 많고 그들이 버리고 간 무기도 많다. 그리고 2·7 사건에 개입한 동무들이 적어 당국의 눈을 피해 활동도 자유롭게 할*

수 있을 것이다. 다음 지령문을 잘 참고하라. 하나, 2월 중순부터 3월 사이에 제주도 전역에서 폭동을 시작하라 둘, 경찰 간부와 고위 관리들을 암살하고 경찰 무기를 노획하라. 셋, 유엔위원단과 총선거, 군정을 반대하라. 인민공화국을 수립하라. 남로당 전남도당(제주도당의 상급 도당)은 폭동 지령을 무장행동대 두목 지독한에게 시달했다. 이 당시 중앙당에서는 군사부와 군대에 현지 집중지도자를 심어놓고 군사 활동을 하며 더욱 확대해나가고 있었다. 또한, 지독한의 장인인 중앙선전부장을 정책 및 조직지도 책임자로 선정해 제주에 파견해두고 있었다. *단독선거를 하면 반공 국가가 탄생하여 남로당은 설 자리가 없어진다. 단선 반대 투쟁을 강력하게 전개하라*는 지령도 지독한에게 내려졌다.

남로당은 이미 한림 지역 오름 중턱에 설치된 일본군 군사시설에서 생활하기 시작했고 전남 공산당 조직 지도자가 제주를 찾았다. 2월에는 3백여 명이 애월면 샛별 오름에서 군사훈련을 시행했다. *2월 중순에서 3월까지 제주도에서 폭동을 일으켜 경찰 간부와 고위 공무원을 암살하고 경찰 무기를 탈취하라! 한 치의 오차도 있어서는 안 될 것이다.* 이렇게 남로당은 제주도를 5·10 선거 반대 투쟁의 중심지로서 최적의 장소라고 생각하고 방아쇠로 4·3 사건을 정조준하고 있었다.

음력으로 2월 24일이 그 피비린내를 일으키는 4·3 사건이 일어나던 날이다. 맑은 바람이 미세먼지조차 쓸어버려 빗자루로 쓸어낸

듯 맑은 새벽하늘에 그믐달만이 이 비극을 내려다보며 혀를 끌끌 차고 있었다. 전날 비까지 내려 제주 산하를 모두 깨끗이 청소를 해둔 밤에 한라산 정상에는 폭죽놀이를 하듯이 아무렇지도 않게 봉화가 피어오르고 뒤이어 한라산 오름마다 89개의 봉화가 피어났다. 봉화에 불이 붙어 타면 총과 죽창 도끼 곤봉으로 무장하고 면별로 마을 부근 동굴과 숲속에 숨어 있던 인민유격대는 일제히 공격 개시를 하라는 암호였다. 이 봉화가 타오르자 이들은 공격을 시작했고 제주읍 삼양지서 제주읍 화북지서 제주읍 외도지서 애월면 구엄지서 애월면 애월지서 한림면 한림지서 대정면 대정지서 남원면 남원지서 조천면 조천지서 조천면 함덕지서 구좌면 세화지서 성산면 성산포지서 애월면 신어지서 등 13개 지서가 밤중에 공격을 받았다. 굶주린 사자처럼 달려들었다.

저 간나 새끼는 톱으로 머리를 잘라버리라. 반항하는 간나 새끼는 죽창으로 찌르고 그래도 반항하면 칼로 난도질을 하고 덤벼들지 못하게 팔을 도끼로 잘라버리고 칼로 난도질하고 목도 잘라버리라오. 우리가 죽이지 않으면 죽는다는 각오로 모두 작살내라오. 지령을 받은 칼과 죽창 도끼 총 등 무기들은 한 치의 어긋남도 없이 명령을 받들어 목을 자르고 팔을 자르고 발목을 자르고 온몸을 난도질하고 경찰에 협조를 했다는 이유로 경찰의 아내라는 이유로 경찰의 부모라는 이유로 경찰의 자식이란 이유로 세상에 빛도 못 보고 뱃속에서 칼에 찔려 죽고 가족이 대동청년단이란 이유

로 죽여 시신들이 전쟁터를 방불케 했다. 폭동은 북제주군에 집중됐다. 북제주군에는 남로당과 인민위원회 자위대 인민유격대가 잘 편성돼 있고 제주 경찰감찰청 북제주경찰서 북제주군청 제주도청 등이 밀집해 있는 치안과 행정의 중추부였기 때문에 이들은 비에 활짝 핀 꽃들이 화르르 날아내리듯 우익이란 이유로 목숨이 그렇게 가볍게 우수수 떨어져버렸다. 보고도 믿어지지 않을 만큼 너무나 잔인하고 비극적인 영화 같은 일이 일어났다. 그렇게 운명의 4·3 사건은 남로당의 계획에 따라 일사불란하게 움직이며 유격대는 미리 짜진 협력자들과 공동 전략을 취하면서 서로 맡은 작전대로 서북청년단 각 지서와 면 마을까지 자신들이 공산화를 하는 데 반동이라고 생각하는 자들의 관공서나 집이나 사무실을 기습하여 총과 죽창과 검 도끼와 수류탄으로 무자비하게 공격했다. 무방비로 당한 우익 사람들에 비해 치밀한 지령을 받은 남로당 공산주의자들은 예상대로 꼭 개나 돼지를 죽이듯이 마구 죽이고 자르고 대성공을 거두면서 더욱 욱일승천(旭日昇天)의 기세로 다음 계획을 밀고 나갔다. 그렇게 모든 학교는 폐쇄가 되고 학생들도 공부를 포기하고 투쟁에 가담했다. 공산당들은 혁명이 승리하고 인민공화국이 수립된 후에 다시 개교할 것이라고 했다.

해를 먹은 섬

3

현실의 참혹함과 인간의 한계를 인정하며 자신의 삶을 주체적으로 이끌어가는 창조적인 선각자 니체의 ***짜라투스트라는 이렇게 말했다***를 보면 짜라투스트라는 자신의 정신과 고독을 만끽하는 삶을 즐기러 고향을 떠나 산으로 들어갔건만 공산당은 자신들의 욕심을 짊어지고 피 흘려 싸우기 위해 산으로 들어간 미개하고 우둔한 싹이 머리에 웃자란 자들이다. 웃자란 싹은 전지를 해야 하거늘 미처 전지하지 못해 넝쿨진 싹들의 반란으로 제주의 자유민주주의가 소멸할지도 모른다는 매우 급박함이 촌각을 다투는 4·3 사건 초기에 동원된 인민유격대 무장병력은 3천여 명에 달했다.

계절은 마음 같아서는 니체의 망치로 공산주의 사상을 두들겨 깨고 자유민주주의로 삐약삐약 걸어 나오게 하고 싶지만, 본인 스스로 깨고 나오지 못하고 밖에서 깨면 곧 프라이가 되고 말기에 스스로 깨고 나오지 못하는 공산주의 사상에 물들어 껍질 안에 갇혀 허우적거리는 사람들이 안타까울 뿐이다. 남로당은 일본군이 철수 시 산중에 매몰한 무기를 수집하여 무장하고 군사훈련을 팔로군 출신들이 담당하여 중국에서 사용한 게릴라전으로 맹훈련시켜 자못 그 기세는 당당하였다. 또한, 해방 다음 해인 1946년 8월 1일 제주군이 군정법령 제94호에 의해 전라남도에서 분리돼 제주도로 승격되고 제주도 방위를 맡기 위해 1946년 11월 16일 모슬포에 국방경비대 제9연대가 창설됐다. 차출된 광주 4연대 기간병 50명을 중심으로 모병을 했지만, 실제 병력은 1개 대대에 지나지 않았고 그중에도 많은 남로당원을 침투시킨 상태였다. 1946년 제주도 3·1 투쟁 직후 때마침 본토 주둔 제9연대가 신설되어 제1차 모병이 있었고 이에 대전 출신 노동당은 고 간첩 문 간첩 정 간첩 류 간첩 등 4명의 프락치를 입대시켰으니 9연대는 사실상 공산당들이 장악했다고 해도 과언이 아니었다.

이들의 무장병력은 우익단체인 서북청년단(서청) 숙소와 대동 청년 독립촉성국민회의 사무실 우익 인사들의 집을 습격해 살해하고 관공서 교회당 사찰을 파괴 방화하라는 지령을 받은 자들이다. 지령대로 지서를 습격하고 방화를 했으며 도로를 파괴했다. 제주도 폭동 사건의 괴수 지독한 조맹구 등은 국방경비대 제9연대 내 공산 두목 문중위 등과 암암리에 밀회했다. *민간 당원들은 제주도 내 지서 습격 및 방화를 맡고 국방경비대 제9연대는 제주경찰감찰*

청 및 제주경찰서를 기습 점령하여 일시에 도내 전 경찰에 대하여 결정적 타격을 가하여 전 도를 공산주의 수중에 넣어야 함을 명심하고 계획에 차질 없도록 하라. 몇 안 되는 우익 색채가 더 많은 북제주군 애월면 구엄 마을을 사전에 조사하고 계획한 대로 움직여야 할 것이다. 한 치의 오차도 있어서는 안 될 것이야. 이 마을은 특별히 수산봉 고내봉 파군봉에 봉화가 오르면 계획대로 지령받은 150명 무장대가 일사불란하게 기습 공격해야 할 것이다. 이 마을에는 일제 저항기 때 구장을 지낸 문우영의 주도로 독립 총성 국민회와 대동청년단이 결성돼 있다. 그러니 반드시 그 집을 먼저 습격해 가족까지 모조리 참살하라! 씨도 남겨서는 아니 될 것이다. 알겠는가? 넵 명령 받잡겠습니다.

지령대로 무장대가 문우영의 집을 습격했다. 밤중에 들이닥친 남로당을 피해 가족들이 황급히 도망쳤지만 안에서 자던 14살 큰딸 죽자와 10살 작은딸 살자가 미처 피하지 못하고 마당으로 끌려 나왔다. 죽자가 동생 살자를 안고 *살려주세요! 제발 동생만이라도 살려주세요!* 하고 울부짖었지만 10여 명이 칼과 죽창 낫으로 잠옷 차림의 두 소녀를 마구 찌르고 난도질을 해 처참하게 살해했다. 같은 날 새벽 구엄 대동청년단장인 애국과 단원인 지사는 이들의 낌새를 눈치채고 집을 나와 도망을 가던 중 마을에서 3㎞ 떨어진 지금의 하귀1리 사무소 앞 길가에서 잡혔다. *너희들은 공산주의가 그렇게 좋으냐? 자유민주주의가 싫고 공산주의가 좋으면 북으로*

가서 살면 될 일이지 왜 자유가 숨 쉬는 나라를 공산주의로 바꾸려고 하느냐? 하고 맹렬히 반항하는 애국에게 공산당은 *말로 해서는 안 되는 간나 새끼구먼 어서 곡괭이로 눈을 파고 칼로 배때기를 가르고 간을 꺼내 씹어먹으라우!* 함께 온 대장의 말에 당원들은 달려들어 곡괭이로 눈을 팠다. 그리고 곡괭이를 꽂아두었다. 칼로 배를 가르고 아직 뜨겁게 뛰고 있는 간을 꺼냈다.

남편을 찾아 나섰던 애국의 아내는 남편의 참혹한 시신을 보고 실신했다. 애국의 아내는 임신 중이었다. 지사는 죽창에 찔리고 아랫도리가 벗겨져 성기가 잘린 채 숨져 있었다. 노곡 아지매의 아들 애국과 지사는 결국 이렇게 나라를 위해 일본을 피해 우리글을 가르치다 또 나라를 지키기 위해 발버둥 치다 처참하게 생을 마감하고 만다. 어쩌면 노곡 아지매가 죽어 이 험한 꼴을 보지 않음이 다행인지도 모른다. 한림면 한림리에서는 인민유격대가 독립촉성회 일을 보던 애국의 친구 집까지 습격해 불을 질렀다. *저 간나 새끼들을 모두 끌고 가라우.* 남로당 대원들은 부부와 세 아들을 한림읍 처나오름 동쪽 죄남내라는 골짜기로 끌고 갔다. *이놈들 하늘이 두렵지 않으냐? 저 어린것들과 아내가 무슨 죄가 있다고 개처럼 끌고 온단 말이냐? 어서 놓아주지 못할까?* 골짜기가 쩌렁쩌렁하게 호통을 치자 돌로 입을 절구 찧듯이 찧었다. 이가 부러져 피 사이로 떨어져 나오고 연이어 피가 흘렀다. 그리고 칼로 얼굴을 열십자로 긋고는 몽둥이로 쳐 죽였다. 아들과 아내가 보는 앞에서 그렇게 죽이고는 허연 이빨을 짐승처럼 드러내고 악마처럼 웃으며 부들부들 떨고 있는 아들과 아내를 향해 *구경 잘했느냐?* 하자 *이 나쁜 놈들!* 말이 떨어지기 무섭게 돌멩이를 들어 머리를 내리쳤고 아무 말도 없었다. 아들들은 모두 목을 댕강댕강 잘라 목은 목대로 몸은 몸대로 두려워 떨면서 눈도 감지 못한 채 다른 세상으로 아비 어미를 따라가고 말았다.

내일은 연평리 대동청년단원들이 모여 있는 곳으로 가자우. 아주 씨를 말려버려야 할 것이니 날래 출발하자우. 그들은 대동청년단원들이 모여 있는 곳으로 가서 8명을 모두 목을 잘라 학살했다. 그들은 밤이고 낮이고 눈을 붉게 번뜩이며 마을마다 거리를 행진하고 다니며 적기가를 부르고 5·10 선거 반대를 외치며 선거관리위원과 우익 인사들을 학살했다. 그러나 두려움에 떨며 누구도 그들에 대항하지 못했다. 그들은 공산주의를 만들 수만 있다면 수단과 방법을 가리지 않았다. 북한은 이미 조선민주주의인민공화국의 헌법 초안을 확정하고 사실상의 단독정부를 1948년 2월에 먼저 수립했으니 남한의 5·10 선거를 막지 않는다면 공산화하기가 어려움을 직감하고 조선정판사 위조지폐 사건으로 수배돼 월북한 남로당 우두머리 박공산이 남한에 남아 있던 남로당 우두머리에게 지령을 내려 5·10 단독선거를 저지하게 했다. *3월 21일 후보 등록이 마감된다. 어떤 수단과 방법을 써서라도 선거를 할 수 없게 제주의 시위자들은 입후보자에게 사퇴를 협박하고 선거인 명부를 압수하*

라. 선거 직전인 5월 8, 9일에는 통신 시설을 모두 파괴하고 당일 인 10일에는 투표소를 습격하고 투표하러 가는 주민들을 산으로 납치하라우. 작전에 실패하면 반드시 책임을 물을 것이니 선거를 한 달여 앞두고 4·3 사건을 일으켜 성공적으로 임무를 완수해야 한다오.

명령을 받은 인민유격대 사령관 지독한은 *'도민 여러분 북조선 인민군이 38선을 넘어 수원까지 남하하고 있소. 한 달만 참으면 제주도는 해방이 됩니다. 그렇게 되면 해방군이 경찰이 되고 토지도 나누어주고 공평하게 모든 것을 나누어 갖는 공정한 세상, 평등한 세상이 옵니다'*라며 떠들고 다녔고 지독한의 선전을 도민들은 그대로 믿고 성금도 갖다주고 소와 말을 잡아 유격대 부식에 쓰라고 제공하며 물심양면으로 도왔다. 이렇게 주민들의 도움에 힘입어 우익과 경찰 가족 학살이 계속됐다. 지독한은 *경찰관 계급에 따라 1만 원에서 3만 원까지 현상금을 걸어라!* 하는 방을 붙이기도 하고 방화 윤간, 생매장 감행을 멈추지 않았다. 4·18 신촌에 폭도들이 들이닥쳐 육순이 넘은 경찰관 부모의 목을 자르고 수족을 절단했다. 임신 6개월인 대동청년단 지부장의 아내를 참혹하게 죽였다. 지부장의 여동생을 강간하고 늑대처럼 허연 이빨을 드러내며 *성기에 말뚝을 박아 사람들로 하여금 경각심을 일으키게 하라우!* 개 같은 명령을 내렸다.

그렇게 컹컹 마구 물어뜯던 사냥개 같은 짓으로도 모자라는지 남로당 중앙당 지시로 제주도당 대책회의를 열었다. 회의 결과 *무장대를 더 강화하기 위해 혁명 정신과 전투 경험이 있는 자를 면마다 30명씩 선발해 인민유격대에 통합해 산중 무장 게릴라 부대를 편성하라. 그리고 나머지 자위대 인원은 부락 방위를 위해 하산시키고 체계도 정비해 도당 3개 연대를 편성하라. 우리의 목적을 위해 무고한 양민들이 희생되는 것에 신경 쓰지 마라. 우리는 인민봉기를 하고 있으니 총탄에 맞아 거꾸러진 시체를 다시 칼로 난자하고 목을 베고 귀를 자르고 코를 깎아버리고 임산부의 배를 찌르고 그렇게 잔인해져 본보기를 보이지 않으면 성공이 어려움을 명심하라.* 그렇게 점점 인민유격대의 세력이 강해지고 입산자가 늘면서 경찰력으로 사태가 진정되지 않자 제주 감찰청장이 제9연대를 방문한다. *저 이 인력으로는 저들을 진정시키기 어려우니 인력을 좀 더 늘려주셨으면 합니다.* 그의 말을 찢어진 눈으로 입술을 씰룩이며 째려보고 있던 9연대장 김좌익 중령은 *치안 상황에 군이 개입할 수 없고 상부에서 지시가 없었다. 하여 내가 마음대로 할 수 없는 일이니 그렇게 알라*며 거절했다. 그러자 9연대 5대대장 오좌익 소령은 *폭동 사태는 경찰과 주민 간의 충돌이므로 폭동 사태는 중립을 지켜야 한다*라며 진압 임무를 회피했다. 국방경비대 총사령부는 9연대에 진압 작전 시행을 명령했다. 명령이 떨어지자 고간첩이 문 간첩과 정 간첩에게 일렀다. *어서 우리의 작전 계획을 알리고 오라우! 알겠습니다. 두목 동지들에게 차질없이 알리고 오*

겠습니다. 말과 동시에 작전 계획은 미리 적에 알려졌고 *우리가 만나더라도 공격하는 척하고 서로 접전도 가능하면 피하라오. 그리고 작전상 유리한 지역인 산중으로 4㎞ 이상은 9연대에서 맡겠다고 하라우. 9연대에서 꼭 맡아야지 우리 계획에 차질이 생기지 않음을 명심하라우. 그래서 경찰이 아예 출동하지 못하게 만들어야 함을 명심하라우.*

우익 쪽에서는 이런 상황을 알 리 없었다. 군은 9연대 안에도 남로당 프락치들이 숨어 있다는 걸 깜깜 몰랐다. 육사를 졸업하고 1948년 4월 10일 제주 9연대 소대장으로 처음 부임해 온 채정직은 소대원 42명 전원이 증오와 살기 어린 얼굴을 하고 있는 것을 보고 흠칫 놀란다. 그는 육감적으로 그들 대부분이 간첩임을 알았지만 어떻게 할 수 있는 방법이 없었다. 소대장 채정직은 생각했다. 어쩌다 연대까지 빨간 첩자로 가득해 부대를 장악하고 있는지 방심하면 이 나라 전체가 다 붉은 간첩의 손으로 넘어가 공산주의가 될지도 모른다는 생각으로 살점이 벌벌 떨렸다. 연대장은 이런 사실도 모르고 채정직에게 말했다. *나는 가능하면 평화적으로 사태를 해결할 수 있으면 좋겠다고 생각하네. 자네 생각은 어떤가?* 채정직은 *이 사항이 그렇게 간단한 상황이 아닙니다. 아니 간단하지 않다니 그럼 피를 보아야 한단 말인가? 그런 뜻이 아니라 평화적으로 해결될 상황이 아니란 뜻입니다.*

이렇게 말하는 걸 들은 9연대 남로당들은 이를 이용했다. 그들은 남로당원들에게 *곧 9연대장이 사건을 평화적으로 수습하기 위하여 인민군 대표와 회담하여야 하겠다고 사방으로 노력 중이니 이를 교묘히 이용한다면 국경(국방경비대)의 산 토벌을 억제할 수 있다는 결론이다. 그렇다면 시간을 끌면서 1차 2차에 걸쳐 군책 지독한과 연대장과 면담하는 척하면 된다*라는 지령을 받고 그들은 장소와 회담 내용을 공개하지 않은 채 1차 회담을 가지자고 제의했다. 1차 회담 자리에 오좌익이 배석했고 구억국민학교에서 열린 2차 회담에는 윤좌익이 배석했다. 그들이 남로당인 줄 알 리 없는 연대장은 공산당원인 이좌익 정보관이 제공하는 보고를 그대로 믿고 사태를 판단하는 오류를 범하는 어처구니없는 일이 발생하게 되었다.

언제나 슬픈 역사 뒤엔 정확한 판단보다 자신의 감성 판단을 넣어 역사를 그르치는 경우가 많다. 같은 민족끼리 한 번이라도 전체를 생각하는 마음으로 꺼진 불도 살펴보며 정무를 처리했다면 아마도 역사는 다른 방향으로 흘러갔을지도 모르는 것이다. 봄은 불협의 혁명보다 푸르고 싱싱한 꽃잎만 마구마구 피워내고 꽃나무 푸른 그림자는 바람에 찢어지고 달그림자는 어둠에 깨져 산산조각이 나고 있다. 바람에 찢어진 푸른 그림자를 깁는 자도 어둠에 깨진 달그림자를 붙이는 자도 모두 강한 태풍 같은 붉은 아가리를 벌리고 닥치는 대로 삼킬 준비를 하고 있다. 푸른 역사는 그렇게 욕심이란 구둣발에 짓밟혀서 제주의 길바닥에 나뒹굴고 있다. 계절은 아내도 아들의 안부도 생각할 여지가 없다. 폭포수처럼 쏟아지는 피 울음으로 끼니를 때우면서 목숨을 걸고 역사를 찍어 기록하고 있다. 4·3 사건을 진압하던 베로스 중령은 엄숙한 표정과 당당함을 얼굴에 칠하면서 *참으로 답답하다. 왜 이 민족은 이리도 정신을 못 차리는가! 이 어정쩡 개인의 영달을 위해 눈치만 살피는 정신 때문에 일본의 탄압을 받고도 정신을 못 차린단 말인가! 이 땅에 공산주의가 이렇게 활개를 치도록 이 나라 경찰은 무엇을 하고 있었단 말인가! 강경 진압이 아니고는 도저히 막아낼 수 없다. 저들은 수단과 방법을 가리지 않고 죄 없는 사람들까지 무참히 도륙하는데 언제까지 한가한 생각만으로 저들을 진압할 수 있다고 생각하는가! 내 명령을 따르라.* 하며 진압 작전 개시 명령을 내린다.

모슬포에 주둔하고 있는 국방경비대 9연대도 긴급 명령을 땅에 떨어뜨리지 않고 받아들고 포탄처럼 쏘아댄다. 긴급작전 개시 명령 총탄을 받아든 연대장은 고뇌와 괴로움이 짙푸른 시간이 자신의 어깨에 내려앉자 생각이 깊어진다. 거룩한 종교 말씀보다 더 지엄한 명령을 접수받았다. 접수증을 갈기갈기 찢어 공중으로 꽃잎처럼 흩뿌리고 싶다. 그렇다고 이 상황에 뾰족한 대책도 없는 자신이 무슨 일을 할 수 있단 말인가? 다만 극우 세력이 민간인 학살을 한다면서 도민들에게 전염병처럼 퍼트린 좌익들의 말을 그대로 믿은 도민의 원성이 마구 번져나가는 마당에 어찌해야 소문을 잠재우고 진실을 말해야 할지 자신의 심정도 몹시 참담하고 불편하고 발에 맞지 않는 신발을 신은 것 같다. 머리를 가로저어 털어보지만 뚜렷한 판단은 어디로 외출 중이고 경계에 서서 흔들리고 있는 김우익 연대장의 머리엔 만 가지 근심이 허공에서 출렁이고 있다.

바로 눈앞에 휘몰아치며 다가올 피바람이 제주 도민들의 마음의 깃대 끝에서 펄럭이고 있다. 하늘은 구름 한 점 없이 맑다. 단단히 뿌리를 내리고 있는 저 뻔한 지령. 김 연대장은 자신의 마음을 질질 끌며 가파른 계단을 오르고 있다. 무자비한 보복전의 악순환이 불 보듯 뻔한 일이다. 강경 진압으로 제압할 시 필연코 발생하는 피비린내 나는 쌍방의 인명 피해는 대낮에 꽃을 보듯 뻔하다. 한숨을 내쉬고 들이쉬며 자신의 실체를 잊고 그림자처럼 서성이는 김 연대장, 그는 어떻게 하면 이 난세를 헤쳐나갈까? 어떻게 하면 피해를 최소한 줄일 수 있을까 생각을 뚫는 중이다. 있는 지혜 없는 지혜를 모두 동원해본다. *오! 하늘이여 신이여 예수여 부처여 지혜를 주소서. 최소한 피해를 줄일 수 있는 작전을 수행할 방도를 내려주소서. 폭압과 잔혹과 오로지 자신들의 목적을 위해 상대방의 궤멸만을 목표로 하는 공산당 앞에 이런 강압적 작전은 복수심과 피를 부를 뿐입니다. 도민을 진심으로 위하는 판단은 잊은 채 피를 피로 씻는 무자비한 판단의 힘을 거두소서.* 간절한 기도를 작전 수행에 매단 김 연대장은 공격 대상인 상대와 평화적 수습 방안을 마련한다.

선 선무 후 토벌을 원칙으로 작전에 참여할 병력에 하달한다. 9

연대장 김 중령과 정보참모 중위와 상대방 측 무장대 사령관 지독한과 작전통인 고아무와 4자 비밀 회담을 가진다. *72시간 내로 전투 중지를 한다. 무장해제와 하산이 완료되면 책임을 묻지 않는다*라는 내용을 담아 더 이상 피를 흘리지 않도록 평화 협상을 끌어낸다. 목단에 향기가 없다고 투덜대고 수수꽃다리가 화려하지 않다고 투덜대는 것을 목단의 화려함과 수수꽃다리의 향기를 접목해서 최고의 꽃밭을 만들어보자는 것이다. 두 대표는 서로 아주 흡족한 표정으로 서명을 하고 문서를 교환한다. 그러나 두 대표의 평화 협상 서명에 잉크 자국이 마르기도 전에 문서는 휴지가 되고 만다. 김 중령과 지독한의 선한 고뇌 끝에 결심한 행위는 쓸모없는 낙엽이 되어 땅에 뒹군다. 지독한이 어떤 방법으로든 안심을 시킨 후 그 방심의 틈을 타서 다시 제주를 공산주의로 만들겠다는 생각으로 거짓 평화 협상을 맺었다는 걸 알아낸 최고 실력자인 미 군정 하지 사령관은 강경한 무력진압을 천명한다.

민주주의 신봉자인 하지 사령관은 *나는 공산주의에 대한 이해의 폭은 넓지만, 남한 땅에서 공산주의자들이 거리를 활개 치고 다니며 무수한 인명을 살상하는 꼴을 용납하지 않는다.* 이에 소극적으로 동조하는 자들도 엄격 주의를 고수했다. 남로당의 교육을 받은 주민들은 이 모든 일이 우익진영의 폭정으로 알고 반기를 들고 있다. 그러나 어느 것이 옳은지 모르고 남로당에 가입한 단순한 주민도 감시의 대상이 된다. 폭정이 싫은 것과 공산주의를 찬양하는 것의 차이는 엄연히 다르다. 그러나 그들은 달빛도 별빛도 빛은 빛이라는 식의 사고로 판단한다. 부화뇌동(附和雷同)하는 자도 한 묶음으로 여긴다. 하지 중장은 서둘러 미 24군단 작전 참모부 소속 슈 중령을 제주로 급파한다. 사태진압의 대책으로 상황에 따른 귀순 공작과 무력진압을 병행하는 작전을 은밀히 지시한다. 제주에서 작전 지시에 따른 임무를 마치고 서울로 돌아온 슈 중령은 보고서를 꼼꼼하게 작성하여 상관에게 올린다. *미 59 군정 중대장이 제주도에 있는 병력을 확실히 통솔한다면 현재의 주둔 병력만으로도 상황을 진정시키는 데 충분하다고 판단됩니다. 공산주의자들과 게릴라 세력이 오름들에 있기 때문에 그들을 진압하기 위해서는 신속하고 활발한 작전이 요구됩니다.*

은밀한 내간체는 슬픈 오류의 역사를 기록하고 있다. 돌에도 푸르름이 감도는 봄 김 중령은 *이 중위만 나를 따르라!* 하고는 이 중위과 운전병만을 데리고 지프를 타고 정문을 나선다. 구억국민학교 정문에는 두 명의 보초가 서 있다가 받들어 총으로 예를 표했다. 6명의 남로당 도당들이 이들을 맞이했다. 그중에 미모가 수려하고 뛰어난 꽃미남 청년이 나서더니 *제가 대표자 지독한입니다 찾아와주셔서 고맙습니다.* 하고 소개하며 반지르르 기름기가 흐르는 서울 말씨를 썼다. 당시 김 중령은 27세였는데 지독한이 배우처럼 잘생겼다는 생각이 들었다. 인사가 끝나고 마주 앉자 미제 럭키 담배와 일본 녹차가 나왔다. *당신이 진짜 대표며 지독한이 맞는*

가? 묻자 아 그렇게 묻는 이유를 알겠습니다. 연배보다는 애국심과 정신이 중요하지 않겠습니까? 진실한 척 답한다. 하도 젊고 잘생긴 배우 같아서 살인할 사람같이 보이지 않아 물어본 것입니다. 옆에 있던 50대 정도의 반도들은 일제히 폭소를 터트렸다. 경비대가 당신들을 아직 토벌치 않은 이유를 아는가? 우리의 궐기 동기를 이해하여 우리를 동정하고 있기 때문이 아닌가? 군대는 개인 의사와 관계없이 명령만 하면 복종하게 되어 있다. 내가 돌담이 많은 제주도에선 박격포가 유용할 것 같아 박격포를 보내달라고 했더니 보내겠다기에 박격포를 기다리고 있는 중이다. 순간 지독한의 표정이 하얗게 질렸다. 그렇게 담판이 시작됐다. 지독한은 네모지고 제법 빵빵한 노트를 넘기며 30분간 열변을 토했고 김 중령은 젊은 취기에 공산주의가 무엇인지도 알지 못하고 외래 사상을 위해 청춘이나 생명을 바치지 말고 민족의 자주독립이 급선무이니 무기를 버리고 귀순해 조국 건설을 위해 합심해서 노력하자고 했다. 지독한은 안색을 바꾸고 언성을 높이며 특유의 돼지 멱따는 소리로 말했다.

연대장도 민족 반역자나 악질 경찰처럼 우리 의거를 공산주의 소행으로 덮어씌우려는가? 당신이 정말 그렇게 생각한다면 더 이상 회담을 진행시킬 필요가 없다. 이젠 믿을 데가 없으니 이북에 연락하고 마지막엔 소련의 지원에 의지할 수밖에 없다. 얼굴 전체가 잘 물든 단풍잎처럼 물들면서 떠들어대는 사이 시간은 벌써 돌

야가야 할 시간이 되었다. 김 중령은 *나는 지금 가야 한다. 5시까지 귀대치 않으면 내가 당신들에게 살해된 것으로 알고 부하들이 전투를 개시하기로 되어 있다.* 김 중령의 말이 끝나자 회담장은 찬물을 끼얹은 듯 조용하고 긴장이 감돌았다. 지독한의 얼굴이 살짝 일그러지는 모습이다. *오늘 결말이 안 나면 회담은 결렬이다. 마지막으로 말하겠다. 범법자 명단을 제시하라. 당신과 지도급들은 중벌을 면치 못할 것이나 모든 폭도의 귀순과 무장해제를 책임 있게 해주면 내가 개인 자격으로 배를 마련해서 희망하는 해외로 탈출할 수 있도록 배려해주겠다.* 이 말이 떨어지자 회의장에는 다시 밝은색이 감돌았고 지독한은 김 중령의 손을 잡아 흔들며 *정말 고맙다*고 말했다. 4시간이 넘는 담판 끝에 합의된 내용은 다음과 같다.

1. 72시간 안에 전투를 완전히 중지한다. 연락 미달이 있을 수 있으므로 5일 이후의 전투는 배신 행위로 단정한다.
2. 무장해제는 단계적으로 하되 약속을 위반하면 즉시 전투를 재개한다.
3. 친일, 민족 반역 관리 및 악질 경찰은 사실이 증명되면 해직 및 추방하며 범법한 서북청년단은 처벌 및 추방한다.
4. 경찰의 인원을 감축한다.
5. 살인 방화 등 범법자의 명단과 범죄 내용을 제출하고 자수시 관대히 처분하며 폭도의 무장해제와 귀순이 원만하게 이

루어지면 주모자들의 신병은 김 중령 연대장이 개인적으로 보장한다.

이 협상이 끝난 뒤 문제는 더 복잡해졌다. 시간을 벌기 위한 반노들의 술책에 연대장은 그들에게 기만을 당했다. 연대장이 폭도 두목과 내통했다는 중상모략이 경찰 정보로 중앙에 보고된다. 거꾸로 김 중령이 기만 전술로 귀순자들을 모아 한꺼번에 몰살하려 한다는 근거 없는 풍문까지 보태져서 나돌기 시작한 것이다. 담판이 끝난 후 풍문이 사실이 된 것처럼 오라리 사건이 발생한다. 임신 중이던 제주읍 오라리 대청단원의 부인 23살 강공부가 시위자들에게 산으로 끌려가 살해됐다. 5월 1일 장례식에 참석했던 우익 청년들이 울분을 참지 못하고 좌익 청년들의 집에 불을 질렀다. 산에 있던 사람들이 급히 내려왔다가 마주친 김규찬 순경의 모친 42세 고순생을 죽창으로 찔러 죽였다. 경찰이 출동했고 도망치던 마을 여인 고무생이 경찰의 총에 맞아 숨졌다. 놀란 김 중령은 현상을 조사한 뒤 우익 청년들의 방화라고 맨스필드 미 군정장관에게 보고했다. 그러나 맨스필드는 시위대가 먼저 평화 협상을 깨고 납치와 살해를 저질렀다는 사실을 이미 보고받아서 알고 있었기 때문에 그 말이 통할 리가 없었다.

이틀 뒤에는 입산했던 주민 2~3백 명이 귀순하겠다고 밝히고 오라리 부근을 통과해 제주 비행장으로 하산하는 중 정체불명의 무장대 50여 명이 갑자기 기관총과 칼빈총을 난사했다. 귀순자 몇 사람이 죽고 나머지는 다시 산으로 도망쳤다. 미군의 반격으로 무장대 5명이 죽고 몇 명이 생포됐다. 생포된 무장대는 제주경찰서 소속이라고 주장했지만 미 군정이 경찰에 조사한 결과 시위대가 경찰을 가장해 저지른 일이었다. 결국, 평화 협상은 완전히 수포로 돌아가고 말았다. 어차피 가짜인 걸 모르는 우익과 어차피 이건 시간을 벌기 위한 협상이었던 남로당, 결국 이 협상을 믿은 우익들이 어리석었던 것이다.

1948년 5월 1일

오라리 마을에 불이 활활 타올라 시뻘건 불덩이로 만드는 방화사건이 일어난다. *마을을 집어삼킬 듯이 타오르는 불을 낸 방화범은 우익진영의 청년들이다. 마을에 불을 지른 건 분명 우익진영임에도 불구하고 미 군정과 경찰은 합심하여 남로당이 불을 질렀다 새빨간 거짓말 집을 짓는다*며 좌익진영들의 불만은 제주 하늘을 태울 만큼 노발대발하지만, 우익진영에서는 *저 빨갱이들은 말을 어떻게 저렇게 잘 뒤집고 덮어씌우며 거짓 집을 뚝딱뚝딱 식은 죽 먹기처럼 쉽게도 짓는지. 토대도 기둥도 필요 없이 거짓 집은 빨갛*

*게 지어진다. 4·3 사건 그 폭동의 핵심 인물들인 폭도들이 방화범인데 어찌 저렇게 눈썹 하나 까딱 않고 우길 수 있는지 모르겠다*며 반박을 한다. 어느 쪽도 정확한 시비를 가리기 힘든 상황이다. 남로당이나 북쪽의 사주로 우익진영을 공격하는 새빨간 거짓 집은 평화 협상 파기의 결정적 원인이 된 것인데 덮어씌우기의 달인들인 저들은 우익 꽃 위에 다른 색을 진하게 칠하고 이름을 덮어씌운다.

같은 핏줄끼리 좌익과 우익을 만들어 서로 팽팽히 제주도민의 삶을 송두리째 짓밟는 것에 지친 한라산. 한라산은 얼굴만 불그락 푸르락 상기될 뿐 아무 말이 없다. 제주 하늘은 퍼렇게 멍이 들어 공중을 베고 누워 있다. 거짓을 주걱주걱 주걱으로 퍼서 씹어 삼키고 울분이 나비처럼 공중을 날아다닌다. 꽃은 봄의 눈물이 되어 갖은 색으로 뚝, 뚝, 뚝, 떨어지고 있다. 등 굽은 손수레가 손자를 끌고 꽃나무 아래를 지나간다. 아기도 할머니도 한통속으로 합죽합죽 이 없는 잇몸으로 웃고 있다. 아무것도 모르는 저 합죽한 입들이 오히려 부럽다는 생각마저 든다. 한 치 앞도 보지 못하는 저 천진함 위로 벚꽃잎이 화르르화르르 날아내린다.

제주에서 부랴부랴 긴급 대책회의가 열린다. 군정장관 딘 소장을 좌장으로 맨스필드 제주 군정장관 민정장관 총사령관 경무부장 제주도지사 등 미 군정 수뇌부가 참석한다. *공산당을 철저하게 색출하여 제주도에 뿌리내리지 못하도록 해야 할 것이다. 저 잔혹한 공산당을 모두 뿌리 뽑기 위해서는 강경 진압을 수정해서는 안*

된다. 경무부장의 말 줄기는 빳빳하게 발기했다. 한편, 나라가 자리도 잡기 전에 좌익과 우익이 저렇게 팽팽히 대치해 무고한 시민이 피를 흘려서는 안 될 일이지만 이제 돌이킬 수 없는 길에 들어서 강경책을 쓰지 않으면 제주가 공산당의 손아귀에 넘어가고 말 것이라는 생각을 한 제주도지사는 하늘을 쳐다보며 눈을 감는다. *그렇게 강경 일변도(一邊倒)로 작전을 수행하면 더 큰 화를 초래할 수도 있으므로 신중할 필요성이 있습니다.* 귀순 공작을 주장하는 온건론자인 김 연대장의 반론이 서로 팽팽한 줄다리기를 한다. 김 연대장의 온건책에 발끈한 경무부장의 입에서 카랑카랑한 말이 냅다 튀어나온다. *이 중차대한 시기에 무슨 잠꼬대 같은 수작이야. 이 중차대한 시기에 무슨 말씀을 그렇게 잠꼬대 같은 수작으로 하십니까? 이 자식 하룻강아지 범 무서운 줄 모르고 어느 안전이라고 눈알을 부릅뜨고 대들어. 왜, 그렇게 역정을 내십니까? 회의석상에서 이런 의견도 있다는 것을 말씀드린 것인데 그러면 회의를 뭣 하러 열었습니까? 주둥아리 닥치지 못해, 너 뒈지고 싶어? 입은 있어도 주둥아리는 없어서요.*

해를 먹은 섬

4

둘의 말은 관솔에 붙은 불길처럼 활활 타올라 걷잡을 수 없는 사태로 치닫고 있다. 그렇다고 어느 쪽의 말도 틀린 말은 아니다. 진압 방법의 차이지 방향은 같다. 다만 서로의 생각 차이가 감정선을 뚜렷이 그어놓고 있다고 하는 편이 나을 것이다. 회의하던 회의장에서 뾰족한 대책은 없고 *그래, 너 죽고 나 죽고 한 판 붙어보자.* 얼굴이 벌겋게 과부하가 걸린 김 연대장도 호락호락하지 않다. 감정선을 이미 넘은 두 사람은 한 치의 양보와 타협할 생각도 없이 경무부장과 김 연대장의 손이 서로 멱살을 잡고 엉겨 붙다가 결국 서로의 주먹이 오간다. 회의석상은 아수라장이 된다. 강경 진압 쪽이 다수인 긴급회의는 강공책을 채택하여 끝낸다. *온건론은 길이 될 수 없다. 강경론만이 난국의 타개책인 길이다. 길이란 하나밖에 없지 않다.* 김 연대장을 빼고는 온건 수습책을 개진하는 인사가 없다. 김 연대장 혼자 피투성이 물길을 조금이라도 야위게 해보려고 노심초사하다 자리를 잃는다. 나라의 평화와 목숨의 소중함을 외치며 고군분투에 시간을 쏟았지만 서리 맞은 풀이 되고 만다.

그렇지만 어디 김 연대장 혼자만이겠는가? 그 시각 더 많은 국민이 제발 나라의 평화와 목숨의 소중함을 외치며 고군분투에 시간을 쏟았겠지만 이미 나라의 운명의 물길이 다른 곳으로 흐르고 있었다는 것이 더 정확한 표현일 것이다. 대책회의 결론은 이미 나 있다. 이 길 저 길을 모색해보려고 노력하던 김 연대장은 즉각 보직 해임으로 자리에서 쫓겨나고 우익진영의 긴급 대책회의는 작전을 개시하기 전에 의례적인 행사에 지나지 않는 회의로 보일 뿐이다. 오로지 거대한 숲만 보고 숲속에 사는 생명체가 신음하며 죽어가는 것은 보지 못한다. 나무가 겉보기는 색이 같아도 속에 웅크리고 있는 꽃의 색은 각양각색인데 모두 같은 색일 거라는 무사안일한 생각이 공산당이 제주를 다 지배하도록 모르고 있었던 것이다. 이미 각기 다른 색으로 화려하게 피어난 꽃을 보고서야 다름을 알아차리고 자신들의 좁은 생각만큼의 크기로 모양새를 갖추어 4·3 사건의 시위대를 제압하려니 의논만 분분하고 답답할 뿐이다. 이것 또한 어쩔 수 없다. 생각이 여기까지이니 나라를 그만큼의 생각에서 통치할 수밖에 없는 것이다. 이걸 나라의 운명론이라고 해도 될지?

계절은 답답해 이 화창한 봄날에 가슴에 돌덩이를 얹은 것 같은 무거움을 느낀다. 온건론을 주장한 김 연대장은 어떻게 해서라도 무고한 죽음과 역사에 씻을 수 없는 오점을 줄이기 위해 공권력의 남용을 가능한 자제해서 원만하게 수습하자는 복선을 깔고 백방으로 노력을 기울이다 끝나는 것은 두 다리를 뻗고 통곡을 해도 신통찮을 현재의 사태다. 아무리 뛰어봐도 뽑힌 그늘처럼 막막하기만 하다. 붕대 감긴 말만 쏟아놓는 남로당 추종자들의 얄팍한 이기심은 기어이 역사책에 붉은 줄을 긋게 하고 만다. 아니 이미 공산주의와 자유민주주의 두 붉은 줄이 역사책에 그어져 있는 걸 읽고 답습하고 있는 것인지도 모른다. 역사를 당대에 판단하는 것은 오류가 많기 때문에. 그 줄을 백성들에게 가르치고 외우고 가짜 답을 정답으로 처리하기 위해 앞으로 또 앞으로 행진하고 있다. 얼마나 많은 사람이 무고한 희생을 치러야 할지 암담하기만 하다. 모두가 정답이라고 서로 우기는 이 괴이한 야만의 시대. 진압 과정에서 필연적으로 발생할 민간인들의 억울한 죽음과 누명으로 인하여 삶을 제대로 연명할 수 없는 것은 불문가지여서 차선의 방도를 모색하기 위해 머리카락을 쥐어뜯어보지만 저 시퍼렇게 선 날을 휘두르며 손바닥으로 하늘 가리는 만행을 하늘이 벌을 주지 않으니 어찌하란 말인가!

비상시국에서 치안과 민생을 담당하고 있는 미 군정과 공권력은 *사회의 혼란을 내버려두다가는 자칫하면 무기력한 공권력으로 인해 공산주의자들에게 지배를 당할 수 있다*며 정국이 혼미해질수록 노심초사한다. 김 연대장이 아무런 힘도 쓰지 못하고 쫓겨나자 계절은 머피의 법칙이 자유민주주의에 작용하고 있다는 생각을 하고 지독한은 샐리의 법칙이 자신에게 적용되고 있다고 생각하며 기세등등하게 9연대의 남로당 프락치 두 사람과 비밀스럽게 모의를 주도한다. *우선 사병 60명을 탈영시키라우. 탈영 후 대정 화순 중문지서를 습격한 후 인민유격대와 다시 합류하도록 작전을 철저히 세우라우. 그다음 작전은 9연대 병력이 이들을 추격하는 동안 문 동무는 2차로 40여 명을 차출해 탄약과 무기 등을 최대한 많이 훔쳐 산으로 분산해서 도주하도록. 한 치의 오차도 있어서는 아니 될 것이니 면밀하고 물샐틈없이 계획을 짜라우 알간? 그리해야 인민유격대가 승리할 수 있음을 명심하라우. 그렇지 않으면 승리를 장담할 수 없음을 뼛골에 새기라우. 그다음 할 일은 김 중령을 암살하라우. 그는 일본에서 대학 재학 중 징병된 일본군 고위하사관 출신으로 부산 5연대 사병으로 있다가 백선엽 연대장 추천으로 군사영어학교를 졸업해서 특채로 임관된 괴물 같은 간나 새끼니 아주 주도면밀하게 계획을 세워 시행해야 할 것이라우. 국방경비대 총사령부 인사과장으로 있다 부임한 박 중령은 해방 당시 일본군 제주도 부대에서 근무해 누구보다 지리를 잘 아는 자인 걸 명심하라우. 또한 일본군이 축성한 진지와 지형도 쥐새끼처럼 잘 아는 자라우.*

박 중령은 3개 대대로 연대를 강화했다. 그리고 본격적인 진압 작전에 나서자 지독한의 철저한 지령을 받은 문좌익은 남로당원 병사 41명을 탈영시킨다. 그 이유는 박 중령이 연대장에서 해임되게 하려는 목적이었다. 99식 소총과 실탄 14,000발을 가지고 탈영한 남로당원 병사들은 대정지서를 습격해 5명을 사살하고 입산하던 중 포위된 21명을 사살하고 20명은 체포해 총살했다. 문좌익은 경북 안동 출신으로 2차 세계대전 당시 일본군 하사관으로 제주에서 복무했으며 육사 3기였다. 계획대로 일을 진행시킨 지독한은 문좌익에게 *자 이제 때가 되었으니 박 중령을 사살하라오. 한 치의 실수가 있어서는 안 될 것임을 명심하라우.* 문좌익은 남로당원인 정보계 선임하사인 양좌익에게 이를 하달했고 양좌익은 손좌익 하사 신좌익 중사 강좌익 중사 배좌익 하사에게 행동 지령을 내렸다. *박 중령을 사살해 다시는 경비대가 우리 군을 공격하지 못하게 하라. 이것이 지독한 동무의 지령이다. 손좌익 동무 총을 쏠 때 두 발을 쏘면 잠을 자던 사람들이 놀라니 한 발에 끝내야 한다우. 머리에 딱 한 발로 죽여야 시체가 험하지 않고 증오심이 적을 것이다. 실수로 잡히면 다른 사람을 물고 들어가서는 절대 안 된다.*

이 지독한의 진압 작전은 성공으로 돌아갔다. 이 무시무시한 공산주의에 지휘봉을 휘둘러야 할 연대장 자리를 이어받아 *먹느냐 먹히느냐 좌우의 치열한 대립에서 남한 그리고 제주도에는 절대로 공산 계열이 발붙이지 못하도록 발본색원에 최우선을 둘 것이다. 후손에게 부끄럽지 않기 위해서 혈투를 해서라도 자유민주주의를*

후손에게 넘겨줘야 하지 않겠는가! 미 군정과 군경과 합의해서 강경 진압으로 반드시 공산주의를 밀어내고 자유 씨를 심을 것이다. 피어나는 봄꽃처럼 불변의 진리를 만들어야 한다. 북쪽은 이미 확고하게 소련의 지원을 받는 김일성 휘하 중요 인물들이 똘똘 뭉쳐 있다. 흔들리지 않고 공산주의 국가 건설을 튼실하게 뿌리를 내리고 있다. 공산화의 폭동에 대한 강경 진압 작전에 힘을 실어 탱크처럼 밀어붙여 공산정권 사주를 받아 죽기 살기로 덤벼드는 좌익진영 폭도들을 무찔러야 한다. 공권력에 대해 도전을 하며 공산 집을 짓기 위해 날 선 칼을 뽑는 피의 대제전을 각오해야 한다. 제주도민들은 쌀과 미를 분별하는 눈을 잃고 있다. 그건 모두가 왕권시대에 살다가 일본에 국권을 찬탈당한 국민이 노예근성에 익숙한 나머지 공산주의가 무엇인지도 모르고 따르는 현실이 한심하다. 공산주의가 얼마나 악랄하고 인권을 말살시켜 노예로 만든다는 걸 모르는 이 무지한 사람들을 어쩌랴! 어찌해야 한단 말인가? 민족이 모두 한 줌도 안 되는 권력에 복종하며 살아온 습관이 벗어지려면 자유민주주의를 살아봐야만 알 수 있음인데. 알 때까지 아는 우리가 이 땅을 공산화로 만들기 위해 폭동을 서슴지 않고 사람을 파리 목숨보다 더 하찮게 생각하고 악랄하고 잔인하게 살해하는 저 천인공노할 무리를 끝까지 찾아내서 절대로, 공산주의자들을 제주도에서 살게 해서는 안 된다.

각오를 끝내고 박 중령은 답답해 하늘을 쳐다보다. 눈물이 주르르 흐른다. 대대로 그렇게 자유를 억압당하고 살아온 사람들이 안타깝고 불쌍하고 답답할 뿐이다. 박 중령은 강경론의 기조가 조금 느슨해진 군화 끈을 다시 맨다. 서로가 묶은 단단한 끈들 때문에 남은 남대로 북은 북대로 반쪽 심장을 달고 살도록 하는 계기가 된다. 이리 쳐다보아도 한숨 소리 저리 쳐다보아도 한숨 소리 온 산천과 꽃나무에는 한숨 소리만 피어 흩날리고 있다. 오름으로 차곡차곡 쌓여서 한라산을 뒤덮고 저쪽 너머 반쪽은 금강산을 뒤덮는다. 한 나라 한 겨레가 왜 왜 왜 총부리를 겨누며 탐욕을 쌓아야 하는지? 그 물음 앞에 아무도 시원스레 답을 내놓지 못한다. 그렇게 뚝, 반을 자르도록 저 악랄 무도하고 사악한 마음을 가지게 한 저 하늘을 원망하는 수밖에. 서로가 마음을 열지 않아 사위는 어둑하고 벙어리 냉가슴 앓던 남도의 온도계는 눈치도 없이 눈금을 사계절 빙점 이하에 머물게 하고 있다.

자연이 인간에게 무료로 공급한 꽃향기를 캐고 나물을 뜯고 고사리도 꺾어야 먹고살거늘 가난한 집 제사 돌아오듯 가랑이가 찢어지게 가난한 지금, 목구멍에 풀죽 한 그릇도 못 먹는 어려움을 감내해야 하는 주민들은 스스로에게 위로를 읽힌다. 차마 차마 차마 산 사람 목에 거미줄 치랴. 꿀은 달아도 벌침은 따갑고 무쇠도 갈면 바늘이 되는 것, 세상은 반드시 자신들에게 좋은 시절을 돌려주리라는 기대를 키우며 허리띠를 졸라매고 허기를 달래고 있다. 대문 밖이 저승인 한라 그리고 섬. 소경이 풍경을 칭찬하고 도

둑이 매를 든다. 물은 흘러도 여울은 여울대로 있고 구르는 돌은 이끼가 끼지 않는다. 개똥밭에 굴러도 이승이 좋다는 말은 새빨간 거짓말이다. 겨울바람이 봄바람 춥다고 극락길을 버리고 지옥 길로 가는, 비단옷 입고 밤길 가는, 이 암울한 제주 섬에도 사랑과 자유가 찾아올까? 허공을 향해 분노를 휘두르면서 바람 부는 대로 자신의 의지대로 아무것도 할 수 없이 물결치는 대로 자유와 평화를 위해 일렁이는 제주 섬. 물은 깊을수록 소리가 없고 뿌리 깊은 나무는 바람에 뽑히지 않는다. 제주 섬 주민들은 썩은 가슴을 파내고 꽃 피고 열매 주렁주렁 맺을 희망 나무를 심는다. 뿌리 없는 나무에 잎이 피어날까?

울분을 피워 올려 하늘을 새까맣게 태운다. 재가 펄펄 날아내린다. 서울 놈은 비만 오면 풍년이란다. 비둘기 피를 대변한 온건은 눈이 멀어지고 기어이 발길을 잃는다. 핏빛 눈물 한 방울의 무게를 모르는 저 강경의 총칼! 산천을 떨게 하는 쇠붙이 채찍만이 민주의 이름표를 달고 자유를 누리며 가야 할 길인가? 불순과 온순이 뒤섞여 혼돈을 거듭한다. 피를! 정녕 피를 피로 씻어내야만 한단 말인가? 피를 홍청망청 물 쓰듯 쓰는 붉음이 國色인 나라. 올바르다는 방향의 뜻을 좇아 남녘에 검은 회오리바람 휘몰아쳐 섬은 숨이 가빠진다. 동서남북 어디에도 햇살은 얼굴을 가리고 햇빛 한 알갱이도 땅에 꽂히지 않는다. 검은 바람만 휘몰아쳐 눈이 침침해진다. 목이 말라도 물관이 막혀 마실 물을 구할 수 없다. 사막보다 더한 갈증을 물로 삼켜야 한다. 오름에도 거리에도 널브러진 수많은 주검주검 주검 주검들! 주검들을 흙 밟듯 아무렇지도 않게 밟으며 저벅저벅 총칼을 휘두르는 저 신발들. 한라가 품은 만 년의 섬 아름다워서 서러움이 더한 섬. 죽어서도 고요히 눈 감고 잠들지 못하는 원혼들. 피바람으로 휘몰아친 제주 섬은 벌 나비 날개 달린 짐승들이 날개로 애통함을 부채질하고 있다.

차라리 죽은 사람이 더 나을지도 모른다. 살아남은 자의 고통이 지옥보다 더한 괴물의 울음소리 통곡의 소리가 오오열열 물든 대지여! 복숭아꽃보다 더한 붉은색으로 아슴아슴 불을 질러 사람의 가슴을 다 태워 재만 남을 것 같아 계절은 더 이상 글줄을 이어나갈 이성마저 잃고 있다. 산천은 아무 일도 없다는 듯 꽃이 피고 하늘은 푸르기만 하다. 그렇게 민족을 사랑하던 박 중령은 그날 밤 박 중령을 살해하라는 임명을 받은 부하가 공산당인 것도 모르고 잠자리에 들면서 *내 걱정은 말고 어서 가서 자게. 내일 임무가 많으니. 넵 걱정 마십시오. 시국이 하 수상하니 편안하게 잠드시는 걸 보고 건너가 자겠습니다. 아무 걱정 마시고 편안히 주무십시오. 고맙네.* 박 중령이 잠들자 총알이 그의 심장을 뚫었다. 육체는 총살당하고 영혼만 제주 하늘로 날아갔다.

제주 조천읍 선흘리에서도 일어나서는 안 될 일들이 일어나고 있었다. *임신 중인 경찰관 부인은 어떻게 합니까? 배를 갈라 아새끼와 같이 죽이라우. 그리고 저 떨고 있는 노인네는 총살하고 손*

발을 모두 잘라버리라우. 옆집에 살던 임신 7개월 된 경찰관의 누이는 집에서 나와 도망가던 중 잡혔다. *저 여자를 산 채로 밭에 매장하라오 그리고 이제 제주읍 도두리에서 대동청년단 간부 집으로 가자우.* 대동청년단 간부 집에는 젊은 부인(24)과 3세 된 장남이 있다가 납치당해 길가에서 무참히 살해당했다. 30여 명의 폭도는 납치한 사람 중 젊은 여자는 수십 명이 윤간(輪姦)하였다. 김승옥의 노모 김 씨(60)와 누이 옥분(19) 김종삼의 처 이 씨(50) 6세 된 부녀 김영념, 26세 된 김순애의 딸, 36세 된 정방옥의 처와 4세 된 장남, 20세 된 허영선의 딸과 5세 3세 어린이 등을 납치 감금했다. 바들바들 떨고 있는 그들에게 공산당 붉은 주둥이는 개 같은 말을 컹컹 짖는다. *걸을 수 있을 만큼 몽둥이로 두들겨 팬 후 가까이 말고, 눈오름 삼(森)나무 지대에 노소를 막론하고 모두 끌고 가라우.* 도두리에서 서북방 15킬로 떨어진 눈오름 삼나무 지대에 도살장에 가는 돼지처럼 끌려간 50여 명 중 젊은 여자들은 강제로 윤간을 하고 그리고도 부족하여 총과 죽창과 일본 칼 등으로 부녀의 유방 복부 음부 볼기 등을 난자한 후 미처 숨이 끊어지기도 전에 땅에 생매장해버렸다.

5·10 선거를 전후해서 남로당이 제주도에서 벌인 만행은 일일이 열거할 수 없을 정도이다. 계절은 제주민이 무지해 이리 붉은 물이 들어 참담해짐에 가슴이 아파 숨을 쉬지 못하고 가슴을 움켜쥔다. 후일 이 악랄한 공산당이 미 군정과 경찰이 제주도를 붉게 물들였

다고 역사를 뒤집으면 안 된다. 쓰다가 쓰러져 피를 토하더라도 제대로 기록을 해두어야 먼 후일 후손이 역사를 바로 알 수 있다. 계절은 가슴을 한 손으로 움켜쥐고 한 손으로 연필을 다시 잡는다.

1948년 5월 10일

5월 9일 제주읍 도두리에서는 *투표하지 말고 산으로 가라우. 투표하는 자는 모조리 다 죽일 것이다.* 하고 외쳤지만 그들의 말을 거부하는 26세 권투선수 윤상은에게 *저, 이보라오 동무 어디 가오? 투표하러 갑니다. 뭐라 투표? 투표하지 말라는 말이 귓구멍이 막혀 안 들리네. 투표하는 건 내 맘이지 당신들이 무슨 권한으로 투표를 하라 하지 말라 하는 거야? 이 간나 새끼 말로는 안 되겠구먼.* 그들은 말이 떨어지기 무섭게 윤상은에게 달려들어 죽창으로 마구 찔러 죽였다. 그렇게 비명 한 마디 남기지 못하고 투표하러 간다는 말 한마디로 생을 마친 권투선수, 이 참상을 무어라고 해야 하겠는가? 함께 가던 그의 친구는 몇 발 뒤에 가다가 끌려가는 친구를 보면서 발길을 돌렸지만 몇 발자국 못 가서 또 뒤돌아 달려온 남로당 죽창에 찔려 죽었다. 지독한은 돌아다니며 지령을 내린다. *선거 당일 오늘은 필사적으로 움직이라우. 무장대는 중문과*

조천에서 투표소를 두드려 부시고 조지고 박살을 내며 혈투를 벌여서라도 반드시 선거를 저지해야 한다. 우리 무장대의 선거 방해 및 선거 반대 행위에 박수를 치며 많은 유권자가 뜻을 같이하도록 선동하고 먹을 것을 주고 우리 편으로 만들어두었으니 돌아다니면서 모두 차질 없이 시행하라우. 남로당의 지령에 따라 움직이는 사람이 대부분이고 그들 중 일부는 *파리똥 같은, 개가 뜯어먹다 버린 뼈다귀 같은 선거를 하느니 차라리 산속으로 들어가 쉬는 편이 낫겠다.* 하며 선거를 거부하고 산속으로 들어갔다.

미군 사령관 하지 중장은 *선거의 성공은 미 사절단의 핵심 임무다. 반드시 선거에 임하도록 해야 할 것이다. 저 남로당의 선거 저지를 철저히 막으라.* 하며 선거의 중요성을 설파한다. 계절은 생각한다. 선거가 성공으로 끝나면 우리나라의 모든 걱정과 어려움을 해결해주는 대나무피리 만만파파식적(萬萬波波息笛)이라도 될 수 있을까? 이 피비린내도 피리 소리에 다 날아갈 수 있을까? 한 치 앞도 알 수 없음에 계절은 고개를 옆으로 젓는다. 선거관리위원과 선거에 참여하려는 사람들과 가족 등 수십 명이 낫과 도끼 죽창으로 잔혹하게 학살당했다. 결국, 제주도의 중심지였던 북제주군에서는 갑구(투표율 40%)와 을구(투표율 46.5%)에서 모두 투표율 미달로 제헌 국회의원을 뽑지 못했고 남제주군에서만 간신히 선거가 치러져 오 의원이 당선됐다. 딘 군정장관도 두 차례나 제주도를 방문하며 제주 바람을 마시면서 어떻게 하든 성공적인 선거를 위해 총력을 기울인다.

그러나 이미 예견되었듯이 그 총력은 실패로 끝난다. 전국적으로 실시한 2백 개 선거구 중 제주도 2개 구역 북제주군은 투표수 과반 미달로 선거는 무효화 처리되고 만다. 남제주군 선거구만 큰 일 없이 실시되어 무소속의 오 의원이 당선된 것에 대해 미 군정은 처음 실시한 총선거 결과에 덜 익어 떨떠름한 땡감 같은 표정을 하고 또 다른 강도의 강경대책을 세우지만 인민유격대는 선거 사흘 뒤인 13일과 14일 한덕지서를 습격해 지서 주임 강 경사와 강 경장을 살해했다. 그리고는 *입후보로 등록했다 사퇴한 임우현의 집으로 가자우.* 그들이 임우현의 집에 가니 부인이 있었다. *저 에미나이를 죽이라우.* 부인이 미처 피할 틈도 없이 학살해버리고 갔다가 *지금쯤 그 후보래 왔을지 모르니 그 집에 또 가보자우.* 그들은 입후보자 집에 다시 왔다가 외출에서 돌아와 어머니를 입관하고 있던 둘째 아들과 손자 등 3명을 또 납치해 길거리에서 죽창으로 찌르고 어린이는 발로 목을 밟아 살해했다. *내일 아침 7시 150명은 한림면 저지 마을을 습격하라우. 그 마을에 사는 경찰은 죽창으로 찔러 죽이고 저지지서와 우익 인사 집 100여 채에 불을 질러 모조리 다 죽여 씨를 말려야 한다우.*

경찰 후원회장의 아버지 65세와 경찰 보조원의 53세 어머니 저지 1구장 65세를 학살하고 경찰 협조원 44세를 죽창으로 난자해 죽였다. 5월 11일 *선거위원장 대청 단장 선거단원들을 모두 도륙내*

러 가자우. 그런데 사람을 파리 목숨처럼 탁, 죽이고 퍽, 죽이고 쌔려 죽이고 찔러 죽이고 밟아 죽이고 목 잘라 죽이고 배 갈라 죽이고 생매장해 죽여야 되는 겁네까? 뭐라? 동무 이 반동 새끼 말과 동시에 남로당 당원 하나도 또 이 세상에서 사라지고 말고, 도두리 선거위원장과 대청 단장 선거단원 3명을 개 끌듯이 끌고 가 나무에 묶어놓고 칼로 난도질해 죽였다. 14일 선거관리위원 44세 김정민은 피비린내가 진동하는 밖이 싫어 집안에 문을 꽁꽁 닫아걸고 아들과 함께 쉬고 있었다. 그런데 밖에서 갑자기 노크도 없이 들이닥친 남로당 당원 중 지휘관으로 보이는 사람의 명령 *저 간나 새끼들을 당장 밖으로 끌어내라우.* 방에서 끌어내 신발도 신지 못한 채로 아들과 함께 나뭇단 끌리듯이 질질 끌려 산으로 끌려갔다. 두려움도 도가 넘어 질렸지만 그래도 *죄 없는 아들만이라도 살려주세…* 하는 사이 군홧발로 입을 차고 죽창으로 찔러 죽였다. 아들은 발로 목을 밟아 죽이고 고사리 같은 손을 군홧발로 밟아 짓뭉개버렸다. 김진의 처 52세 장인 딸 19세 아들 9세와 김부홍 정진홍의 처 24세 김신영의 처 26세 문미수 대청 단원 김영구의 어머니 56세 고정수 등을 산으로 끌고 가 죽였다. 같은 날 대정면 영락마을에서는 경찰관 부모인 63세 고민정 부부를 죽창으로 찔러 죽였다.

안덕면 창천마을 독립촉성 국민회 분회장을 맡았던 48세 오수호는 자리에서 일어나 마당으로 나가려는 순간 남로당 당원 셋이서 갑자기 들이닥쳤다. *누구냐? 무슨 일로 왔느냐? 너를 데리러 온 저승사자지. 순순히 이 칼을 따르라우. 아니 무슨…* 말이 채 끝나기도 전에 남로당은 칼로 옆구리와 전신을 마구 찌르고 또 찌른 후 그래도 성에 안 차는지 댓돌에 시체를 올려놓고 목을 잘라 마당에 던진 후 아무렇지도 않게 밖으로 나갔다. 피비린내가 온 마당을 덮었다. 까마귀조차 무서워 울지 못하는 까만 날이었다. 방에서 비명에 뛰어나온 부인은 이 참혹한 모습에 충격을 받아 두 달 뒤 세상을 떠나고 말았다.

공산당은 조직적 무장봉기를 하여 무기는 죽창 일본 칼 기관총 장총 소총 지뢰 수류탄을 가지고 있었다. 폭도들은 지식층 청소년과 경찰관 대청원 우익계 인사를 납치, 살상하며 건물을 파괴 소각하고 온갖 만행을 저지르고 있다. 폭도 세력은 점점 악랄해져가는 세이다. 역사를 뒤집는 총선거도 무용지물이 되어 하늘조차도 허망해 비탄에 잠긴 날이다. 수많은 꽃도 주막집 골방에 모여 앉아 술에 취해 불콰해져 비틀거리는 밤. 무장대는 남한만이 치루는 단독선거에 대하여 조직을 총동원하여 결사반대 구호를 목이 쉬도록 외치며 투쟁에 나서 투쟁에 참여한 사람들은 흰 천에 붉은 글씨로 쓴 *남한 단독선거 반대*라는 머리띠를 두르고 선거를 방해해 결국 목적을 이루었다. 계절은 하늘을 우러러보며 절망의 노래를 부른다. 어둡고 암울하고 슬프고 웃긴다. 뜨거운 유황 불길 속에 뛰어드는 기분으로 공산주의를 때려 부수고 싶다.

후일 내 글을 읽을 후손들이여 이렇게 많은 사람이 공산당에 가입한 이유를 변명해두니 너무 나무라지 말길 바란다. *우리나라가 일본에서 해방을 맞았을 때 글자를 읽을 줄 알았던 사람이 총 10%도 안 되고 90%가 자기 이름도 못 쓰는 문맹률이 높은 나라였다. 자기 이름도 못 쓰는 사람들이 공산주의가 무엇인지 알 리가 없었다. 하여 운명이란 말로밖에 설명을 못 하겠다. 나라도 마지막 거센 숨결이 파도를 일으키는 저항의 몸짓이라도 해서 후손들에게 두고두고 오점을 남기지 않게 필사적으로 노력해서 내 야학을 전국으로 확산시켜 한글을 가르치지 못한 일을 탄식하며 피를 토하는 심정으로 기록한다. 담당 공무원을 납치 살해를 서슴지 않는 저 만행을 불구덩이에 다 태워버리고 싶다. 남로당이 선거인 명부 탈취와 온갖 방법으로 투표 행위를 무산시키고 독버섯이 피는 나라를 만들어서는 안 된다. 그러나 내겐 막을 방법이 없어 피눈물을 흘리며 정부만 바라보고 있다.*

6월 23일 재선거를 공표한다. 우리 모두 하나가 되어야 한다는 새빨간 거짓 일념 아래 선거 방해를 성공한 무장대를 토벌하기 위해 또 다른 대책을 세운다. 11연대장으로 임명받은 박진격은 본격적인 토벌 작전에 앞장서 부대를 지휘하며 제주를 진흙탕으로 만든 노동당을 향해 총부리를 휘둘러서라도 평화를 찾아야 한다고 생각한다. 조경무 부장은 담담한 목소리로 강경 진압 방침을 담화문으로 발표한다. 서북청년단도 발 빠르게 단원을 증원하여 현지로 투입시켰다. 경비대가 주도하는 토벌 작전에 전운이 감돌고 있다. *이미 북한은 단독으로 공산주의 정권을 잡았으니 남한도 어지러운 시간을 바로잡아 어서 평정되어야 한다. 결코, 공산주의에 밀려서는 안 된다. 이 작은 나라에서 사상이 다르다는 건 또다시 나라를 위험에 빠트릴 수도 있으니 차라리 원하는 이념이 같은 쪽으로 모여서 각기 따로 사는 게 맞는 말일지도 모른다. 결단코 이 나라가 공산주의가 되는 비극만은 막아야 한다.* 하고 단호하게 말한다. 이도 저도 아닌 국민 때문에 강제라는 말이 동원되지 않고는 어떤 것도 보장되지 않는다. 토벌 작전 명령이 벌어지자 여기저기서 *미국 놈과 경찰이 합심해 무자비한 강경 토벌을 일삼는다. 닥치는 대로 쏘아 죽여라! 저놈들을 죽이지 않으면 우리가 죽는다.* 남로당은 격분하여 길길이 날뛰기 시작한다. 화냥기 가득한 봄도 영산홍 같은 울음을 붉 붉 붉 붉 붉게 토해낸다. 양쪽의 화해를 끌어당겨 이어줄 끈은 어디에도 보이지 않는다. 팽팽한 긴장감을 펄펄 끓여내는 계책만 난무하고 나라를 둘로 갈라지지 않게 한다는 건 거의 재현 불가능한 상태가 되어가고 있다.

우리의 온전한 땅덩어리가 어떻게 분해되어 가고 있는지 따위는 아무 관심도 없다. 바람은 바람대로 불고 강물은 강물대로 흐르고 밤에는 달이 뜨고 별이 뜨고, 눈을 감고 모른 척 갈 길만 가는 세상사가 가혹하기만 하다. 얼마나 숨 가쁘게 가혹하게 슬픈 역사를 만들고 있는지를 알고 반기를 펄럭이는 진정한 애국자들은 모두 궁형을 당한 사마천이 되어 이 보잘것없는 페이지를 작성해두고 이걸 역사라고 손부끄럽고 낯부끄럽게 후손들에게 물려주어야만 하는 이 비참한 시대. 4·3 사건으로 공산화가 되는 일은 심장이 찢어져 너덜거리는 한이 있어도 막아야 한다. 자유민주주의를 후손에게 물려주기 위해 혈투를 벌이는 기막힌 역사가 덜커덩덜커덩 삐그덕삐그덕 굴러가고 있다. 한민족의 앞날보다는 사욕으로 돌돌 말린 단독정부 수립을 추진한 북한은 기어이 천추의 한을 남기는 짓을 하고 만다. 김구와 김규식이 목숨 걸고 내건 남북협상을 통한 통일 운동은 저만치 슬픈 그림자로 찢어져 펄럭이며 멀어져가고 있다.

날이 갈수록 불길이 끝없이 번지며 활활 타올라 진압이 만만치 않음을 감지한 미 군정은 갈수록 강경 진압 강도를 여름 날씨 기온 높이듯 높인다. 5월 12일 심리적으로 불안을 느낀 미 극동사령부는 반대파의 전복을 기도하는 마음으로 후닥닥후닥닥 제주도에 구축함을 급파한다. 소요 진압을 위한 처방이었으나 대립과 절망으로 따글따글 뭉친 그 진압 또한 만만치 않다. 공산당이란 이토록 끈질긴 풀뿌리 근성이 있는 것을 자유민주주의는 알 턱이 없다. 만물이 깊은 잠에 빠진 삼경 바다 물결도 잠잠한 시간을 이용하여 9연대 병사 마흔한 명이 목숨을 담보로 탈출을 감행한다. 탈출 병력은 5천 6백 발의 탄알을 탄창에 장치한 다음 허리춤에 찬다. 소총을 거머쥔 병력은 모슬포 주둔지를 단숨에 빠져나온다. 먼

저 대정지서를 급습하고 곧장 산으로 올라간다. 분위기가 심상치 않게 돌아가자 경비대 병사들이 동요를 일으키며 십여 명씩 무리를 지어 술렁술렁 부대를 이탈한다. 이에 심각성을 느낀 미 군정은 미군 제6사단 제20연대장 브라운 대령을 최고 지휘관이란 모자를 씌워 제주도에 급파한다. *아니 외국의 전투 현장에 현지 군대가 아닌 미군 지휘관을 진압 작전 책임자로 파견한 것은 이례적인 일입니다. 꼭 지휘관으로 가야만 합니까? 지금 제주는 어찌 보면 제2차 세계대전 때만큼 심각하게 보아야 할지 모르니 지휘관으로 가서 잘 해결하라! 넵 명령 따르겠습니다.*

미군이 외국 전투 현장에 지휘관을 보내는 것은 제2차 세계대전 이후 처음 있는 극약 처방을 한 것이다. 그만큼 제주도에 대한 두려움과 경각심 더 나아가서 정신적 위기까지 느낀다고 해도 적절한 표현이 될 만한 처사다. 하지 장군이 5·10 선거 이전 미군 개입 금지를 지시했는데 그때와 달리 선거가 끝난 뒤 야전군 지휘관 출신인 브라운 대령을 파견한 것은 그만큼 심리적 부담이 최고조에 닿았음을 느낀다는 증거가 되고도 남음이 있다.

해를 먹은 섬

5

가슴을 뚫는 총알 앞에는 장사가 없다. 가롯 유다가 믿고 따르던 예수 그리스도를 배반하듯 자신을 낳아준 모국 자유민주주의를 배반하고 뱀처럼 혓바닥 날름대며 공산주의의 기쁨조가 되기 위해 날뛰는 남로당원들. 소름 끼치는 공산주의 정신에 맞서 강경진압을 벌이던 11연대장은 마지막 말 한마디도 못 남긴 채 부하가 쏜 총탄에 맞아 저승으로 떠나고 만다. 그가 떠난 걸 보면 어쩌면 천재 박명이란 말이 맞는지도 모른다. 진압을 성공적으로 이끈 공로로 6월 1일 대령으로 진급한 박 중령은 6월 17일 도내 기관장과 연대 참모들이 모인 가운데 제주읍 관덕정의 요정 옥성정에서 축하연을 가졌다. 박 대령은 술에 약했다. 그러나 군에서 진급이란 얼마나 신나는 일인가? 더군다나 남로당 추종자들을 진압해 얻은 진급이라 더욱 흥에 취해 술을 많이 마시고 얼큰하게 취했다. 새벽 1시쯤에야 제주농업학교에 주둔 중인 연대본부의 연대장실로 돌아왔다. 너무 취한 탓에 그는 옷을 벗지도 못하고 침대에 누우며 *내일 업무가 많으니 어서 가 자*라며 격려를 하는 상사에게 *아무 걱정 마시고 편안히 주무십시오.* 하고 안심을 던져놓고 새벽 3시 15분 남로당원들이 M1 소총 두 발로 박 연대장 목숨을 거두어 갔다. *탕! 탕!* 어둠을 타고 박 연대장의 목숨은 어디론가 흔적 없이 달아나고 위생병이 달려와 시신을 씻었지만 이미 시체일 뿐이었다. 총탄이 심장과 두개골을 정확하게 관통한 것이었다. 울음바다가 되었지만, 그 울음이 그의 목숨을 살려내지는 못한 까만 밤이었다. 더욱 어처구니없는 일은 시신을 씻으며 울던 위생병은 다름 아닌 소총으로 박 연대장을 암살한 손좌익이었다.

그렇게 나라의 큰 인재 하나가 흔적도 없이 사라져버렸다. 인재를 잃어 안타깝게 생각한 통위부(統衛部: 미 군정기의 국방과 경비를 전담하던 기구) 사령부에서 빛나는 장례식을 엄수했다. 29세 젊은 나이에 아내와 자식을 두고 나라를 위해 목숨을 버렸다. 누가 이 싱싱한 젊음을 이토록 무자비하게 앗아가버렸단 말인가? 장례식장에서 *여보 당신은 나라를 위해 갔지만 나와 당신 아들은 어찌 살아가란 말입니까? 누워만 있지 말고 일어나서 대답 좀 해보세요! 아빠! 아빠! 어디 있어? 나하고 놀러 가기로 약속했잖아. 어서 일어나. 응 아빠?* 몸부림치는 젊은 미망인과 어린 아들의 오열은 사람들 가슴에 고였던 눈물을 여름 장맛비처럼 쏟아내 제주 섬이 눈물에 잠기고도 남을 정도였다. 미 군정 윌리엄 딘 소장은 *한국 장교 중 백선엽과 박 대령이 가장 정직하고 머리가 좋고 조국에 대한 애국심도 투철하고 예의 바르고 통찰력도 뛰어나 장차 대한민국 육군을 이끌어갈 훌륭한 인재니 그 결기 잘 간직하고 대한민국 미래를 이끌어가게.* 하며 칭찬을 아끼지 않고 용기를 주고 후원해왔다. 그렇게 아끼고 애지중지하던 박 대령의 죽음에 충격을 감추지 못한 윌리엄 딘 소장은 직접 제주도에 미군 C-47 수송기로 날아가 유해를 싣고 왔다. 그리고는 아끼던 박 대령 살해범을 잡기 위해 광기를 보이며 미군 정보기관까지 동원했지만, 단서를 못 잡고 애를 태웠다. 윌리엄 딘 소장은 *어떤 방법으로든 반드시 범인을 잡아내라!* 하고 강경 수사 지시를 내렸다.

그러던 어느 날 출처를 알 수 없는 투서 한 장이 정보 참모에게 날아들면서 수사는 급진전됐다. 투서에서 범인으로 지목된 손좌익 중위가 연행됐고 결국 사건의 전모가 만천하에 드러났다. 범인은 잡혀서도 *나는 미군의 앞잡이 노릇을 하는 백선엽과 육군참모총장까지 다 죽였어야 했는데 다 죽이지 못하고 잡힌 것이 원통하고 천추의 한으로 남는다.* 삼각형 눈을 뱀눈처럼 번뜩이며 양심엔 털이 덮여 아무것도 못 보고 자신의 생을 공산당 노예가 되어 살아온 불쌍한 사람이다. *저 잔학무도한 범인에게 사형을 집행하라!* 1948년 9월 23일 수색 기지에서 24세 문좌익 중위와 22세 손좌익 하사에게 암살 3개월 만에 사형이 집행됐다. 이것이 대한민국 사형

집행 1호였다.

키가 작고 곱상하고 소년 티도 벗지 못한 손좌익, 그에게 어떻게 사람 목숨을 파리 목숨보다 가볍게 여기며 그것도 상관의 머리에 총알을 쏠 악마의 생각이 존재할 수 있었는지 상상조차 할 수 없었다. 9연대 대대장으로 문좌익의 직속상관이었고 철저한 위장술에 속은 육군참모총장은 그가 남로당원일 거라고는 생각도 못 했으며 체포된 손좌익을 만났을 때 자신까지 죽이려 했다는 고백을 듣고 심한 충격을 받았다. 손좌익은 경주 출신이며 평소에도 아주 외골수인 성격이며 사람들과 잘 어울리지도 않았다. 그는 대구 10월 사건에 가담했다가 경찰의 추적을 피해 국방경비대에 입대한 자였다.

이렇게 있어서는 안 될 일들이 하루도 거르지 않고 일어나건만 제주 하늘은 멀뚱멀뚱 내려다보고만 있었다. 약 4천 명의 병력으로 국방경비대와의 충돌을 피하며 포위 토벌을 수포로 돌아가게 하는 동시에 일면으로 국경 내부의 충돌 특히 대내 최고 악질 반동인 박 연대장 암살과 탈출병 공작을 추진하던 공산당은 박 연대장을 암살하고 기가 더 살았다. 저들의 만행을 멈추게 하고 더는 제주에 피바람이 불어서는 안 된다며 박 연대장 후임으로 온 사람은 최연대 연대장이었다. 최 연대장은 강단도 있고 상황 판단에 능한 사람이었다. 발령을 받은 최 연대장은 입산했던 사람들을 선무공작으로 하산시키고 좌익과 양민을 분리하는 전략을 썼다. 경찰과 경비대를 총동원해 360개 오름을 뒤져 1,454명의 좌익을 연행한 뒤 600명을 기소하고 나머지는 수용소로 보냈다.

최 연대장은 부임할 때 독일산 셰퍼트를 데려왔다. 경호원도 부관도 누가 좌익일지 모르고 누가 목숨을 잘라버릴지도 모르는 상황이다. 그러나 이 충견만은 자신의 목숨을 지켜줄 것이라는 생각으로 셰퍼트를 잠자리 옆에 꼭 보초를 세우고 잠을 잤다. 체포된 좌익의 진술은 경악스러울 정도였다. *최 연대장을 암살하려고 몇 차례 시도했지만 늘 최 연대장 옆에서 눈을 부릅뜨고 달려들 것 같은 개 때문에 실패했다. 고깃덩어리에 쥐약을 묻혀 던져도 저놈의 개새끼는 그 고기도 처먹지 않고 꼭 최 연대장이 주는 고기만 처먹어 실패한 것이 억울하고 분하다. 저 개새끼 배때기엔 사람의 충심보다 더 충성스러움이 살고 있는 것 같다. 최 연대장은 사람보다 개를 더 믿는 바람에 못 죽인 것이 원통하다.* 하고 실토했다. 자신 목숨을 사람보다 개에게 맡기는 편이 안전할 거란 최 연대장의 생각이 적중한 것이다.

이렇게 남로당은 군 내부까지 깊숙이 침투할 정도였으니 제주도민들은 누가 좌익인지 우익인지 서로가 서로를 감시할 수밖에 없었다. 좌익은 좌익이었다. 그들은 사형을 당하면서도 동료 좌익들에 대해서는 일절 입을 열지 않았다. 오좌익은 제주도뿐 아니라 남로당 전체의 군 총책이었다. 4·3 사건 진압을 위해 부산 5연대 2대대를 제주 9연대로 편성할 때 좌익인지도 모르고 오좌익을 2대대장으로 파견한 것은 불구덩이에 휘발유를 뿌리는 일이었지만 아무도 눈치채지 못하게 그들은 주도면밀했던 것이다. 오좌익은 충북 청원 현도면 오룡리 출신으로 청주중과 일본 육사 61기 육사 3기생도 대장을 지낸 인물이었다. 제주로 파견된 오좌익은 주민 신고가 들어와도 훈련 상태가 미흡하다며 출동하지 않았다. 최 연대장 부임 후 집중 수색과 한라산 정상 부근에서 작전이 강화되자 견디지 못해 대대장을 사임하고 포로수용소장을 지원해 부임했다. 부임한 오좌익은 양민을 수감하고 시위 가담자를 석방해 인민유격대 지독한에게 보내며 제주를 공산화하기 위한 음모를 꾸몄다. 그렇지만 아무도 그가 그런 음모를 꾸미는 걸 눈치채지 못했으니 공산화를 만들기 위해 일으킨 4·3 사건을 얼마나 무사안일하고 허술한 작전으로 진압하려고 했는지 말해주는 사례이다.

계절은 다시 공책을 꺼내 일기를 쓴다. *건성건성 그러려니 남들이 하는 대로 습관대로 하면 전쟁에서 패한다는 걸 삼국지도 읽지 못하고 손자병법도 읽지 못한 이 나라의 현 상황을 어찌 제갈공명의 처세술이나 사마의의 지혜로 다스릴 수 있을까? 자유민주주의만 사랑했지 지키기 위해 노력은 하지 않았음에 나는 자책감이 든다. 이렇게 무능한 나 같은 사람이 일류대학을 나오고 천재라고 말할 정도니 국가의 존속이 위태롭다. 나는 국가를 위해 아무것도 하지 못했다. 그 배우기 쉽고 풍부한 표현력이 가능한 한글을 왜 일제 저항기에 전 국민에게 가르치지 못했는가? 왜 가르칠 방법을*

찾지 못했는가? 누구도 그런 생각을 하지 않고 먹고사는 데만 연연했기에 이 나라는 이렇게 수탈의 연속이 되고 같은 민족끼리 싸워야 하고 공산주의가 무엇인지도 모르고 바보같이 천치같이 멍청이같이 쪼다같이 맹꽁이같이 병신같이 무지렁이같이 공산주의의 노예가 되어 동족을 죽이는 이 비극. 그래 내 이 둔한 머리를 천재라고 하니 천재답게 똑똑하게 기록이라도 해두자. 사마천의 사기만큼은 아니더라도, 후일 공산주의가 아닌 자유민주주의를 사랑하고 나라를 지키려는 똑똑한 후손들이 내가 적은 이 글이 그 시대의 사진임을 알 수 있게 찍어두자.

그나저나 부석사 스님에게 들은 말로는 이생의 악한 업(業)은 다음 생에 개나 돼지 같은 축생이나 뱀 혹은 까마귀 부엉이 같은 짐승으로 재생된다고 들었는데 저 살인을 마구 저지른 업은 다음 생에 무엇으로 태어날지 단 10분이라도 생각해보았다면 저렇게 잔인하지는 않을 것인데, 하지만 저들은 사람의 탈만 썼지 이미 짐승 같은 짓을 하고 있을진대 그들은 공산당이 신이요 하나님이니 업이란 말도 모르는 자들이라 업이란 말이 있는지도 모를지도 모른다. 아찔함이 아지랑이처럼 하롱하롱 피어오른다. 이 나라를 공산주의에서 지켜내지 못하면 나는 죽어서 무엇이 될까? 이렇게 기록이라도 해두지 않으면 후일 후손들에게 어떻게 얼굴을 들 것인가? 죽어서도 영원히 자손들에게 죄를 짓게 되는 일이니 이거라도 잘 기록해두자. 계절은 생각을 접어 책갈피에 끼워놓고 다시 진실을 건지러 거리로 나선다.

끊임없이 음모를 꾸미던 좌파는 한 양민이 억울함을 호소하는 진정서를 내는 바람에 발각되었고 최 연대장의 후임으로 와 있던 송 연대장이 수용소를 직접 찾아 사실을 조사한 결과 그것이 사실임을 확인했다. 송 연대장은 숨이 꽉 막혀 숨을 쉴 수가 없다. 경악을 금치 못했다. 무슨 단어로도 다 표현할 수가 없었다. 연행해서 조사한 결과 김좌익과 함께 남로당의 군 총책인 것이 드러났다. 그가 옮겨 다니는 곳마다 부대에 공산당이 자리 잡고 기밀을 빼내고 활개를 치도록 만들었던 것이다. 창군 때부터 여수·순천 사건까지 군 내부에 공산당 조직은 모두 오좌익의 머리에 의해서 기획되고 이루어지고 행동으로 옮겨졌던 것이다. *김좌익 오좌익 등 남로당 세포 사건으로 군법회의 회부*라고 동아일보에도 대서특필했다. 오좌익은 군법회의에 넘겨져 국가보안법에 따라 사형을 선고받고 1949년 2월 수원에서 사형이 집행됐다. 복음서에 나오는 인물 중에서 가장 불가사의한 인물 가룟 유다가 환생해 불가사의한 일들을 제주 땅에 봄 싹처럼 우후죽순 돋아나게 하는 걸까? 자유민주주의를 지키려던 연대장은 배신자의 총알에 몸속의 피 철철 쏟아버리고 망각의 허방 숲을 짚고 휘청휘청 다시 못 올 먼 곳으로 가고 갈수록 사태는 얽히고설켜 걷잡을 수 없이 더욱 악화된다.

미 브라운 대령은 무장 대립의 원인이나 사태가 여기까지 오게 된 것을 질책이라도 하듯 *나의 임무는 오직 진압뿐이다. 저 악랄하*

고 지독한 공산당을 반드시 진압할 것이다. 하며 성성 장담을 뱉어낸다. 브라운 대령도 멀고 먼 나라, 보지도 듣지도 못했던 지구상의 조그만, 피 한 방울 섞이지 않은 남의 나라를 돕기 위해 목숨을 걸고 온 또 한 개인인데 고맙다. 그는 문 중위 손 하사 배좌파와 신빨갱을 잡아 즉각 손목에 쇠 팔찌를 채운다. 연대장의 암살 사건에 연루되거나 동조를 묵인한 장병들은 두말이 필요 없이 군법회의 법정에 세운다. 문 중위와 손 하사는 형장의 이슬로 사라져버린다. 남의 목숨을 초개처럼 베었으니 자신들도 초개처럼 가야 하는 건 인지상정이다. 공산당 때문에 산화된 목숨들이 어디 이들뿐이던가. 맡은 바 임무를 다하는 것만이 공산당이 해야 할 임무라지만 목숨은 중요치 않고 수단과 방법을 가리지 않고 무자비하게 생명을 학살하는 공산당에 치를 떨며 브라운 대령은 말한다. 길어도 2주 정도면 이 국면은 안정권으로 평정될 것이다. 한 줌도 안 되는 공산당을 단숨에 제압할 것이다. 그는 호언장담을 제주에 뿌려댄다. 그러나 펄펄 살아 하늘로 하늘로 기어오르는 공산당의 기세를 과연 호언장담만으로 진압할 수 있을까? 그렇지만, 아무리 푸르게 기어오르는 기세도 하늘 어디까지 기어오르기만 하지는 못하는 일이라 공산당도 세가 다하면 넘어지고 구름도 응집력을 잃으면 산산이 흩어지는 자연의 섭리, 그 초자연적인 이치가 브라운 대령에게 행운으로 다가와 이 길고 지루한 고초와 피로 얼룩진 시간들이 씻기고 곱다시 평화로운 삶이 되기만을 빌 뿐이다.

공산당의 이기적이고 무서운 생각들은 몸 밖으로 나와 행동으로 옮겨져 피바람으로 역사 한 페이지를 붉게 물들이고 있다. *세계는 끝없는 합의의 결과이며, 세계관은 우리 안의 다양성에서 비롯한다.* 독일 시인 노발리스가 말했다. 개념과 이념이 서로 다른 이 사태에서 끝없는 화합이 가능할까? 나라의 주인인 자국민도 무슨 상황인지 잘 파악하지 못하고 있는데 남의 나랏일에 주어진 임무 외에 또 무슨 세계관을 끝없이 합의하여 결과물을 발동할 수 있단 말인가? 한미 군정은 토벌 작전 전과로 공산주의에 물들어 체포된 숫자를 3천 6백 스물여섯 명으로 1948년 5월 27일 현재 집계한다.

1948년 6월 3일

제주 상공 푸르기만 한 하늘에 미군 정찰기가 활개를 치며 날아다니며 뜨거운 여름을 예고한다. 제1선에는 미군이 몰아대는 지프가 전투를 지휘하며 격렬하게 거리를 질주하며 공산주의를 향해 저격한다. 공포영화가 상영되는 영화관 같은 현실이 실전으로 하늘 위에서 날고 있다. 이 상황이 영화 한 편이었으면 생각하지만 분명 촬영용이 아니라 실제 상황이다. 지랄 지랄 지지랄 미친년 널뛰듯이 날뛰는 공산당, 공산당을 제압하기 위해 하루에도 수없이

다니는 미군 정찰기가 태풍처럼 소용돌이치는 바람에 민심은 불안이 과열되어 머리가 폭발할 지경이다. 주민들의 혼을 빼앗아 길 잃은 미아로 만들어버린다. 공중에서 땅에서 초여름 제주는 귀 고막이 찢어지고 눈동자는 소음에 휘고 있다. *우리의 임무는 공산주의로!* 하는 공산당과 *우리의 임무는 진압뿐이다!* 하는 미 군함은 검은 연기를 먹구름보다 진하게 흩뿌리고 다니며 공산당을 토벌하는 영화 같은 장면이다. 갈수록 공산당은 더욱 살벌하게 날뛰고 미 군함은 푸른 공포를 휘날리는 기세에 주민들은 죄도 없이 주눅 들어 벌벌벌벌 벌 받을 일도 없이 벌을 받으며 떤다.

미국은 제주도 사태에 예민하게 신경을 곤두세우며 *공산당은 절대 발붙여서는 안 된다*는 생각이고 공산당은 *절대로 미군 놈에게 질 수 없다*며 서로 최악의 사태로 치닫는 바람에 제주도민의 삶은 송두리째 뒤흔들리고 제주의 햇빛은 시들시들 시들어가고, 유령처럼 떠돌아다니는 횡포에 비가 쏟아져 더욱 싱싱한 공포가 자란다. 6월 15일에는 체포된 공산당 숫자가 부쩍 늘어나 6천여 명에 육박한다. *이 작은 제주에서 이렇게 많은 공산주의가?* 계절은 통계를 보고도 믿어지지 않는다. 6월 16일에는 상해 임시정부 군자금 모금에 참여한 독립운동가이자 제주도 1호 목사로 기독교 불모지 제주도에 10개 교회를 개척해 어렵고 핍박받아 상처투성이가 된 주민들에게 삶에 희망과 빛을 전해주며 나라를 위해 기도하던 이도종 목사가 대정읍 신평리 인향동 인근에 교회 설교를 위해 가고 있었다. 한적한 도로를 신도들 10여 명과 함께 걷던 중 갑자기 중산간 도로로 우르르 몰려온 산사람들이 그들의 앞을 가로막았다. 무기를 든 그들은 *양놈의 사상을 전파하는 예수쟁이 미 제국주의의 스파이를 잡아 죽여라!* 외친다. 미처 피할 틈도 없이 달려들어 그들의 양팔을 비틀고 구둣발로 차면서 목사와 신도 일행을 모두 끌고 가다 산이 근접한 밭에 구덩이를 파고 산채로 모두 묻어버렸다.

구덩이를 파는 동안 몸부림도 쳐보지 못하고 손발이 묶인 채 발버둥 치면 발로 마구 밟은 다음 쥐 한 마리 잡는 만큼의 양심 가책도 없이 파인 구덩이에 축구공을 차듯 발로 차서 굴려 넣은 후 침을 뱉고 구덩이에 굴러떨어진 목사와 신도들 머리에 오줌을 갈기며 희롱하는 만행을 저지르며 *간나 새끼들 배고프면, 이 오줌이라도 마시라오!* 하며 흙으로 묻었다. 허옇게 웃는 이빨은 늑대 이빨 같았다. 그렇게 모욕을 당하며 나라를 위해 기도하던 목사와 신도가 죄없이 생매장되는데도 하나님은 어디서 낮잠을 자는지 도와주지도 않았다. 왜 그랬을까? 하나님은 아니 예수님이라도 파견시켜서 좀 도와주지 그도 아니면 열두 제자라도 보내서 도와주어야지 공산주의는 하나님을 부정하는 사람들인데 너무 잔인하다는 생각이 든다. 하나님도 예수님도 열두 제자까지 모두 외출을 하고 업무가 마비된 계절이었다. 호언장담하던 브라운 대령을 비웃기라도 하듯 날이 갈수록 사태는 거센 바람으로 불어닥친다.

그 어떤 강한 것으로도 막기에는 너무 먼 강을 건너고 말았다.

도무지 진정될 기미는 보이지 않고 생각하지도 못할 나락으로 떨어졌다. 이 혼란 속에 재선거란 불가능한 일이다. 말할 필요도 없이 6월 23일 재선거도 무기한 연기될 수밖에 없다. 선거 실패를 두 번이나 했다는 것은 그들의 강력한 토벌 작전에도 실패했음을 증명하는 것이다. 한 치 앞을 내다볼 수 없는 일들이 달려오는 제주는 피비린내가 진동해 하루도 맑은 공기를 마실 수 없는데도 미친 바람은 피비린내를 씻을 생각은 않고 갈수록 혼탁한 바람만 몰고 온다. 제주 시민들의 마음도 모두 어디론가 유배되어 가고 혼란만 들끓는 제주가 되고 있다. 계절은 자신이 멍청이가 되어가고 있다는 생각이 든다. 아무것도 할 수 없이 속수무책으로 이 비극을 바라보아야만 하는 자신이 한심스럽다. 공산당은 선전포고를 한다.

국방군, 경찰관에 대한 호소문

제주도 인민들은 당신들을 믿고 있다.
침략자 미제를 이 강토로부터 쫓아내기 위해!
매국노 이승만 악당을 반대하기 위해!
당신들은 총부리를 놈들에게로 돌리라!
내 나라, 내 부모·형제 지켜주는 빨치산들과 함께 싸우라!

인민유격대는 선전포고 후 제주 한림에 주둔한 국군 9연대 6중대를 공격해 국군 21명이 사망했다. 또다시 걷잡을 수 없는 혼란 속으로 빠져들고 제주도가 공산화의 위기에 처하자 정부는 더 이상 좌시할 수 없음에 계엄령을 선포한다. *제주도 전역에 계엄령을 선포한다.* 그렇게 계엄령을 선포하고 강경 진압 작전을 세우지 않는다면 아마도 제주는 공산화가 될지도 모르고 더 나아가서는 대한민국 전체가 공산화될 수도 있다는 위험이 급박해지자 국군은 중산간 마을 소개령을 발표한다. *하산 시 과거 불문하고 용서하지만 하산하지 않을 시 공비로 인정, 즉시 사살할 것이다. 모두 무기를 버리고 하산해 정상 생활로 돌아가라!* 전단 및 대자보로 자수 유도 후 한라산을 뒤져 사살할 것을 명령했다. 제주도 양민들은 인민유격대에 협조하지 않았다며 학살과 방화를 당했고 말을 듣지 않았다는 이유로 마을 전체가 잿더미가 되기도 했다. 중산간 마을 소개로 인한 피해 규모는 엄청났다. 완전히 파괴된 마을이 45개 부분만 파괴된 마을 43개 제주도 민가도 3분의 1이 파괴되었다.

제주도민 4분의 1은 하얀 마을로 이동을 한다. 토벌군이 인민유격대 차림으로 들이닥쳐 좌익을 죽이기도 하고 인민유격대가 토벌 군복을 입고 나타나 우익을 죽이기도 하는 아수라장이 연출되었다. 군경의 토벌대를 지원하던 우익단체 회원과 가족들이 학살되고 집이 불탔으며 인민유격대에 협조한 혐의를 받은 인민 주민이 체포 구금되거나 즉결 처형되는 일도 있었다. 1948년 10월과 11월 제주도민이 본 피해는 너무도 참혹해서 눈을 뜨고 볼 수 없었다.

유사 이래 다시없는 비극으로 마을마다 잿더미요 여기저기 시신이 즐비했다. 부상자의 신음 어린이들의 울음소리 비통함과 억울함에 사무친 제주도민의 통곡 소리가 천지를 흔들었다.

계절은 다시 이렇게 적는다. *먼 후일 후손들에게 알린다. 이 사건은 내가 직접 정확하게 보고 듣고 발로 뛰어 적어놓는다. 이렇게 비참한 상황이 벌어진 것은 1948년 10월 인민유격대가 대한민국에 선전포고하고 국군을 공격했기 때문이라는 것은 분명한 역사적 사실임을 잊어서는 안 될 것이다. 1948년 4월 3일부터 7월 20일까지 경찰관 56명 우익과 가족 235명이 학살됐고 인민유격대 28명이 사망했다. 인민유격대가 국군을 공격하며 양민을 학살해 이를 저지하던 무고한 양민과 국군이 희생되었다. 공산주의를 만들고자 제주도 양민을 마구 죽이는 공산당들의 만행은 아무리 역사가 흘러도 잊어서는 안 될 것이다.*

사령관 지독한은 꼼짝 못 하고 산속 깊은 곳에 숨어 있어야만 하는 신세가 되었다. 그는 이제 북으로 가야 한다고 결심하고 야밤에 국군의 옷을 구해 바꿔 입고 북으로 탈출했다. 지독한은 그 환경에 맞게 카멜레온처럼 변하는 탁월한 사람이었다. 지독한이 탈출하고 지독한의 뒤를 이어 이첩장이 제주인민유격대 제2대 사령관직을 맡게 된다. 이첩장은 제주도 조천면 신촌리 출신으로 일본 교토 입명관 대학 재학 중 학도병으로 입대해 일본 관동군 소위로 임관했으며 해방 후 조천중 학원 역사 체육 교사로 근무를 하고 있던 중이다. 사실상 진압된 것으로 알았던 4·3 사건은 이첩장이 새 사령관이 된 뒤 7, 8월에 지서 습격과 경찰관 등 인명 살상이 커지면서 다시 불길이 타오르기 시작했다. *제주 사태 다시 악화 교전 상태 들어가* 일간지가 심각하게 다룰 만큼 제주도는 다시 미궁으로 치닫기 시작한다. 평양에서조차 제주에서 큰 사건이 벌어지는 것을 달가워하지 않았지만 이첩장은 9월 15일부터는 경찰뿐 아니라 국군과 우익 인사 양민에 대한 무차별 공격을 가하기 시작했다. 그러나 북의 원조가 끊기고 국군의 토벌 작전으로 숨통이 죄어오자 *이제는 생존을 위해서라도 투쟁하지 않으면 안 된다. 어차피 이래 죽으나 저래 죽으나 마찬가지다. 죽을 각오로 다 도륙을 내야 한다.* 하는 각오로 사람을 마구 죽였다. 어마어마한 사망자가 발생하자 제주도 경비사령부를 설치하고 대대적인 토벌 작전을 벌이기 시작한다.

여수에서도 제주 9연대로 파견하려 했지만 이를 거부하는 남로당 장병들이 14연대 반란 사건을 일으켰다. 그 반란 사건은 여수·순천 사건으로 이어지기에 이른다. 14연대 반란 장병과 좌익 세력이 전라남북도를 휩쓸자 기세가 등등해진 이첩장은 10월 23일 제주 시가에 마구 사격을 가하고 제주 북방 50여 곳에 봉화를 올렸다. 그리고 북한의 조선인민공화국 국기를 곳곳에 게양했다. 다음날인 10월 24일은 소련의 10월 혁명 기념일이었다. 이첩장은 이날을 기해 대한민국을 상대로 선전포고문을 발표한다. 대한민국 정부를 괴뢰 정부로 규정하고 군경에 대한 호소문을 배포하며 날뛰었지만 이첩장의 경호원인 17살 김경호가 자수하면서 병기창과 보급창에 있던 소총 370정과 실탄 수천 발이 압수되자 이첩장은 치명적 타격을 입었다. 1949년 3월 말에는 이첩장의 최대 병력인 천여 명이 동원된 녹하악지 전투에서 178명이 사살돼 사실상 이첩장은 재기 불능 사태가 되었다. 1949년 6월 7일 새벽 3시 이첩장은 배를 타고 제주도를 탈출해 지리산 빨치산 사령관과 합류하기로 하고 하산을 시작했으나 그는 견월악 부근 제주읍 용강리 북받친 밭에서 군경에 포위되고 자수 권유를 거부하고 총격전이 시작됐고 그는 29세에 생을 바쳤다.

계절은 이제 4·3 사건을 정리해 기록한다. *가장 가슴 아픈 사건. 가장 안타까운 것은 선량한 주민들이 남로당 인민유격대와 군경 토벌대의 틈바구니에서 시달리고 희생된 것이다. 남로당에 가입하지 않거나 산사람들에게 협조하지 않는다는 이유로 칼과 죽창에 찔려 죽었고 나무에 묶여 총살당하고 생매장을 당했다. 무참하게 토막 난 시체를 겨우 찾아 장례를 치르기도 했다. 제주도민들은 공산주의가 무엇인지도 모르고 글을 모르는 사람은 자신도 모르는 사이에 당원이 되었고 글을 아는 사람은 노동당원을 거부해 무차별 학살을 당하고 인권을 유린당하며 수많은 희생을 당했다. 밤중에 쳐들어와 쌀을 안 주고 남로당 가입 도장을 안 찍으면 죽인다고 하면 시키는 대로 안 할 사람이 어디 있겠는가? 4·3 사건의 충*

격으로 정신질환에 걸린 사람들도 많다. 4·3 사건을 일으킨 자들은 그 많은 사람을 학살하고 제주도를 붉은 섬으로 만들어놓고 북한과 일본으로 빠져나갔다. 이념을 모르고 힘없고 글도 모르는 양민들이 역사의 소용돌이에 휩쓸려 어린이와 태아까지 소중한 생명을 빼앗겼다. 주민들은 밤에는 죽창을 가진 산사람이 무서워 떨고 낮에는 기관총을 가진 군경 토벌대 앞에서 떨면서 이러지도 저러지도 못하는 가련한 신세가 되고 말았다. 산사람들의 말이나 노동당의 말을 거역하면 목숨은 초개처럼 날아가버렸다. 오늘 멀쩡하던 사람이 내일이면 보이지 않는 일이 다반사로 일어나고 있었다. 공산 세력은 악착같이 국가를 전복시키기 위해 선전포고를 하고 국군을 공격한 사건의 본질을 간과해서는 안 된다. 4·3 사건은 남한 단독정부 수립 저지를 하고 공산주의를 만들겠다는 남로당 등 좌익계의 전면적 무력 유격투쟁인 것이다. 세월이 흐른 후 혹시 만에 하나라도 공산당의 왜곡된 주장으로 정부의 탄압에 맞서는 정당방위라고 우길지도 모르기에 이렇게 적어둔다. 인간의 한계를 훨씬 능가하는 공산당의 무력투쟁이었던 것을 알아주길 바란다. 인민유격대의 선전포고와 계엄령 선포 이후 1948년 11월 2천 205명 12월 2천 974여 명 1949년 1월 2천 240여 명이 목숨을 잃어 가장 많은 인명피해를 냈다. 이 가운데는 억울하게 죽은 사람도 많았다.

12월 31일까지의 계엄선포 기간 동안 제주 남로당은 조직이 궤

멸할 정도의 결정적 타격을 입었다. 잔당들은 그 이후로도 끈질기게 활동을 이어가다 1954년 9월 무장대가 6명만 남으면서 6년 6개월 만에 사실상 사태가 종료됐고 이 4·3 사건은 조선민주주의인민공화국 창건을 위한 투쟁임을 자신들 스스로 조선민주주의인민공화국 만세를 부르면서 밝혔고 오각별 공화국기를 옹포 통조림공장 옥상과 한라산 꼭대기 그리고 삼성혈에 도로에 강산에 게양하였다. 제주의 산과 들과 깊은 바다에서 졸지에 희생돼 시신조차 수습할 수 없었던 희생자들의 넋을 달래고 유족들을 위로하며 충분히 보상하고 명예를 회복시켜 이 피로 지킨 자유대한민국이 자자손손 이어져야 할 것이며 공산주의 인민유격대가 저지른 천인공노할 만행을 결코 잊어서는 안 될 것이다. 제발 바라건대 자유민주주의 국가의 존립을 위협한 무장 세력을 진압하기 위해 청춘의 목숨을 바친 군과 경찰을 폭력집단으로 매도하는 일이 있어서는 안 되기에 이 글을 남긴다. 공산당 진압이 실패했다면 역사의 판도는 크게 달라질 것이 분명함을 밝힌다.

해를 먹은 섬

6

여·순 이야기

밤바다가 아름다워 황홀경에 빠져 자신마저 잊어버리게 되는 여수. 이 여수 밤바다라는 시간 위를 걸어보지 않고는 밤바다를 논하지 마라. 신라 원효대사가 창건했다는 향일암 기암절벽엔 온갖 돌 동물들이 살고 오동도 동백꽃이 잠을 눕히면 잠 속에서 붉은 웃음을 짓는 선녀의 유혹보다 더 매혹적인 곳. 잠시 세상을 딱, 하고 끊어버리게 만드는 곳. 그동안 일본 감시하에 살아남느라 고생했다 다독이고 쓰다듬고 어루만지며 감싸야 할 이 무릉도원에 붉은 간첩들이 붉은 동백꽃 잎으로 정체를 가리고 동백꽃 목을 댕강 댕강 잘라버렸다. *1948년 10월 19일 전라남도 여수·순천 지역에서 일어난 국방경비대 제14연대 소속 군인들의 반란과 여기에 호응한*

좌익 계열 시민들의 봉기가 유혈 진압된 사건. 언뜻 보기엔 국방경비대 제14연대 소속 군인들의 반란과 여기에 호응한 좌익 계열 때문에 일어난 반란으로 보이지만 이렇게 본다면 역사는 전혀 다른 쪽으로 흐를 것이다. 이 뜻 속에 숨어 있는 것을 잘 읽어내야 이 사건을 왜곡하지 않을 것이다. *나는 경북 영주에 있는 이계절의 대학 동기이며 일본 저항기에 함께 사람들에게 한글을 가르치며 나라를 위해 토론을 많이 했던 이장군이다. 계절이가 제주로 간 후 마음 통하는 친구가 없어 고향인 여수에서 한글을 가르치다 해방을 맞았다. 일본에서 겨우 주권을 찾아 기쁨을 채 누리기도 전에 너무나 무지한 국민은 또다시 동족 가슴에 총부리를 겨누는 공산당의 노예가 되어 일제 저항기보다 더 잔혹한 일들이 일어나고 있어 부끄러울 뿐이다. 하여 이렇게 내 고향 여수에서 일어나는 일들의 진상을 정확하게 기록함을 밝힌다.*

이 시기 공산주의자들이 얼마나 주도면밀하게 이 나라에 포진되어 있었나를 봐야 한다. 남로당 중앙당에서 직접 담당하는 장교들의 조직인 *콤 서클*과 남로당 지방 도당에서 담당하는 병사들의 조직인 *소비에트*(*노동자, 농민, 병사의 대표자로 구성되는 소련의 평의회. 소련의 정치적 기반을 이루는 권력기관*) 남로당을 견제하기 위해 북로당(북한 조선로동당의 전신)과 경상남도 일대에 조직한 인민혁명군이 있었다. 남로당 장교들의 인사행정은 인사이동이 심해 서울 남로당 중앙당에서 직접 담당하고 사병들은 인사이동이 적어 지방당에서 담당하며 보안과 행정이 편리하게 조직적으로 운영했다. 남로당은 장교와 병사를 별도로 조직, 관리했기에 콤 서클과 소비에트는 같은 부대 소속임에도 서로를 모르는 경우가 많았다. 인민혁명군 지하 세력은 약 2,000여 명에 달했다. 콤 서클 소비에트와 달리 군일을 하면서 민중 깊숙이 침투해 남로당 당원을 포섭하는 일을 했다.

여·순 사건의 두 주역인 4연대 정보과 선임하사관 지지랄 상사는 소비에트에 소속되어 있었고, 김바보 중위는 북한의 평양학원 대남반 출신 공작원 지령을 받고 남파되어 국방경비사관학교 3기에 입교한 북측 공작원이다. 김바보가 콤 서클에 침투할 때는 좌파 장교들은 그를 남로당으로 알았고, 소비에트에서는 김바보를 우익 장교로 알았을 정도로 보안이 철저했다. 그에 비해 우리 군이나 미군은 체계가 너무나 무사안일하고 조금의 의심도 하지 않아 일어난 사건이 바로 *여·순 사건*이다. 그리고 또 이런 사건이 일어난 건 일본 저항기에 민중들 가까이서 민중을 억압한 일본 경찰 탓도 있다. 일선에서 국민을 수탈하고 겁박하는 일본 순사들에 대해 국민의 공포와 증오는 말로 표현하기 어려웠다. 오죽하면 울던 어린이가 *순사 온다*고 하면 울음을 그쳤겠는가? 그러다 해방이 되고 미군정이 들어서며 내부 실정을 아는 경찰들이 그대로 채용되는 바람에 일본 저항기 경찰이 그대로 경찰복을 입고 거들먹대는 꼴이 보기 싫어 국방경비대에 입대한 사람도 많았다.

국군에 일본군 만주군 경력자들이 많았지만, 하급장교나 부사관이고 여·순 사건 주역인 남로당 김바보도 일본군 소위였다. 남로당 김바보는 국방경비사관학교 시절부터 교육생들을 콤 서클로 포섭하였고, 1연대 2대대장을 거쳐서 전남 광주에 창설된 제4연대로 전속되었다. 제2차 인민혁명군의 실질적 총책인 김발광의 *김바보 중위가 이끄는 콤 서클을 인민혁명군과 합작하고 긴밀한 작전 지시를 기다리라.* 하는 지시가 내려온다. 평양학원 항공중대를 졸업한 공작원 최졸병 일병이 김바보의 당번병 명목으로 항상 그를 따라다녔다. 말은 당번병이지만 실지로는 연락책 겸 감시역이다. 여·순 사건 초기 때는 김바보는 배후에서 지휘하고 최졸병이 콤 서클을 대신 지휘했다. 지지랄 상사가 이끄는 소비에트는 남로당 계열이었고, 적색 장교들의 조직인 콤 서클도 자신들은 남로당 중앙당 소속으로 알고 있다가 북한 공작원 지휘관 김바보에 의해 인민혁명군으로 소속이 변경된다. 김바보와 지지랄이 콤 서클과 소비에트를 주도면밀하게 확장해오다가 오좌익의 지엄한 지령을 받는다. *각자의 상부 조직을 통해 새로 여수에서 창설되는 14연대로 이동하여 혁명군 조직을 만들라! 바로 작전 개시.*

지시를 받고 4연대에는 1개 대대 병력을 차출해 14연대 기간병으로 보냈다. 조선국방경비사관학교(朝鮮國防警備士官學校) 3기생 김바보와 지지랄과 조선국방경비사관학교(朝鮮國防警備士官學校) 3기생 홍멍청도 포함되었다. 연대 지휘부에 불온사상 병사들을 14연대로 거의 보내다시피 했다. 그렇게 1948년 5월 초 14연대가 창설

된다. 이때 인민위원회에서 내려온 지령은 *4연대 군인들에게 이승만과 박공산 중 누구를 더 지지하는지 설문 조사를 해 박공산을 선택한 군인들만 추려서 14연대를 창설하라!* 하는 것이었다. 김바보는 신설 14연대 작전참모 보좌관, 지지랄은 연대본부 선임부사관격인 연대 인사과 선임하사관, 소비에트 부책인 정북성은 연대본부 정보과 선임하사관이라는 요직으로 발령 났다. 그 후 14연대는 신병을 대대적으로 모집하였는데 각 지방에서 좌파운동을 하던 청년들이 경찰 수배를 받게 되면 14연대에 입대했다. 남로당 전남도당에서 비밀 지령이 내렸다. *좌경 청소년들을 파악해서 모두 14연대에 입대시키도록 하라. 그리고 각종 범죄자도 군에 가면 무사하다는 소문을 널리 알려 경찰들을 피해 입대하도록 유도하고 지원하라!* 지원자가 부족해 불온사상 여부와 상관없이 지원자는 무조건 입대시킨다는 정보를 캔 오좌익은 발 빠른 지령을 내린다. *이번 신병 모집에 남로당 계열 반이승만 계열, 좌익 수배 사범 등을 적극적으로 모병하도록 특히 신경 쓰라. 우리 남로당의 세포 조직이 대거 침투하게 해야 한다. 뿐만 아니라 간부 모집 주체였던 머저리 같은 미 군정이 완전한 사상의 자유를 보장하며 인력이 모자라 인력 충원에 집중하려고 하니 간부 후보생들의 이념적 성향을 신경 쓰지 못하는 틈을 타서 우리 남로당 세포 조직을 단단히 심어두어야 할 것을 명심하라. 그리고 경찰에 대한 적대적 감정을 가진 자들이 많으니 잘 살펴 모조리 포섭하라!* 창군 이전 국군은

경찰의 보조 전력으로 인식되어 경찰의 조롱거리가 되고 있는 점을 잘 이용하면 군·경 간의 갈등이 깊어져 물리적 충돌로 보이게 할 수 있을 것이니 최선을 다하라. 병사들 사이에서 경찰에 대한 강한 적개심을 갖게 하는 계기를 계속해서 만들고 교육시키되 마땅치 않으면 일대일로도 교육하라! 수단과 방법을 가리지 말고 갈등을 부추겨야만 승산이 있음을 명심하라. 그리고 무엇보다 여수·순천 지역의 정치적 동향을 우익 계열에 적극적으로 훈련하고 학습시켜 단독선거 시행을 방해하는 우리의 공작이 아니라 미국과 경찰과의 충돌로 변모시키는 학습을 지속하라!

실제로 백선엽은 지원자가 부족해 국방경비대 입대에 있어 사상 검열은 전혀 없이 충성 서약과 신체검사와 구두시험만으로 선발해 입대 절차는 너무나 허술했다. 이렇게 제14연대의 지지랄과 연대 내 남로당 하사관들은 숙군(肅軍)과 연대의 제주도 파병에 불만을 가지고 있던 자들을 급조 교육을 시켰다. 육군본부의 제주 4·3 사건 진압을 위해 제14연대의 제주도 파병 계획을 안 남로당 조직은 반이승만 계열로 간주하던 전임 연대장 오 중령이 상부에 체포된 지 얼마 되지 않은 시점에 철저한 계획과 작전을 세웠다. 10월 15일 육군 총사령부로부터 제주도로 출동하라는 명령이 내려진다. 군 통신망이 잘 되어 있지 않아 일반 우체국 전보로 하는 바람에 그 명령이 일반 사병들에게도 알려지고 출동 날짜가 10월 19일로 매우 촉박함을 알았다. 김바보 등 당원들은 남로당의 기본 방침이 아직은 무장봉기할 때가 아니라고 판단하고 중앙당으로 연락하기에도 촉박해 애를 태우다 일단 출동 명령에 따르기로 하지만 지지랄 상사는 전남도당에 연락이 닿지 않자 자체 병사위원끼리 회의를 하고 결과 발표를 한다.

우리는 출동을 거부하고 거사를 일으킨다. 선전 해설반을 편성해 대대별로 파병 반대 선동에 더욱 박차를 가하고 위병사령부 장악조와 통신망 차단조, 장교 처단조, 무기고 점령조 등으로 병력을 나누어 각자의 분단 임무에 충실해 일단 연대 장악이 끝나면 조별로 내게 바로 보고하라. 그리고 장악이 끝나면 내가 나팔을 불어 전체 부대원을 연병장으로 집합시킬 것이니 각자 맡은 바 임무 수행에 직행한다. 걸리적거리면 모두 쏘아 죽여도 좋다. 숙군(肅軍)에 대한 불안감을 제주도 파병에 대한 반발감이 생기도록 선동해 조직의 반란으로 가장하고 계획을 실시하라. 그리고 내일 식당에서 제주도 출동 장교 회식이 있으니 그 틈을 타서 무방비 상태의 장교들을 모두 도륙내고 육군본부로부터 제14연대에 제주 4·3 사건 진압을 위한 출항 명령이 하달되기 전에 나팔을 불어 새벽에 모두 연병장에 모이게 하라. 장병들이 모이면 지금 북에서 38선을 넘어 우리를 구하러 오고 있으니 경찰을 타도하고, 동족상잔의 제주도 출동을 반대하자. 부대원들을 선동하고 반대파는 즉시 사살하라!

지지랄의 명령에 식당으로 몰려가 회식 중인 장교들을 쏘자 그중 식당 내부를 잘 아는 장교가 전기를 차단하는 바람에 일부는 창문으로 도망가고 일부는 뒷문으로 도망가다 잡혀 죽고 그 자리에서 총에 맞아 죽고 절반이 넘는 장교들 목숨이 희생되었다. 그렇게 장교 사냥이 끝나고 밤 10시경에 모든 임무를 완수하고 상황실까지 장악한 후 비상 나팔을 불자 모두 제주에 출동 명령인 줄 알고 연병장에 모였고 대부분 사병은 아무 저항 없이 여기에 찬성하여 2,000여 명의 장병들은 자동으로 공산당이 되고 말았다.

장병들이 집결한 연대 연병장에서는 여기저기서 총성이 울리고 뒷산에서도 폭죽처럼 신호탄이 날아다녔다. 광란의 틈을 타서 지지랄이 사복 차림으로 민간인들과 함께 연병장 사열대에 올라가 소리질렀다. *경찰이 우리를 죽이기 위해 쳐들어온다. 애국 병사 여러분 우리는 동족살상의 제주 파병을 거부하고 빨치산에 협력하고 미제와 이승만 매국 도당을 타도하자. 조선인민군이 되어 미제들을 몰아내자.* 지지랄의 선동에 소비에트 소속 병사들은 *옳소 옳소! 미군 앞잡이를 몰아내고 조선인민군의 승리를 위해 싸웁시다!* 동의하자 하사관 세 명이 *지지랄? 너 왜 지랄을 하고 그래? 어쩌자고 반역을 일으켜 죽을라고 환장했어?* 하고는 *장병 여러분 우리는 엄연한 자유민주주의 남한의 국군입니다. 공산당의 선전에 속아 넘어가서 나라를 공산주의로 만들면 안 됩니다. 부디 정신 바짝 차리시길 바랍니다.* 하고 외치자 반란병들의 총이 이들을 동시에 총살해버렸다.

우왕좌왕하던 사병들에게 *무기를 들어라. 그리고 경찰과 싸우*

자. 전 부대를 다 뒤져 미제 앞잡이의 장교들을 모두 사살하라! 소비에트 특수공작책 심지빨 상사 명령이 떨어지자 반란군들은 부대를 뒤져 대대장 전원과 연대 작전주임 장교 정보주임 장교 등 20여 명을 귀신같이 찾아 모두 총살하는 대참극을 벌였다. 그들은 눈썹 하나 까딱 않고 장교들을 찾아내어 사살했다. 시계는 아무 일도 없다는 듯 자기 갈 길만 부지런히 가고 냇물도 멈추지 않고 제 갈 길만 가고 꽃들만 슬프다는 듯 우르르 장교들 영혼 위로 날아내렸다. 잔인하고 잔혹한 날이었다. 장교들의 죽음으로 사실상 무방비 상태였던 여수는 쉽게 함락되었고, *10월 19일 14연대 정문 앞 식품점에서 반란이 성공하기를 기다렸다가 반란이 성공했다는 연락을 받으면 영내(營內)로 들어가 합세하라!* 여수인민위원회 지령을 받은 인민위원회 회원들은 식품점 앞에서 기다리다가 반란이 성공했다는 기별을 받고 14연대 안으로 몰려들어 가 *인민공화국 만세! 인민공화국 만세!* 합창했다. 반란군은 열차를 이용하여 병력 대다수를 순천으로 진격시켰다. 순천 경찰이 대응하였으나 패퇴해 20일 오후 순천도 함락되었다. 순천에 파견 나와 있던 홍명청의 2개 중대와 광주 제4연대 소속 진압군이 반란군에 합류하자 사기가 높아진 반란군은 주변 지역으로 공격을 속행해 22일에는 전남 동부 지역의 6개 군을 장악하게 되었다.

여수·순천 지역에서는 반란군의 점령에 호응하여 지역의 좌익 계열 인사들을 주축으로 인민위원회가 설치되어 지령을 내린다. *학*

생들도 반란군에 가담시키고 활동을 시작하라. 그리고 경찰에 고문이나 폭력을 경험했던 청년들을 시켜 그 지역의 우익 인사와 경찰관과 가족을 보복 살해하게 시키고 인민위원회는 경찰서장 등의 우익 인사들을 모조리 처형하고 식량을 약탈해 인민위원회에서 나누어주라. 14연대는 이미 9월 중순부터 제주도 출동을 예정하고 있어서 10월 초부터 다른 부대로부터 박격포와 기관총 등을 차출하여 공급받고 신식무기인 개런드 소총과 M1 카빈, 자동소총, 기관단총을 비롯 각종 통신장비 등이 우선적으로 공급되었고 가지고 있던 일제 38식 소총과 99식 소총까지 합하면 평상시의 2배에 달하는 6천여 정의 소총을 보유하고 있어 남아도는 소총으로 반란 후 민간인들을 무장시킬 수 있다. 그러니 반드시 이번 작전은 성공시켜야 함을 명심하라. 제14연대의 반란 소식이 상부로 전해진 것은 20일 새벽, 이 상황을 살피러 부연대장이 정보주임과 함께 연대로 돌아와 살피던 중 연대 탄약고의 문을 여는 순간 *저놈을 죽여라!* 소리와 함께 *탕! 탕!* 정보주임의 목숨을 앗아갔다. 다리에 총을 맞은 부연대장은 무릎으로 기어 연대본부까지 가서 마이크를 들었다. *불순분자들의 거짓 선동에 넘어가면 안 된다. 거짓에 넘어가지 말고 자유대한민국을 위해 싸울 애국 군인들은 모두 연대본부 앞으로 바로 집결하라.* 하고 절규하는 사이 총알이 날아와 간신히 피한 연대장은 겨우 차를 끌고 나와 여수읍 헌병 파견대로 가서 파견해 있던 14연대 2개 중대를 이끄는 공산당 홍명청에게 전

화로 반란 진압 출동 명령을 지시했다.

홍명청은 전화를 끊고 코웃음을 쳤다. *으흠! 성공이군 바보 멍청이 같은 놈들!* 하고 미친 듯이 고개를 젖히고 목젖이 보이도록 웃는다. 그는 기쁜 마음에 밖으로 나가다가 손양원 목사 집을 쳐다보며 미친 듯이 또 웃는다. 손양원 목사는 여수에서 한센병 환자들을 위한 치료 시설인 애양원을 운영하고 있었다. 홍명청은 좌파 학생들을 시켜 손 목사의 아들 둘을 모두 살해하란 지령을 내렸다. *저 미제 앞잡이 노릇을 하는 예수쟁이 새끼를 모두 사살하라!* 명령과 동시에 *탕! 탕! 탕!* 세 발의 총알은 정확하게 그들의 심장부를 뚫어 사살하였다. 그리고 이어서 기독교를 믿는 집을 조사해두었던 부하를 데리고 10여 집에 들이닥쳐 총 30여 명을 기독교를 믿는다는 이유로 사살했다. 그리고 부자로 사는 10여 집도 쳐들어가 모조리 사살했다. 햇빛 한 줌도 보이지 않았다. 한편 김바보는 연락병 겸 북측 감시원인 최 일병을 데리고 연대 중대장실을 나와 최 일병을 시켜 간접적으로 반란군을 지휘하는 흉내만 낸다. 아직 자신이 할 일이 더 있음을 예상하고 자신의 신분은 아직 군에 드러내지 않았다. 여수 14연대 봉기 소식을 들은 중앙당 노동부장이 봉기 지휘를 위해 순천에 가 지지랄을 만나 힘을 합했다.

애국 인민에게 호소함(제주도 출동 거부 병사위원회)

우리는 조선 인민의 아들들이다. 우리는 노동자와 농민의 아들들이다. 우리의 사명은 외국 제국주의의 침략으로부터 조국을 지키고 인민의 이익과 권리를 위해 목숨을 바치는 것이다. 그럼에도 미국에 굴종하는 이승만 괴뢰, 김성수, 이범석과 도당들은 미 제국주의에 빌붙기 위해 우리 조국을 팔아먹으려 하고 드디어는 조국을 파는 것과 마찬가지인 분단 정권을 만들었다. 그들은 미국인을 위해 우리 조국을 분단시키고 남조선을 식민지화하려 하고 있으며, 미국 노예처럼 우리 인민과 조국을 미국에 팔아먹고 있다. 이런 식으로 한일 협정보다 더 수치스러운 소위 한미 협정을 맺었다. 친애하는 동포들이여! 만약 당신이 진정 조선인이라면, 어떻게 이런 반동분자들이 저지른 이런 행동에 대한 분노를 참을 수 있겠는가? 모든 조선인은 일어나 이런 행동에 대해 싸워야 한다. 제주도 인민은 4월에 이런 행위에 대해 싸우기 시작했다. 그러나 미국과 붙어 있는 이승만, 이범석 같은 인민의 적들은 우리를 제주도로 보내어, 조국 독립을 위해 싸우고 또한 미국인과 모든 애국 인민들을 죽이려는 사악한 집단과 싸우기 위해 자신의 목숨을 바치는 애국적 인민과 싸우도록 우리에게 강요했다. 모든 동포들이여! 조선 인민의 아들인 우리는 우리 형제를 죽이는 것을 거부하고 제주도 출병을 거부한다. 우리는 조선 인민의 이익과 행복을 위해 싸우는 인민의 진정한 군대가 되려고 봉기했다. 친애하는 동포여! 우리는 조선 인민의 복리와 진정한 독립을 위해 싸울 것을 약속한다. 애국자들이여! 진실과 정의를 얻기 위한 애국적 봉기에 동참하라. 그리고 우리 인민과 독립을 위해 끝까지 싸우자. 다음이 우리의 두 가지 강령이다. 1. 동족상잔 결사반대 2. 미군 즉시 철퇴, 위대한 인민군의 영웅적 투쟁에 최고의 영광을!

14연대 반란 정보를 입수한 여수경찰서장은 비상소집 명령을 내려 150여 명의 본서와 지서 근무 경찰관이 모였다. 그리고 부연대장의 연락을 받은 헌병대 40여 명과 합동작전으로 봉산 지서 인근에서 1차 저지를 했다. 광주경찰청은 경찰서 절대 사수였으나 그 병력으로는 역부족이었다. 반란군은 순식간에 경찰서 안으로 진입하고 유치장을 열어 각종 범죄자 60여 명을 석방하고 무기를 탈환한 그들은 10월 20일 여수읍의 주요 공공건물과 여기저기에 일제히 인민공화국의 깃발을 게양하고 오후 2시부터 중앙동 광장에는 여수 인민대회가 열렸다. 또한, 반란군은 ***제주도 출동 거부 병사위원회*** 이름으로 성명을 발표해 로버츠 미 임시군사고문단장과 국무총리 겸 국방장관의 긴급회의가 열려 전라도 광주에 ***반란군 토벌 전투사령부*** 설치가 결정되고 사령관에 송호성이 임명됐다. 송호성을 보좌하는 미 군사 고문으로는 제임스 하우스만이 파견되었다.

토벌 사령관에 임명된 송호성은 광복군 출신으로 지휘관들의 강경 진압 방침과 달리 온정적인 입장을 취하고 확성기를 들고 총알이 빗발치는 반란군의 최전선에 뛰어들어 ***나의 사랑하는 조국의***

청년 애국 장병이여 무기를 버려라. 지금은 군끼리 싸울 때가 아니다. 지금이라도 늦지 않았다. 내 목숨을 걸고 제군(諸君)의 죄는 묻지 않겠다. 무기를 버려라. 호소하며 최선을 다해 인간 생명 존중을 우선시했지만 역시 역부족으로 돌아가고 말았다. 당국에서는 반란을 모르고 있다가 21일에서야 국무총리의 공식 담화가 발표되고 22일에 중앙 일간지에 사건 보도가 나왔다. 10월 22일 정부는 여·순 지역에 계엄령을 선포하고, 같은 날 진압군은 첫 교전인 순천시 서면 학구리(鶴口里)에서 반란군을 제압하고 순천으로 진격했으며, 피 터지는 교전 끝에 23일에는 순천을 장악할 수 있었다.

그러나 반란군의 주력은 순천에서 도주하고 진압군에 대항한 것은 잔여 병력과 무장한 시민들이었다. 이후 진압군은 인근 광양과 보성까지 수복하고 10월 24일, 반란군 토벌사령부의 송준장이 이끄는 여수 공략부대는 여수시 미평동(美坪洞) 일대에서 반란군의 기습을 받고 후퇴했다. 여수 공략전이 잠시 소강상태에 빠진 사이 지지랄이 이끄는 반란군은 백운산과 벌교 방면으로 도주하였다. 작전 속행을 해 최대한 민간인 피해를 줄이라는 이승만 대통령의 지시에 따라, 진압군은 10월 25일부터 재차 탈환 작전에 나섰다. 장갑차, 박격포의 지원을 받은 4개 대대 가량의 병력과 항공기, 경비정이 동원된 포위전을 시작으로 여수남국민학교에 진압군 사령부가 설치되고 완전 수복이 이뤄졌다. 2진으로 도착한 경찰부대는 동료 경찰과 그 가족들이 처참하고 참혹하게 학살당한 것을 보자

참담함에 치를 떨었으나 이미 반란군의 주력이 빠져나간 여수에는 극소수의 반란군과 무장한 일부 민간인만이 대항할 뿐이었다. 진압군 사령관 송호성이 물러나고 온 김백일 사령관은 반란의 주력 부대가 여수에 있다고 생각했다. 토벌군이 여수에 차단선을 풀고 노리는 틈을 이용해 반란군은 김바보 홍명청 등이 곳곳에 심어놓은 안내자를 따라 지리산으로 입산한다.

이틀간에 걸친 시가전 끝에 여수는 10월 27일 완전히 진압군에 의해 장악되었고, 이로써 여·순 사건은 종결되었다. 반란군 진압 과정에서도 많은 인명피해가 발생했다. 초기 진압 작전의 실패로 궁지에 몰린 군은 강경한 작전을 구사하였으며, 민가에 대한 철저한 수색을 통해 반란군 협력자를 모두 색출했고 여수를 포기하고 지리산으로 입산한 반란군은 11월경부터 진압군과 간헐적인 교전을 벌이는 등 게릴라(빨치산)로서 활동했다. 이에 국군은 이듬해까지 토벌 작전을 전개하여 여·순 사건의 주모자인 김바보, 홍명청, 지지랄 등을 사살했다. 1948년 10월 19일부터 27일까지 이어졌던 여·순 사건은 막대한 인명·재산 피해를 남겼다. 피해에 관해서는 다양한 통계가 있지만 대략 2천~5천여 명의 인명피해가 발생한 것으로 추정되고 재산 피해는 약 100억 원, 가옥 소실은 2천 호가량으로 집계되었다.

1948년 11월 20일, 총 99명의 국회의원은 *미군 주둔에 관한 결의안*을 발의했다. *왜 미군이 남한에 주둔해야 하느냐*라는 이문원 의

원의 질문에 대해 이 결의안을 주도한 최윤동 의원은 다음과 같이 말했다고 한다. *미군은 여수·순천 사건과 대구 사건을 진압하는 데 큰 역할을 했고, 만약 미군이 없었더라면 국군은 전멸당했을 것이다.* 여·순 사건은 위기감을 갖게 했고, 이승만 대통령의 철권 통치를 강화하는 계기가 되었다. 여·순 사건은 *국제 공산주의 운동의 목적으로 일어난 공산주의자들의 폭동*이다. 반란 주동에 직·간접적으로 관계되어 있던 좌파 계열을 모두 솎아내야 하지만 그건 두고 볼 일이다. *극우의 정객*들이 공산주의자들과 결탁하여 반란을 기도한 사건이다. 국회에서도 위기감을 느껴 1948년 12월 1일에 *국가보안법*을 제정했다. 정부는 군내의 좌파 세력을 색출하고 숙군 사업의 강화로 이어졌고, 그 결과 5%가량의 장병들이 군을 떠났다.

그들이 저지른 죄는 엄청났다. *우체국, 경찰서, 관공서와 공공건물 등을 방화하고, 우익 인사, 우익 청년단 간부들을 무차별 학살해 시체가 곳곳에 산더미같이 쌓였다. 특히 경찰관과 경찰관 가족을 모조리 찾아 죽였다. 여수읍을 불바다로 만들어 경찰서는 방화로 연소됐고 수십 명의 연대 장교 및 하사관이 피살되었고 반란군 좌익단체 합 600여 명이 합세하여 인민공화국 만세와 인민 해방군 만세를 외치고 여수경찰서가 반란군에 점령 당시 조선은행 여수지점을 장악 인민공화국 중앙은행으로 바꾸어 부르고 당시 돈 3,550만 원을 강탈하였고, 각 은행 지점 및 금융조합에도 거액의 현금*

을 몰수 강탈했다. 인민위원회가 조직되고 인공기가 나부끼고, 거리마다 포스터가 나부꼈었다. 제주도 출동 절대 반대, 미국도 소련군을 본받아 즉시 철퇴하라. 인민공화국 수립 만세 등 거리에 벽보가 붙고 인민대회를 열고 추모가 '해방의 노래' 등 인민대회에는 한 집에 한 사람씩은 꼭 나와야지, 안 나오면 반동분자로 몰아 즉시 사살한다고 했다. 당시 여수 남로당 위원장 식사(式辭), 격려사 보안서장 14연대 소비에트 총책 반란자의 두목 지지랄 상사였고 인민위원회의 결정서 6개 항이 선포됐다.

① 인민위원회의 여수 행정기구 접수를 인정한다.

② 조선인민공화국에 대한 수호와 충성을 맹세한다.

③ 대한민국 분쇄를 맹세한다.

④ 남한 정부의 모든 법령은 무효로 선언한다.

⑤ 친일파, 민족 반역자, 경찰관 등을 철저히 소탕한다.

⑥ 무상몰수, 무상분배의 토지개혁을 실시한다.

결정문을 낭독하며 인민공화국에 대한 충성을 맹세하고 대한민국 정부 모든 법령 체제를 무효로 한다는 선언. 이 당시 경찰서 뒤에 방공호에 경찰관 30여 명을 몰아넣고 집중사격하여 사살하고 지하실에 숨어 있던 경찰 가족 등 30여 명까지 휘발유를 뿌려 전원 태워 죽였다. 23일 오후 3시 중앙동 로터리 사거리에서 인민대회를 통한 인민재판을 열어 800여 명의 경찰 가족 등 우익 인사를 가려 처형, 당시 천일고무 공장 사장, 대한 노총 여수지구위원장, 사찰계 형사 두 명과 경찰서 후원회장, 한민당 간부 등 주요 우익 인사들이 처형당했다. 당시 처형당한 사람 중에서 항만노조 조직위원장은 처형 전 노래 하나 불러보라고 하니 '울 밑에 선 봉선화야'를 불러 울음바다가 됐다. 10월 20일 오전 11시경 고인수 서장은 정복 차림으로 읍사무소 앞 공터에서 총으로 무장한 남학생 2명에게 끌려가 유달산 호랑이란 자에게 사살되고, 여수경찰서 여경은 폭도들이 옷을 찢고, 벗겨 목에 쇠사슬을 매어 여수 시내를 일주한 뒤 다시 경찰서로 끌고 가 머리를 쏴 죽인 잔인무도한 짓을 저지르고 서종현이라는 자는 학생 세 명을 대동하고 경찰서 유치장에 갇혀 있던 우익 인사들을 향해 창살 틈으로 총격을 가해 총탄을 피하느라고 아수라장이 되어 결국 다 죽었다. 10월 20일까지 이틀 동안 여수경찰서 안에서만 희생당한 인원만 경찰관 59명, 의용 경찰 20명, 의용 소방대원 5명, 우익계 인사 10명, 기독교인 7명, 경찰관 가족 40명 당시 여수 바보중학교 학생 90%는 좌익에 가담, 미친대 학생 40% 순천 미 중생 30% 등 엄청난 가담자였다.

여수 빈 학교는 김단말이란 6학년생 대표가 지휘했다. 순천경찰서, 장성경찰서 등지를 장악했고, 순천경찰서장 양 총경도 처형당했다. 여수를 거쳐 순천까지 점령한 반란군은 각처 지서를 장악했고, 광양, 남원, 조성, 구례, 보성 등 경찰서를 점령하고 고흥에서는 순천에서 돌아온 반란군과 합세 고흥읍을 점령 경찰관 7명과 주민 6명을 직결 총살, 여수에서 민간 희생은 반란군에게 학살당한 양민 1,200여 명, 반란군에 다친 양민 1,150명 소실 및 파괴된 가옥 1,538동 행방불명자 3,500여 명, 이재민 98,000여 명으로 공식 집계되었다. 기타 행방불명자 818명이고 사살된 반란군 392명, 포로가 1,512명이다. 타 지역 광양, 보성, 구례, 고흥, 곡성 등 피해도 1천여 명이 넘으며 여수 14연대는 1948년 10월 28일부로 해체되었다.

지금부터라도 자유민주주의를 지키려면 정신 바짝 차리지 않으면 교묘한 공산주의의 붉은 아가리에 언제 먹힐지 모른다. 이 심정을 계절이는 알까? 함께 상의할 친구가 없어 가슴이 답답하다. 두 손을 모으고 간절히 빈다. 자유민주주의를 지켜달라고. 끔찍해 상상도 하기 싫은 여·순 이야기 끝.

해를 먹은 섬

7

계절은 폐허 더미를 허름한 기분으로 바라본다. 괴테가 말하길 *사람은 모름지기 매일 몇 곡의 노래를 듣고, 좋은 시를 읽고, 그리고 좋은 말을 나눠야 한다*고 했다. 그런데 자신은 연필의 시커먼 심을 가지고 시커먼 역사를 기록하며 참회를 써나가고 있다. 그날 한반도 허리를 묶어 남과 북 둘로 나누는 일을 하지 않았다면 공산주의 나라에서 자유를 속박당하고 인권을 착취당하고 노예 같은 삶을 살아가고 있을까? 빨갱이들이 수많은 목숨 줄을 가을 추수하듯 거두어 가 국민의 가슴에 이렇게 상처와 아픔을 매달고 사는 것과 공산주의가 되어 노예처럼 처참하게 살아가는 것의 무게 중 어느 것이 더 무거울까? 이 황홀하도록 아름다운 금강산 1만 2천 봉우리마다 서린 산 정기가 시퍼렇게 푸들푸들 살아 있는 국토에서 찬란한 동방의 등불이 켜질 이 나라에서 욕심이 이 강토를

침탈하지 않았더라면 얼마나 좋았을까?

묶인 허리를 풀기 위해서 비운의 역사를 과거에만 꽁꽁 묶어둘 수는 없다. 인간이 인간을 아무렇지도 않게 짐승 죽이듯 살해한 과거만 원망하고 있을 때가 아니다. 이제 이 나라를 추스르고 자유민주주의를 택한 민족의 선택에 후회가 없도록 반쪽 해방이지만 반쪽에서 발생한 반쪽을 붙여서 하나가 되기 위해 으뜸가는 정의의 정신들을 가다듬어야 할 때다. 민간인 학살 사건을 원망하는 건 아무 의미가 없다. 누구의 탓이라고 해 봐야 소용없다. 시대적 비극, 그들의 소중한 희생을 헛되지 않게 하기 위해서라도 이 나라는 피나는 고통으로 노력해야 한다. 역사는 그렇게 자신을 달래고 있었지만, 그 역사 이 땅의 역사를 누구도 함부로 건드릴 수는 없다. 남이 옳다고 북이 옳다고 서로의 길이 옳다고 우기는 일에 죄 없는 목숨만 희생되고 만 이 역사를 후손들은 어떻게 기억할까? 어떤 죗값으로도 그들에게 용서가 되지 않을 것이다. 한 나라를 둘로 쪼개 몰락의 길을 걷게 한 공산당. 제주 4·3 사건에서 공산주의를 막아내고 자유민주주의를 갈망하는 국민을 지키기 위한 과정에서 일어난 피할 수 없는 상황이라고 하면 희생당한 사람들에게 너무도 가혹한 일이 아닌가?

국가가 던져놓은 반공의 그물은 너무 헐렁하다. 더 이상 반공의 그물이 헐거워져 죄 없는 부모·형제가 무수히 총칼에 쓰러지는 일이 있어서는 안 된다. 죽음 앞에서 목소리 높여 울음조차 울지 못하고 입은 있어도 말을 잃어버리고 응달진 곳에서 추위를 파먹고 살던 묵음의 긴긴 세월 가슴도 먹먹해 울지 못한다. 억장의 가슴이 모두 돌무덤으로 쌓여 눈 감고 귀 감고 여기저기 발길에 채이며 돌아다닌다. 꽃을 피우지 못한 아픈 날에도 거짓 같은 해맑음이 눈을 뜨게 한 날도 생각의 가닥을 추스르지 못하고 암흑천지 먹바람은 멎지 않아 동심원을 돌고 있는 4·3 고리에 고인 신열로 까무러치기도 하고 혼절하기도 한다. 누군가 묻는다. 침탈과 학살을 하여 지배하려는 붉은 공산당의 힘에 산산이 부서져 훼손된 인간의 존엄성은 어디서 찾느냐고. 또 누군가는 묻는다. 국가는 무엇으로 존재하는가? 물음은 또 다른 물음의 꼬리를 물고 올올챙챙 올챙이처럼 다리도 없는 꼬리를 흔들고 있다. 죽음도 삶도 온전한 길 하나는 인간의 존엄성을 지켜주는 일이다. 다랑쉬굴에서 산굼부리에서 4·3 유골로 뒤엉킨 학살당한 뼈가 마디마디 외마디 소리를 지르며 서러운 영혼들이 갈 길을 잃고 배회하고 있다. 하늘도 땅도 멀뚱거리며 제 할 일만 할 뿐 아무런 비답도 들려주지 않는다. 며느리가 미우면 손자까지 미운 법이다.

멋모르고 가입한 남로당원도 사람들은 고운 시선으로 보지 않는다. 눈은 있어도 볼 수가 없어 물에 만 밥이 목에 걸린다. 양반은 굶어 죽어도 문자를 쓴다. 사람의 얼굴은 카멜레온처럼 변하여 살인자가 절에 가 중노릇하는 무리를 보고 눈에 쌍심지가 오른다. 눈을 떠야 별을 보고 병들어야 설움을 안다. 아무런 희망도 아무런 기대도 할 수 없는 제주 생활. 야학에서 어린이들에게 우리글을 가르쳐 일본 놈들의 저 천인공노할 짓들을 물리칠 꿈을 키우던 영주의 아들 이계절. 선비인 할아버지가 일본 놈들이 동네 주민들을 괴롭히며 행패 부리는 것에 대항해 독약을 함께 마시고 돌아가신 애국자의 손자 계절의 인생은 전혀 생각지도 못했던 곳으로 항해해서 표류하고 있다. 일본 놈들이 물러가기가 무섭게 또 다른 천인공노할 일이 들이닥치다니. 계절은 반으로 갈라진 나라를, 이 조국을 장차 어찌해야 할지 잠을 이루지 못한다. 자신의 운명도 반으로 갈라지지 않았는지 고정의와 아들 이정의 생사도 확인할 길이 없다. 옷에는 노숙자를 방불케 하는 악취가 났으나 마음속에 가득한 악취에 비하면 아무것도 아니다.

계절은 피비린내를 헤집으며 일단 자신이 살던 집으로 가본다. 혹시나 혹시나 했으나 역시나 역시가 뛰어나와서 계절을 맞이한다. 폐허가 되어 흔적도 없다. 제주 일대 쑥대밭이 된 땅을 멍하니 바라본다. 한나절을 바라보다 엉덩이를 털고 일어선다. 어디든지 뛰어다니며 찾아봐야 한다. 집 근처를 무작정 걸으며 아들과 아내를 찾기 시작한다. 그러나 폐허가 된 제주 땅에서 살았을지 죽었을지도 모르는 아내와 아들의 소식을 찾는다는 건 불가능해 보여서 불안하다. 모래밭에서 바늘 찾기 같다는 생각이 든다. 한 달을 발이 부르트도록 다녔으나, 아내나 아들 할아버지나 할머니 누구의 연락처도 찾아낼 수가 없다. 흔적조차도 없는 이 막막함을 어째야 한단 말인가. 이 나라는 나 자신은 어디로 가야 하는가! 나라도 반 토막 나고 가정도 반 토막 나고 반쪽 속에서도 좌익과 우익으로 또 반 토막을 내고 있어 사방 어디를 쳐다봐도 답답할 뿐이다. 무사 영화에 나오는 장검처럼 번쩍이며 자신의 머리를 어지럽히는 현실에 악당 악당 악당들의 만행이 도대체 자신의 머리로는 도저히 해석 불가능한 암호 같은 일이다. 장차 세월이 흐른 뒤에 선조들의 이기 때문에 순간에 두 동강 난 나라를 어찌 설명해줄 것인지 부끄러운 생각에 몸이 다 오그라든다. 한 하늘에 두 개의 태양이 뜨고 한 하늘에 두 개의 달이 떠서 계절은 기가 차서 웃음이 나온다. 나는 지금 어디에 있는가? 지금 내가 겪은 일들은 모두 현실과 성립되지 않은 한바탕의 꿈이었으면 좋겠다는 생각을 한다. 깨고 나면 다시 현실인 꿈. 그러나 그 꿈은 또 잠을 깨워 현실로 돌려보낸다. 창백한 달빛이 몸을 적신다. 바람이 공중을 흔들며 이슬 같은 종소릴 머금고 지상으로 지상으로 내려오고 있다. 언젠가는 이 나라를 위한 내 푸른 결기를 두 팔로 고요히 아주 고요히 잠을 안고 사라질 날이 오겠지.

바닷물을 공중으로 길어 올리는 갈매기의 푸른 눈매가 보고 싶다. 뜨거운 열정처럼 바닷물이 부글부글 끓어오르고 있다. 후세는 나를 무어라고 기억할까? 자꾸만 자라나는 생각을 자르기 위해 일어서서 무작정 걷는다. 밤이 깊었는데도 전운이 감돌고 주위는 조용하고 캄캄하고 적막하다. 어둠에 바람 소리가 실려 온다. 황홀하고 참혹하고 자유인가 싶으면 어느새 감옥이고 감옥인가 싶으면 어느새 하늘을 날고 있는 이 몹쓸 영혼. 플라톤은 *몸은 혼의 감옥*이라고 했다. 영혼은 자신이 갇힌 감옥이 갑갑해 감옥을 탈출하면 결국 또 지구라는 거대한 감옥에 갇히고 말 것이다. 어쩌면 어딘가에 갇힐 때 영혼은 존재하는지도 모른다. 혼이 빠져나간 빈 육체는 화석이 되어 돌 속에서 수억만 년 동안 잠들거나 새들의 먹이가 되어 새의 내장 속에서 우주를 한평생 떠돌아다닐지도 모른다. 떠돌다가 날개의 수명이 다하면 다시 화석이 되어 돌 속에서 수억만 년을 잠들겠지. 크고 작은 돌 화석에는 억울하게 죽은 영혼을 내장에 넣고 떠돌던 새 울음도 억울하게 죽은 핏물을 마시며 제주 바다에서 살던 물고기 눈물도 돌 경전이 되어 살겠지. 화석도 되지 못한 영혼들은 바람의 겨드랑이에 매달려 바람의 비듬으로 바르르 쏟아지며 다 살지 못한 한을 태풍으로 앙갚음할지도 모른다.

뉘우칠 수도 받아들일 수도 없는 탕아는 강인한 힘도 나약한 힘도 아닌 것이다. 존재의 물살과 시간의 발들이 가랑잎처럼 떨어지고 다시 돋아나 나의 삶 위에 내려앉는 저 무엇, 그것은 감각의 논리를 마비시키고 짓밟아버린다. 이 무시무시한 현실 앞에서 나는 무엇을 해야 할 것인가. 자벌레는 세상이 어떻게 돌아가는지 관심도 없이 끝도 없이 온몸으로 시간을 재며 역사를 갉아먹고 있다. 자신의 사생활을 공생활에 섞은 건지 공생활을 사생활에 섞은 건지 도무지 갑자기 알 수 없는 다리를 건너고 있는데 고정의의 엉터리 같아 아귀가 안 맞는 껴 사투리가 자신의 귓속으로 걸어 들어온다. 어딘가에 안전하게 피신해 있을 거란 아니 꼭 그러리라 생각을 박제시키고 있는 것이다.

그렇게 머릿속에 방황의 생각만 이리저리 뛰어다니는 사이 석 달이 흐른다. 어디에도 가족의 소식은 없다. 이제 제주를 떠나야 할 때다. 야학을 가르쳐 키우려던 꿈도 이제 아무 소용없게 된다. 그의 머릿속에는 오직 반 동강 난 나라만이 있을 뿐이다. 영주에 있는 집으로 간다. 피비린내 나는 제주를 생각하자 집도 하염하염 불안한 불길이 일어난다. 집에 들어서자 다행스럽게도 하나도 변함 없이 자신이 있던 그때 집이 그대로다. 너무나 평온한 집이다. 오랜만에 집을 돌아보며 방에 있는 정든 물건들을 둘러본다. 그대로 먼지 하나 안 쌓이고 맑은 눈으로 주인을 반갑게 맞이하는 물건들. 그간 동생 숙명이가 날마다 청소했나 보다. 갑자기 어머니가 보고 싶다. 어머니는 어디로 일하러 가셨는지 빨래하러 가셨는지? 동네를 한 바퀴 돌아보고 싶다. 혼란함을 겪는 사이 계절은 아직도 어머니가 살아 있다는 착각에 빠져서 어머니를 찾아 동네를 한 바퀴 휘 돌아보니 옛날 그대로 자신을 맞이하는 거리들이 고맙다. 다시 돌아서 집에 오니 어머니는 안 계시고 아버지만 계신다. 어디에 볼일 보러 다녀오셨단다. 아버지를 보고서야 계절은 어머니가 돌아가셨음이 생각난다. 입에서 씁쓸한 침이 고인다. 아버지께서 무고하신 게 반가우면서도 반가움에 표정이 환해져 다 큰 아들을 얼싸안고 한참을 있을 어머니가 너무 보고 싶어 가슴이 쓰리다. 계절의 이런 생각을 알지 못하는 아버지는 멍하니 서 있는 아들을 향해 *우째 혼자 왔노?* 하고 물으신다.

어디서부터 어떻게 설명을 해야 한단 말인가. 이 무시무시한 역사 한 페이지를 어떻게 설명하란 말인가. *배고프이 적부텀 먹고 말씸드리믄 안 되니껴?* 그때야 아버지는 *그래 먼 길 오느라고 배고프겠다 밥 먹고 얘기하자. 내 정신 좀 보그라 반가운 마음에. 일로 올로온나 밥 먹고 얘기하자.* 아버지는 *얼릉 적 해 주마 쪼매만 기다래라.* 하시고는 *숙명아 얼릉 오래비 저녁상 채레 온나!* 한다. 제주 사건을 아시는 눈치다. *오빠?* 숙명은 놀라서 계절에게 달려든다. 아버지는 *얼릉 밥부터 채레다 줘라.* 하시고는 *그래 몸 성하게 돌아와서 다행이기는 하다만 장차 이 나라를 우째야 될지 걱정이 태산 같다. 빌어 처멀 눔들 저 욕심만 앞장세와 멀쩡한 나라를 새사랑도 몬 민하고 두 동가리를 내. 에이! 천하에 나쁜 눔들! 제주에는 엉망이라민서 그래 니는 다친 데는 없나? 야, 아부지 다친 데는 없제만 정의하고 아부지 손주 소식을 안죽 모르니더. 손주라이? 아부지 손자가 태어났는데 미처 연락을 몬 했니더. 그래? 짐작은 하고 있었다만 그거 반가운 소리다. 그른데 소식을 모르다이? 정이가, 아부지 손자 이름을 정이라고 지었니더. 이정, 정이가 태어나고 울매 안 돼서 4·3 사건이 터져서 그래 돌아댕그느라, 바빴고 내중에 집에 가보이 집은 다 불타서 흔적도 없디더. 야가, 야가, 지*

끔 먼 소릴 하노? 흔적이 없다이? 지끔 니 지정신으로 하는 소리라? 가장이 돼 가주고 처자식을 먼저 간수해야제. 아버지의 음성은 고음으로 흘러나온다. 계절도 아버지 말씀에 할 말을 잊었다.

그래 아버지 말씀이 맞지 가족을 먼저 챙겨야 했는데 아무 생각 없이 사건 좇아다니기에 시간을 다 허비하고 가족은 생각도 안 했으니. 이제사 새삼 미안한 생각이 든다. *다행히 어데라도 피해 있으믄 다행인데 암만 찾아봐도 몬 찾아서 그냥 돌아왔니더. 우리 집을 아이까 살아 있으믄 여게가 더 만나기가 쉽겠잖니껴? 그릏제만 암만 그래도 그릏지. 더 찾아보고 찾아서 델꼬 오잖고 그래 혼자만 오믄 가들은 우째노? 지도 그랠라고 찾다가 인제 왔니더. 찾을 때까짐 찾아야제. 찾다가 그냥 돌아오믄 그 아들은 우째라고?* 아버지의 말은 점점 붉은 기운을 내뿜다가 아들이 고개를 숙이고 있는 모습을 보자 입을 다물어버린다. 숙명이 밥상을 들고 들어오고 저녁을 먹는다. 얼마 만에 먹어보는 쌀밥인가. 계절은 쌀밥을 앞에 두고도 넘어가지를 않는다. 어머니가 더 먹으라고 어린애 취급을 하면서 밥숟가락 위에다 반찬을 얹어주시는 모습이 밥상 위에 겹친다. 집에 돌아왔지만 뒤숭숭한 마음은 도무지 가라앉지 않는다. 정의와 아들에게서 곧 연락이 오리란 막연한 기대를 대문밖에 걸어놓고 기다릴 수밖에 없다. 서울에 있다는 정의네 집을 찾아가보고 싶은 마음은 굴뚝같으나 한 번 가본 적도 없고 동네조차도 모른다. 장인이나 장모를 만난 적도 없다. 할아버지나 할머니 소식도 알 수 없으니, 아내와 아들 찾는 일을 어디서부터 시작해야 할지 엄두가 안 난다. 아무것도 아는 게 없어 자신이 답답해서 미쳐버릴 것 같다. 무작정 기다릴 수밖에 다른 방법이 없다니. 먹구름만 하늘을 덮고 있다.

이제 서당 문을 여는 것도 큰 의미가 없다. 본래 한글을 가르치려는 목적이 한문을 가르치는 비중보다 컸었기 때문이다. 그렇지만 이제는 한글은 당당하게 학교에서 마음 놓고 배울 수 있어서 다행이 아닌가. 그렇지만 산 넘어 산이라더니 또 저 크고 높고 우람한 산을 어떻게 넘어야 할지 하루하루가 쓰디쓸 뿐이다. 무자비한 슬픔이 탱크처럼 밀려온다. 어찌하면, 무슨 방법으로, 어떻게 나누어진 나라를 더 굳어지기 전에 하나로 만들 수 있을지 방향을 모색할 연구로 하루하루를 빼곡하게 보내리라 다짐한다. *게르니카*보다 더한 학살을 하고도 결국은 하나가 되지 못한 남과 북 허망 허방 허상 허허한 밤바람이 창문을 두드린다. 뜬 눈빛으로 뜨지도 않은 별을 찾는다. 달은 몸을 녹여 빛을 비추고 권력을 벌목하는 톱질 소리 푸른 넋들이 깰 때까지 빛으로 빛으로 하얗게 날려 온밤을 비춘다. 반달은 반달이 그리워 울고 나는 야욕의 시퍼런 서슬이 하나로 살아갈 권리를 잘라버린 권력의 흉물이 보기 싫어 운다.

이리저리 영주에 온 지도 반달이란 세월이 가버린다. 아내나 아들의 기별은 올 기미도 보이지 않고 계절은 책에 파묻혀 책 숲을 산책하며 시간만 갉아먹는 시간 벌레가 된 기분이다. 두 두 두 두 시간이 발소리를 내며 달려가건만 저 하늘은 눈만 멀뚱멀뚱거린다. 제주 시간을 기억하며 시 한 수를 지어본다.

잔인한 세월

꽃잎만 떨어져도 눈물이 난다.

노란 봄 제주 탐라는
아니 한라는 영혼을 도둑맞은 껍데기가 되었다.

찔레넝쿨 가시에 허물을 빼앗기고
<u>스ㄹㄹㄹㄹㄹㄹㄹㄹㄹㄹㄹㄹㄹㄹㄹㄹㄹㄹㄹㄹㄹㄹㄹㄹㄹㄹㄹㄹㄹㄹㄹㄹㄹ</u>
기어가는 뱀

가시가 무서워
가시가 두려워
몸속 피들은
아래로 소용돌이치다가
위로 용솟음치다가

슬픔을 헤치며 햇빛을 찾아 기어간다
긴 시간을 기어간다

한라산 나뭇가지에 앉아
처량하게 우는 새 울음에 슬픔이 철철 흐른다

마음 솔 걸어놓고
피비린내로 밥을 짓는다
사람들은
무지해서 설고
모자라서 설고
선밥을 모래알처럼 씹어먹어야 한다

밤마다 강물에 꽃잎처럼 우수수 쏟아지는
별빛으로
상처를 씻지만 아물지 않는다

가슴을 열어 상처를 찍어 글을 쓴다

아무리 힘든 시간도
살암시민 살아진다 *

무성하게 피었던

참혹 꽃 분노 꽃 원망 꽃

화르르 화르르

내려앉는 꽃잎 꽃잎 꽃잎들

붉은 꽃잎으로 피어나 붉은 꽃잎으로 사라진 목숨

돌 바람 여자는

황무지에서 다시 피어나야 한다

영혼 없는 굴뚝새들 지저귐에

참새들 무방비로 무참히 당한

붉은 공산당은

제주 섬을

붉은 섬으로 만들었고

통꽃으로 고개를 떨구는 동백처럼

사람의 목숨을 마구 사살한

차라리

차라리 속솜 헙서 **

* 살암시민 살아진다: '살다 보면 살아진다'의 제주도 방언

** 속솜 헙서: '말하지 맙시다'의 제주도 방언

4·3의 붉은 시간

1.

이름을 짓지 못한 시간
정의로운 부활을 온몸에 감고
눈감고 귀 감고 입 감은 세월

이슬처럼 이유도 모르고 사라진
그 사람들
부모 형제는 어느 산천을 떠돌며
여태껏 돌아오지 못하는가!

피와 눈물 어룽진 여정
여기 4·3은 어떤 강력한 세제로도 지워지지 않는
얼룩으로 남을 것이다.

오름 넘어
오름 넘어
굽이 굽잇길 돌아
돌하르방도 찾지 못하는 영혼들

공산당이란 붉은 글자를 지우지 못해
평화로운 제주는 핏물이 들었다

언젠가 반듯한 나라
울컥한 호명으로
직립할 때까지
살아도 죽은 듯
숨죽이며 지켜내야 할 자유민주주의

2.
명림로 430.
뜨락엔 꿈길에서 만난 그 봄날
손꼽아 기다리는 가족의 한 소리
통곡 소리 낙엽으로 다 떨어졌을까?
싱싱하던 잎 우수수 떨어져
이 가을에 열매도 없이 서 있는 나무
제주엔 나중에 차마 다하지 못한
하얀 영혼을 눕히기 위한 백비(白碑)라도 만들어
제주 4·3의 이름을 새기고 일으켜 세워야 하리
공산주의 붉은 만행을 하얗게 씻어야 하리

한라산 동남쪽 양지바른 곳의 가시리는 자자손손 슬픔을 모른 채 살아가는 마을이다. 마을 어귀에는 팽나무가 복을 빌어주는 전설이 펄럭이는 고장이다. 그런데 그런데 한순간 하늘이 미쳤다. 하늘이 오래되어서 낡아 찢어졌는지 아니면 미쳤는지 하늘은 이유도 없이 천둥과 벼락을 마구 던졌다. 화마는 가시리 마을을 삼켜버렸다. 4·3의 우렛소리가 땅의 축을 흔들었다. 땅은 꺼이꺼이 우는 붉은 울음을 삼킨다. 공동체는 파괴되고 눈 깜짝할 사이에 폐허가 되었다. 한솥밥 먹던 식구가 졸지에 끌려갔다. 이유도 모르고 공산당에 끌려가 무자비한 고문을 당하고 영혼과 몸은 분리되어버렸다. 돌아올 수 없는 길. 그 험하고 무섭고 두려운 황천길로 오빠가 가고 아버지가 가고 할머니가 가고 할아버지도 갔다. 아가도 가고 어린이도 갔다. 누이도 가고 엄마도 갔다. 때로는 한라산 골짜기에서 소나무에 팔다리가 꽁꽁 묶인 채 새들의 밥이 되었다. 대창에 찔린 허리는 콸 콸 콸 피를 쏟아내며 붉게 울고 울고 운다.

무슨 죄로 무슨 까닭으로 죄 없는 무고한 양민들이 한 많은 세월을 따라 바람으로 떠났다. 못 먹고 못 놀고 가족을 남겨두고 떠났다. 다시는 돌아올 수 없는 그 먼 길로 떠났다. 구천에 떠도는 영혼은 영원히 머물 곳을 찾지 못하고 있다. *가시리 가시렵니까, 버리고 가시렵니까, 날러는 어찌 살라고 버리고 가시렵니까.* 시침은 어김없이 돌고 돌아 잔인하게도 황폐한 옛 마을을 찾아온다. 이래서 엘리엇은 황무지에서 *4월은 잔인한 달* 가장 잔인한 달이라고 노래한 것일까? 한 맺힌 봄꽃으로 유채꽃은 노랑 물결과 평화의 물결로 흐드러지게 피어나 상흔을 보듬어줄까? 4·3 사건으로 희생자를 많이 낸 통한의 마을 중산간 표선면 가시리. 그 참혹한 현장을 기억하며 살고 살아가고 살아가야 할 역사의 증언자들은 먼 후일 후손들에게 무슨 말을 어떻게 해 줄 수 있을까? 누구의 잘못이라고 누구의 승리라고 말할 수 있을까?

제주 4·3 사건은 모두가 피해자일 뿐 승자는 없다. 공산당의 욕심 때문에 생긴 피해자. 먼 후일 이 일을 역사로 새겨 후손들이 욕심을 버리고 양보하고 타협해서 빛나는 나라를 만들어가면 좋겠다는 생각을 한다. 마을 어귀를 지키는 당산나무인 팽나무 영험에 힘입어 입을 열어 공산당의 욕심은 이렇게 모든 걸 집어삼켰다는 가슴속 응어리진 말 덩이를 꺼내놓고 恨 덩이도 꺼내놓고 한참이나 긴 한숨도 꺼내놓아 나라를 반석 위에 올려놓는 증인이 되어주면 좋겠다. 계절은 간절한 마음으로 빈다.

해를 먹은 섬

8

거미줄도 천 가닥이면 호랑이도 잡는다는데 거미줄만도 못한 삶을 살았다는 자책감에 매일 잠 못 이루는 밤, 뱀보다 길고 징그럽고 지루한 4·3 사건은 끝났다. 국가의 명령에 따라야만 살 수 있는 북쪽이나 민주주의를 수호하려는 남쪽이 서로에게 방아쇠를 당겨야만 했나? 형제는 그렇게 모두 피해자가 됐다. 누구는 정의로 이름하고 누구는 불의로 이름하는 사건이 밟고 지나간 마을의 고통은 정의도 불의도 한민족의 비애를 쉼표로 봉해놓아야만 했다. 중산간 까마귀 떼는 시도 때도 없이 장송곡을 틀어놓는다. 다랑쉬오름 사려니숲 정방폭포 서우봉 송악산과 알뜨르 비행장 한라산의 빼어난 풍광마다 학살의 상흔이 얼룩으로 남아 역사의 증거가 되고 있다. 가해자도 피해자도 없는 사건은 역사 앞에서 고개 숙여 속죄해야 할 것이다.

이 속죄는 언제쯤 끝날 것인가? *아우슈비츠보다 더 끔찍한 일은 세상이 아우슈비츠를 잊는 것*이라던 유대인 생존자의 말을 떠올리며 계절은 *4·3보다 무서운 건 우리 민족이 4·3을 잊는 것*이 아닐까 하며 깊은 한숨이 밖으로 길게 줄지어 나온다. 어디에도 희망의 빛은 보이지 않고 먹구름만 하늘을 가리고 있다. 기쁨 몇 킬로그램이 있어야 슬픔을 위로할 수 있을까? 몇 인칭을 사용해야 슬픔을 녹일 수 있을까? 연극이라면 좋겠다는 생각을 한다. 비극의 연기를 끝낸 배우라면 막이 내리고 나면 박수를 받고 관객들은 손수건이 젖도록 눈물을 찍어내더라도 기쁨과 희열을 맛보는 일 아닌가! 이 몹쓸 연기는 이도 저도 아닌 것이다. 계절은 이제 이 나라가 *기형 공화국*이라는 생각에 시 한 수를 지어본다.

기형 공화국

허리를 묶고
살아가는 인간을 보고
새들은 눈물이 나도록 웃다
배꼽 빠졌다

배꼽 찾아 나선 새들은 돌아오지 않고
기다리던 부리는 눈물샘 다 말랐다

새의 손은
바람의 내장을 훑고
내장은 구불구불 소화불량을 앓는다
유채꽃과 동백꽃들은
모두 벌 나비들 활주로가 된다

삼다의 진혼곡
혈관 가득 푸른 피 출렁이며
낯선 날들을 착륙시키고
굉음을 이륙시키고 있다

사람들은 낳아서는 안 될 일들을 낳아
제주 산하는 피 그늘 비린내 진동하며 허공 맴돌다
폭풍 폭설 폭우 아니면 천둥·번개로 내릴
넋들의 유언장

한 이불속 등 돌린
너와 나
가까워서 아득하고 서러운 그 가혹
아득하거나
서럽거나

가혹하다는 말 흐느끼며 뿌려댄다

짝짝 갈라진 손등
다 떨어져 너덜거리는 옷 벗어 아기 덮어주고
시장 한 귀퉁이 달빛 파는 노인
구멍 난 으뜸 부끄럼 가리개 입고
추운 겨울에 앉아
초점 잃은 시선 감고 있는
동짓달 초승달보다 더 시린 날

니체의 '신은 죽었다'라는 말도 얼어붙었다.
시리다는 말
안 시리다는 말로 바뀔 때
이 세상 계절
저세상 계절 된다.

기형 공화국엔
기형들만 사는 게 아니라
너무도 번듯한 외형들이 기형을 만들고 있다.

계절의 아버지는 누렇게 뜬 종이로 묶은 공책 한 권을 내민다.

그는 자신의 아버지가 제자와 함께 다니면서 기록한 글을 손자가 태어나면 주라던 아버지의 유언을 지키기 위해 그동안 신줏단지처럼 모셔왔던 기록장이다. 이제 나이를 먹었고 자신이 언제 죽을지도 모를 나이기에 행방불명이 되었지만 언젠가는 찾아서 대를 이어 손주 손에 넣어주어야 한다는 생각에 지금 자신의 맏아들인 계절이에게 건넨다. 이제 자신의 소임은 끝이 났다는 홀가분한 마음을 가지며 아들 앞으로 밀어 넣는다. *너 할배가 남긴 일지다. 잘 보관해뒀다가 시간 되믄 한분 읽어보그라.* 앞으로 *살아가는 데 도움이 될지도 모른다. 잘 뒀다가 내 손주를 찾아서 반드시 전해줘라. 먼 수를 쓰드래도 내 손주 꼭 찾아야 된다. 내 눈에 흙이 들어가기 전에 찾아야 한데이. 오죽 못난 놈이 처자식을 그 험한 오지에 두고 혼자 와. 니 목숨을 버릴 각오를 하드래도 처자식을 데리고 왔어야제. 내 손주 못 찾으믄 내 아들 아이다.* 얼릉 *늦기 전에 수소문해서 찾아라.* 아버지의 말씀이 가슴에 박힌다.

평생 싫은 소리를 하지 않는 분이다. 과묵한 분이다. 그런 아버지가 목소리에 날을 세우는 것을 계절은 처음 보는 일이다. 어머니는 옆에서 아무 말씀이 없다. 어머니 눈에는 벌써 눈물이 주르르 흐르고 있다. 없는 어머니가 어찌 저렇게 생시처럼 눈물을 흘린단 말인가? 가슴이 답답하다. 부모님께 죄인이 된 것 같아 아무 말도 할 수 없다. 계절은 조용히 일어나 소수서원으로 향한다. 고정의를 처음 만났던 자리에 가 앉아보지만, 그녀는 오지 않는다.

아무리 기다려도 물속엔 물방개만 뛰어다니고 고정의는 모습을 드러내지 않는다. 돌 하나를 주워 던진다. 파문이 인다. 정의의 소식이 저 파문처럼 자신에게 퍼져오면 좋겠다는 생각을 한다. 물속에서 낯선 여자가 걸어오고 있다. 출렁이는 물속을 걸어오는 여자는 상큼하게 짧은 머리 목련꽃보다 하얀 얼굴 날씬한 몸 물방울무늬가 방울방울 매달린 달린 옷을 입고 물속에서 나오더니 옆으로 다가온다.

물속에서 걸어 나온 여자의 옷은 물기 하나 없이 뽀송뽀송하다. 푸른 휘파람 소리를 들었을까? 여인은 그림자로 햇살을 가리며 말을 건넨다. *저어 죄송한데 말씀 좀 여쭐까요?* 목소리에 작약꽃 냄새가 묻어 있다. 붉은 향기가 풀풀 날아오르는 말. 계절의 머릿속으로 지난날이 걸어온다. 여기까지 생각이 걸어오자 계절은 생각을 털어낸다. 계절은 아들과 아내 생각에 울컥, 가슴이 뜨겁다. 할머니를 닮아 눈망울이 선하던 아들. 눈망울은 우물처럼 깊고 영롱하고 무구하고 별빛보다 더 초롱초롱 빛을 길어 올렸다. 잠을 자면서도 방긋방긋 웃었다. 눈을 감은 모습을 천사가 내려와 장난질할까 하염없이 바라보며 지키기도 했다. 세상에 아무리 신비스럽고 묘한 것들이 많다지만 잠을 자고 있는 아들의 쌔근거리는 숨소리보다 더 신비스럽고 묘한 것은 없었다. 플러그를 꽂지 않았는데 따뜻한 숨을 자동으로 들이쉬고 내쉬는 저 신기함은 누구에게 물어봐야 알 수 있을까? 티끌 하나 없는 뽀얀 숨소리. 파리가 똥을 눌

지도 모른다는 생각에 아들 얼굴을 들여다보고 있으면 아비를 알아보기라도 하듯 씰룩씰룩 웃어대던 아들. 혼자만 독차지한다며 아직 젖 먹일 시간도 아닌데 아들에게 젖 먹여야 한다며 아들을 빼앗아 가버리던 아내. 안고 있으면 버릇 나빠진다며 빼앗아 가서 당신들이 안고 땅바닥에 눕히지도 않던 할아버지 할머니. 서로 아기를 안아보려고 보이지 않는 신경전을 벌이다가 할아버지 할머니는 아기 안을 기회를 박탈당하면 꼼수를 쓰셨다. 심부름 같지도 않은 심부름을 시켜 귤밭에 다녀오게 해놓고 그 틈을 타서 손주를 데려가 당신들 품에 안고 있으려는 할아버지 할머니. 할아버지 할머니 속이 뻔히 보여도 거절하지 못했던 날들. 자신더러 밥 안 먹는다고 나무라시며 당신들은 밥 먹는 시간에도 아이를 안고 계셨던 날들.

금방 보고 돌아서서 또 보고 또 본다며 아내가 아들 바보라고 놀리면, *그래 원래 바라볼수록 보고 싶다는 말이 바보란 말이니 실컷 놀려* 하며 끄떡하지 않았다. 자신도 아이에게 잠시도 눈길을 떼지 않으면서 나만 놀리던 아내. 보름 가까이 먹는 것도 잊고 아들 낳은 것에 좋아 휘파람을 불며 뛰어다니는 걸 보던 할아버지 할머니는 *좋아도 속으로 좋아야지. 그렇게 내놓고 좋아하고 밥도 굶으면 신이 질투하니 적당히 해라.* 하며 놀림 반 충고 반을 반죽해 주시면서 정작 당신들이 더 좋아서 아이를 우리에게 넘기지 않던 분들. 아들은 손이 많아서인지 하루가 다르게 쑥쑥 자라났었다.

제주에서의 시간을 귤보다 달게 익혀주던 두 분이 새삼 보고 싶다. 내놓고 너무 좋아하고 밥을 굶으면서 좋아해서 신이 질투한 것일까? 그럴까? 아픔에 대한 설계를 지워버리면 버릴수록 머릿속에는 더욱 선명하게 지난날들이 달려온다. 행복했던 지난 시간이 우르르두르르 몰려온다. 머리를 흔들면서 바람 한 줄기 휘리릭 지나간다. 슬픔을 다듬고 깎다 보면 공허 한 채가 완성된다. 세상의 목숨 줄을 쥐고 흔드는 바람. 세상은 바람에 의해 죽고 산다. 바람은 목숨의 분신일까? 목숨이 바람의 분신일까? 갑자기 바람에 섞여 떠돌던 영혼들이 일렁인다. 나는 바람인가? 나는 인간인가? 그 답을 바람아 말해다오. 나의 가슴을 뛰게 하는 바람. 너의 가슴을 뛰게 하는 내 숨 우리는 그렇게 하나다. 바람과 나는 한 몸이다.

바람이 다시 제주의 피비린내를 몰고 오는지 비릿한 냄새가 천지에 진동한다. 살아 있다는 확신을 할 수 없다는 생각을 한다. 아내와 내가 아들에게 빠져서 보내던 그 짧았던 행복을 하루아침에 휩쓸어 간 제주 4·3 사건은 내 인생만 앗아간 것에 끝나지 않고 제주 시민의 인생도 모두 강탈해 간 것이다. 이 성성한 사건을 기록하기 위해 아내도 아들도 팽개치고 사건에 아무런 도움도 되지 못하고 가장자리를 서성이면서 바라보기만 했던 자신이 너무 미워진다. 기록이 문제가 아니고 아내와 아들과 할아버지 할머니를 먼저 피신을 시켰어야 하는 것이 아닌가? 어쩌자고 도움도 되지 못하면서 가장자리서 서성이며 가족까지 챙기지 못하는 쓸모없는 인간이 되었단 말인가? 왜 그 당시는 그런 생각이 조금도 들지 않았는지 원망스럽다. 그 당시는 오로지 잘못 흘러가고 있는 일이 바로잡히길 바라는 마음에만 전념했던 것이다. 그렇지만 결과는 아무것도 달라진 것도 없다. 일본 놈들 몰래 한글을 숨어서 가르쳐 어떻게든 우리글과 얼은 빼앗기지 말고 지켜야 한다는 일념. 나라를 다시 찾을 수 있는 지름길이라는 일념으로 아이들을 가르쳤다. 그러나 동족끼리의 불화를 아무런 해결책도 없이 기록만 한 무능한 자신이 개탄스러울 뿐이다.

모든 걸 다 잃고 잿더미가 된 집터를 보면서 정신이 돌아버릴 것 같아 미친 듯이 거리를 헤매고 다녔다. 그렇지만 조금이라도 더 찾아보지 못한 후회가 든다. 어린 아기를 안은 사람만 보아도 아내로 보여 뛰어가보고 할아버지 할머니만 보아도 뛰어가서 확인했지만 볼 때마다 헛것을 본 것이다. 거리에 아기 안은 사람은 모두 아내와 아들로 보였고 할아버지 할머니만 보면 모두 정의의 할아버지 할머니로 보였다. 환청 같은 정의의 말이 매일 괴롭히는 것도 감당키 어려울 정도였다. 누구에게 의논할 상대도 없고 더 이상 찾는 것도 힘들단 생각이 들 때 문득, 아들을 데리고 제주를 떠났을 수도 있다는 생각이 들었다. 혹시 집으로 피난을 갔을지도 모른다는 막연한 생각이었다. 결국은 역시 무모한 생각이지만 그땐 절실한 바람이었는지도 모른다. 견딜 수 없을 정도의 아픔이 라이터를 켜고 온몸에 활활 타오른다. 두 손으로 머리를 잡아 뜯어보지만 시원하지 않다. 캄캄한 밤바다 너머로 검은 관처럼 아득한 생각이 출렁출렁 굽이친다. 파란 그리움이 마당 가득 돋아난다. 말갈기 휘날리며 달려 세상 끝까지 가더라도 온 얼굴에 여름 햇살이 까맣게 달라붙더라도 사시사철 눈보라가 치고 우레가 울더라도 가족을 지키지 못한 참회를 매달고 달려야 한다. 지구 끝까지라도. 계절은 생각을 덮고 아버지가 건넨 책을 펼쳐 읽어가기 시작한다.

오답과 정답

경상북도 영주, 영남의 관문인 이 고을은 옛날 선비들이 한양으로 과거 시험을 보러 갈 때 꼭 거쳐 가는 죽령고개가 있다. 죽령이란 이름은 옛날 어떤 도승이 이 고개가 너무 힘들어 짚고 가던 대지팡이를 꽂은 것이 살아났다 하여 죽령이라 하였다 한다. 굽이굽이 사연도 많고 한도 많아 나그네의 애환을 방울새가 방울방울 눈물을 찍어내고 산바람이 산사의 종소리 처량하게 흔들고, 마치 지난날 무슨 일이 있었냐는 듯 우람하게 서서 소백과 태백, 두 산의 상투를 잡고 흔들고 있다. 원시림이 첩첩 둘러싸여 서서 아무 일도 없다는 듯 그저 빙그레 웃고 있는 소백산과 태백산. 그 산 정기를 우려먹고 기세 당당 대를 잇는 곳, 오답과 정답은 스승과 제자라는 이름으로 이 고장 순례에 나서 지난 시간을 당겨보고 뒤집어 보며 다닌다.

둘은 그림자처럼 붙어 다닌다. 오답이 없는 정답은 정답이 아니다. 정답이 없는 오답 또한 오답이 아니다. 세상 이치를 꿰뚫고 있는 오답. 즉 계절의 할아버지, 서당 훈장이셨던 분이 그의 제자인 정답과 함께 역사와 철학 예술적인 시각으로 분해하며 때때로 술잔을 나누며 밤낮 고민하고 연구하며 정답은 그림자처럼 오답을 따라다니며 칭얼칭얼 보아내는 시각을 조른다. 오답은 때로 귀찮지만 그래도 무엇이든 토론하고 열심히 하는 제자를 운명적인 관계라 생각하며 함께 여행하고, 함께 걸으며 사고하고, 질문하고 대답하며 역사적 유물과 사건을 돌아보곤 한다. *역사를 잊은 국민은 미래가 없다.* 이 말을 뼛속 깊이 새기고 무한 질주의 시간을 되짚어보고 다닌다.

늘 네가 정답을 바라니 네가 정답을 하그라 내가 오답을 하마.
네 좋십니더 스승님.

오답: *봄을 봐라. 온 시상에 꽃불을 질러놓고 가버리면 다음에 오는 여름이 이 꽃불을 끄느라 파랗게 파랗게 질려야만 하듯 시상은 늘 이유를 남겨놓고 사라진다. 일본이 저지른 만행을 우리가 꺼야만 후손들이 파릇파릇 잘살제.*

정답: *야, 이 역사 깊은 영주가 일본 때문에 기를 못 피이 공부를 해 둬야겠니더.*

오답: 니가 다 아는 척하민서 뭘 모르는 게 많다고 겸손을 피우노?

정답: 모르는 거 빼고 다 아는 척했제요. 성리학의 대가인 퇴계 선상에 대한 존경심이 무진장 크니더. 선상님은 그 후손이시이 누구보담도 아시는 게 많을 거 아이껴?

오답: 그름, 영주에 대해서 무얼 알고 싶은지 딱 집어서 말해보그라.

정답: 영주에 관한 한 머든 동 다 궁금하이더, 예를 들믄 왜곡되지 않은 진실의 역사 사건 같은 거 말이씨더.

오답: 그래? 참 기특하구나, 하기사 나라가 나무 손아귀에 들어갔으이 그를 만도 하제. 우쨌거나 어느새 지성의 사고가 깊어졌구나. 늘 철부지인 줄 알았든 니가 역사를 궁금해하다이. 그래 영주는 역사적인 대사건이 많은 곳이다. 한이 많이 태어난 곳이기도 하제. 그른데 너 혹시 예리한과 같이 할 수 있어서 좋아하는 거 아이고 참말로 관심이 있어서라?

정답: 스승이 보시는 제자는 늘 철부지이기 마렌이잖니껴. 스승님 쪼매 더 솔직해지믄 예리한과 같이라는 것도 쬐끔 작용했제, 맹탕 아이라고는 몬 하제요.

오답: 그래, 솔직해서 좋구나. 거짓뿌렁 하믄 싸리 회초리로 종아리를 때릴라 했디이만. 그릏다믄 니 말은 지끔 철부지가 아인데 내가 그른 눈으로 본다 그 말이제.

정답: 당연하제요. 선상님 눈에는 아무리 철이 든 제자도 철부지

로 보이잖니껴?

오답: 그래, 그 말도 헛말은 아이다. 그릏다고 하드래도 농은 농이고 공부라는 거 잊으믄 안된다. 역사를 모르믄 눈감은 봉사가 되이 역사는 시상을 살아나가는 데 횃불이 될 뿐 아이라 지혜를 모아둘 수 있고 올바른 눈으로 시상을 바라볼 수 있는 눈이 생기제.

정답: 잘 알았십니더. 그래믄 지는 눈이 천 개 생길 때까진 역사 공부를 할라니더.

오답: 싱겁기는, 그래믄 무엇부터 알고 싶은지 말해보그라.

정답: 야, 일단 금성단에 대해 알고 싶니더.

오답: 금성단에 얽힌 이야기부터 듣고 싶어?

정답: 야, 왜 금성대군이 순흥(현, 경북 영주시 순흥면)으로 오게 되었는지 먼 이유로 사약을 받게 되었는지 궁금증이 소백산 국망봉보다 높니더.

오답: 그거는 다 말할라믄 내성천보다 길다. 그릏제만 내가 알고 있는 걸 말해줄 테이 잘 듣고 머가 잘못되고 머가 잘되었는지 옥석을 가려보그라.

정답: 야. 잘 알겠십니더.

오답: 먼저 금성단을 말할라믄 단종 애사에 얽혀 있는 이런저런 사연부텀 말하지 않을 수 없구나. 귀 안테나 바짝 세우고 들어보그라.

정답: 야, 귀 잘 열어두고 달팽이 안테나 세우고 눈썹 까딱 않고 잘 듣겠십니더.

오답: 단종(端宗) 애사(哀史) 시말서. 단종의 증조할아버지 이방원은 왕자의 난 끝에 왕위를 차지한 다섯째 아들이고 단종의 할아버지 세종은 평화롭게 왕위를 이어받은 셋째 아들이다. 단종의 삼촌 수양대군은 세종의 둘째 아들이다. 단종의 증조할아버지 이방원과 단종의 할아버지 세종의 사후는 차이가 울매나 엄청난지를 한분 비교해보그라. 태종이 시상을 버린 후에는 왕권이 비교적 안정적이었지만 우애를 다지게 하고 사람을 믿은 세종이 시상을 버린 뒤에는 결과가 정반대로 나타났다. 세종이 죽은 지 불과 3년 만에 수양대군이 단종을 몰아낼 만행을 저지른 것이다. 형제간의 우애를 중요시한 세종의 배려가 결과적으로 단종의 비극을 초래한 주요 원인 중 하나가 된다.

정답: 아이러니네요. 우째서 호랑이같이 무시무시한 태종 사후에는 왕권이 안정이 되고 세종처럼 우애를 다지고 반듯하게 교육시킨 결과는 비극을 가져오니껴?

오답: 잘 들어보그라. 아버지 태종이 형제들을 죽이고 왕권을 잡은 데 비해 세종은 아무 탈 없이 왕위에 올랐다. 세종은 자기 자리의 원래 주인이었던 큰형 양녕대군과도 평화롭게 지낸다. 그래서 자기 아들들도 자기처럼 우애를 바탕으로

살기를 바라고 믿었다. 태종은 사람을 믿지 않는 성격인데 반해 세종은 사람을 너무나 믿는 성격이었다. 세종은 오스만 술탄처럼 후계자 문제를 냉정하고 엄하게 선을 그어서 정리하고, 처리하지 않는다. 조선 시대의 어느 임금들보다 업적도 많고 훌륭한 인품이었건만 후손들은 이 인품을 악용한다. 특히 세종의 왕자들인 수양대군과 안평대군은 이 틈을 이용해 세력을 급속히 확장했고 이것이 세종의 손자인 단종이 열여섯 어린 나이로 목심을 잃는 단초가 된 것이다. 세종실록에는 한자 발음 사전인 고음운회거요를 훈민정음으로 번역하는데도 동궁(세자)과 수양대군 이유, 안평대군 이용에게 그 일을 관장하도록 하라고 적기도 하고 세종대왕은 수양대군과 안평대군도 정부 사업에 공식적으로 참여하도록 했다. 그뿐 아이라 다른 왕자들에게도 각각의 임무를 부여한다. 이방원은 세종을 왕으로 앉히고도 4년간 국정에 참견하며 후견인 역할을 한다. 상왕이 된 태종은 핵심 권한과 군사권은 모두 움켜쥐고 세종에게 제왕 수업을 시켰다. 상왕이 된 태종은 세종이 왕위에 오른 후에야 후계자 수업을 전수시킨다.

정답: 어쩌면 태종이 모두를 관장하고 움켜쥐고 세종이 왕위에 오른 다음에 후계자 수업을 시켰으니 세종께서는 한글을 창제할 수도 있었고 또 그 많은 일을 하게 된 거군요.

오답: 그릏다고 봐도 틀린 답은 아이다. 주위의 위협을 모두 태종이 제거했으니 신경 쓰지 않고 그 많은 업적을 남겼을 수 있었겠지. 그와 달리 세종은 세자에게 국정 운영을 모두 맡긴다. 그것뿐 아니라 국정에 다른 왕자들도 참여를 시켜 장남을 도와 함께 일하도록 한다. 세종이 세자가 아닌 왕자들을 국정에 참여시킨 것이 결국은 그들이 세력을 형성할 수 있는 계기가 된 것이다.

정답: 결국 잘해보려고 모든 왕자를 참여시킨 것이 세력을 형성하는 결과가 되고 말았군요.

오답: 결과적으로 우애를 다진다는 것이 화를 자초하고 말았제. 문종이 서른아홉 재위 2년 만에 시상을 떠났을 때 세자 단종은 겨우 12세였다. 열두 살 어린 나이에 그의 주변엔 어매도 할매도 없었다. 할배 세종이 왕비 심 씨 사후에도 재혼하지 않고 살았고, 아버지 문종 역시 세자빈 권 씨 사후 재혼을 하지 않았기 때문이다. 어매 세자빈 권 씨는 단종을 낳은 지 하루 만에 산후병으로 아들을 안아보지도 못하고 한 많은 시상을 떠난다. 세종은 자신이 총애하던 후궁 혜빈 양 씨를 보모로 지정하고 갓 태어난 단종을 양육하게 한다. 그리고 혜빈의 친정어머니 이 씨를 단종의 유모로 삼아 젖을 먹이게 했다.

정답: 단종은 태어나면서부터 복이 삭제된 채 태어났네요.

오답: 그렇게 생각하믄 그렇다고 할 수도 있제. 그래서 단종에게 혜빈과 그의 친정어매 이 씨는 사실상의 어매이자 할매다. 문종이 시상을 뜨자 혜빈은 경복궁 함원전으로 옮겨온다. 의지할 곳 없는 단종은 혜빈을 믿고 의지하며 따른다. 혜빈은 세종의 후궁이지만 단종이 믿고 의지하며 극진한 섬김과 신임을 얻자, 사실상 대왕 대비마마로 군림하기 시작했고, 시간이 지나면서 영향력이 점점 커지자 자신의 왕좌 찬탈에 위협을 느낀 수양대군은 강력하게 반발하며 혜빈을 밀어낼 술책을 부리기 시작했다. 자신이 왕권을 빼앗는데 가장 걸림돌로 작용하는 사람이 혜빈이었던 것이다.

정답: 아니, 너무 군림이 심했나요? 당연히 단종을 위해서 해야 하는 일 아이이꺼?

오답: 수양대군은 왕권에 욕심을 위해서는 혜빈의 힘을 빼야만 했기에 문종의 후궁인 숙빈 홍 씨를 내세워 궁중의 일들을 관여시키며 주관하게 했다.

정답: 그건 말도 안 되는 편법 아이이꺼?

오답: 편법이제. 그릏제만 단종은 숙빈보다 당연히 혜빈을 신임했고 신임이 강고해질수록 혜빈의 영향력이 커지고 있음을 두려워한 수양대군은 단종 1년(1453) 10월 10일, 계유정난을 통해 실권을 장악한 다음 혜빈의 영향력을 줄이기 위한 또 다른 술책을 하나하나 전개해나갔다.

정답: *우째 단종은 전생에 복을 그래 못 짓고 태어났는지 갑갑하이더. 전생에 누군가에게 똑같이 하고 쫓게나서 이승에 온 거 아일니껴? 그릏지 않고서야 우째 태어나자마자 복이 한 알갱이도 없냐 말이씨더.*

해를 먹은 섬

9

오답: *낸들 그거까지야 우째 알겠노. 우쨌든 자신의 친구인 송현수 딸을 단종의 비로 책정해 들이기로 했다. 계유정난 한 달 뒤에 수양대군은 8~16세 여자의 혼인을 금지하는 금혼령을 선포했다. 금혼령 선포는 곧 단종의 혼인을 기정사실로 하는 것이나 마찬가지다. 금혼령은 송수현 딸을 단종의 비로 내정한 것이고 단종은 선택권 행사를 전혀 할 수가 없었다.*

정답: *말도 안 되니더.*

오답: *말도 안 되고말고. 그때는 문종의 3년 상중이고 단종의 나이 13세였다. 더군다나 유교 국가에서 부모의 상중에 부인을 맞이한다는 건 천륜을 어기는 행위였으나 천륜 같은 것엔 관심이 있을 리 없는 수양대군이었다.*

정답: 말도 안 되니더. 수양대군이 사램이이껴? 사람 탈을 쓴 짐승이이껴? 아님 미쳤니껴? 우째 조카한테 천륜을 어기는 일을 했단 말이이껴?

오답: 수양대군에게 대의명분이란 자기 쪽에서의 명분일 뿐이었다. 3년 상중이라 절대 결혼할 수 없다는 조카의 말이 '소 귀에 경 읽기'로 귀에 들릴 리가 없었다. 당시 좌의정이었던 수양대군의 측근인 정인지 역시 상중에 왕비를 들이는 것은 예가 아니라며 강력하게 충언을 했으나 수양대군은 종묘사직을 위한다는 명분을 들어 단종의 결혼을 강제로 성사시켰다. 결국 단종 2년(1454) 1월 24일 송현수의 딸이 왕비 자격으로 궁궐에 들어왔고 14세의 단종은 강제 결혼을 당했다.

정답: 매쳤니껴? 아무리 어려도 왕인데 왕권 시대가 아이고 왕권 상실의 시대씨더.

오답: 우쨌거나 단종의 장인 송현수는 수양대군에게 천륜을 저버리고 협조한 대가로 몇 년간 권세를 누렸으나 결국은 역적으로 몰려 비참하게 숙청당했다. 자신의 딸인 왕비 송씨를 자식도 없이 평생 홀로 살게 한 아버지가 되었다.

정답: 만약에 세종대왕이 세자와 형제들의 우애를 다지기 위해 세자 이외에 왕자들을 국정 운영에 참여시키지 않았다면 이 비극은 없을 비극인지도 모를 일이 아이껴? 세종대왕이 형

제 우애 다지기를 해서 분란의 씨앗이 되고 결국 단종을 죽이고 수많은 목심을 앗아갈 원인 제공을 한 꼴이 되었네요.

오답: 그른 셈이제. 세종 기록에는 '왕세자빈 권씨가 졸(卒)하였다. 빈(嬪)은 아름다운 덕(德)이 있어 동정(動靜)과 위의(威儀)에 모두 예법(禮法)이 있으므로, 양궁(兩宮)의 총애가 두터웠다. 병이 위독하게 되매, 임금이 친히 가서 문병하기를 잠시 동안에 두세 번에 이르렀더니, 죽게 되매 양궁이 매우 슬퍼하여 수라(膳)를 폐하였고, 궁중(宮中)의 시어(侍御)들이 눈물을 흘리며 울지 않는 이 없었다. 임금이 빈(嬪)의 아버지 권전(權專)을 불러 말하기를, 대체로 며느리가 시부모에게 사랑을 받기란 어려운 일인데, 빈(嬪)은 이미 나와 중궁(中宮)에게 사랑을 받다가 이제 이렇게 되었으니, 다시 무슨 말을 하겠는가. 그러나 원손(元孫)의 탄생이 족히 내 마음을 위로하여 기쁘게 할 수 있다. 명(命)의 길고 짧은 것은 수(數)가 있는 것으로 사람의 마음대로 어찌할 수 없는 것이니, 경은 나를 위하여 슬픔을 억제하라. 현덕빈의 지문(誌文)과 명(銘)에는 신유년 7월 23일 정사에 몸을 풀어서 원손(元孫)이 탄생되니, 양궁(兩宮)께서 매우 기뻐하시고, 온 나라 신민(臣民)들이 서로 축하하지 않는 이가 없었다. 이날 임금께서 근정전(勤政殿)에 나아가시어 교서(敎書)를 반강(頒降)하여 나라 안에 대사(大赦)하게 하시고, 또 장차 원

손의 탄생한 예(禮)를 거행하려 하시었는데, 이튿날 무오(戊午)에 갑자기 병이 나시어 동궁(東宮) 자선당(資善堂)에서 운명하셨으니, 춘추(春秋)가 스물넷이다'라고 기록되었다. 이는 모두 단종 비극의 단초가 시작되는 순간이었다.

정답: 벌써 단종을 낳고 하루 만에 어머니 권씨가 죽는 순간 모든 일은 이미 예견된 것이었네요.

오답: 러시아를 강대국 반열에 올려놓은 차르(황제)로서 푸틴 대통령의 숭배를 받는 표트르 1세는 1672년 즉위 당시 만 10세였다. 오래전 중국을 통일한 진시황제는 기원전 246년 즉위 당시 만 13세였다. 이처럼 군주의 나이 10대 초반은 환경과 상황에 따라 다를 수가 있다. 물론 어린 것도 어느 정도 영향력이 있긴 하지만 결정적 이유는 수렴청정을 해줄 왕실의 어른이나 부모가 없었다는 것이 수양대군으로 하여금 단종을 얕잡아보고 왕위를 빼앗는 결정적 이유가 된 것이다. 세종의 뒤를 이어 맏아들인 문종을 왕위에 올린 세종은 문종이 병약한 몸이라 건강이 튼실하지 못함이 늘 걱정이었다. 염려는 적중을 해서 문종이 왕위에 오르고부터는 갈수록 회복될 기미는 보이지 않고 더욱더 건강이 악화되어 결국은 국사를 결재하는 것도 어려울 정도고 문종이 그렇게 되자 황희 정승과 황보인 김종서 등이 모든 국정 전반을 운영해 나갔다. 문종은 끝끝내 병을 이기지 못하고

병균에게 목심을 빼앗기고 결국, 즉위 2년 만에 왕권도 접고 어린 단종을 두고 가서는 안 될 길로 걸음을 옮겼다.

정답: 이미 국운은 기울어져 어린 단종에게 먹구름을 펴 나르기 시작했네요.

오답: 그래 바로 시련이 먹구름으로 몰려와 예고를 하고 있었지만 속수무책으로 있을 수백에 없었던 운명들이 길목에서 기다리고 있었다. 문종 2년 5월 경복궁 근정전에서 열두 살의 세자인 홍위(弘暐)가 자신의 의지와는 아무 상관없이 옥좌에 오른다.

정답: 파란을 예고하는 단종의 시대가 열린 거네요. 부모가 없는 고아니.

오답: 그랬제. 궁중의 법도는 엄격해 문종 때 복무했던 비빈과 궁녀들은 모두 궁을 버리고 떠나야 했다. 또한 선대 세종 시절에 시중을 들던 후궁과 비들까지도 모두 정든 궁을 버리고 보따리를 싸서 궁에서 출궁을 당했다. 어린 단종은 왕의 법도를 어떻게 준수하면서 어떻게 행동을 하며 체통을 지켜야 할지 난감함이 온몸을 병풍처럼 둘러쌌다. 국정을 어떻게 다스려야 할 지, 도무지 길을 안내하는 왕좌 사용설명서 한 장 없어 어디서부터 시작해서 어디로 나아가야 할지 그저 막막했다. '아버지는 저에게 왕좌란 무겁고 무거운 감당하기 힘든 짐을 씌워놓고, 한마디 말씀도 없이 일찍

돌아가셨나요? 어린 저로서는 도저히 어떻게 해야 할지 모르겠어요. 어디서도 햇살 한 모금 비치지 않는 궁, 모두들 검은 눈빛만 번쩍이며 저에게 따뜻한 위로 한 모금 주는 이 없고 이 감당할 수 없는 무거운 짐, 누구에게 짐 보따리를 풀어 해결하라는 말씀 한 조각이라도 궁 어딘가에 저장해 두시지 않고 무섭고 큰 짐만 왜 제게 맡기셨는지요? 자신의 밥그릇 챙기기에 혈안이 된 사람들 가운데 제가 뭘 안다고 옥좌를 비우셨어요? 그렇게 아무 말씀도 나라를 어떻게 다스리고 어떻게 헤쳐나가라는 아무런 비책 하나도 제게 알려주시지 않고 어디로 훌쩍 용상을 비워두고 가셨나요? 어린 저에게 등이 휘어 다 질 수 없을 만큼의 무거운 짐. 짐을 지기도 전에 치여버려서 일어날 수도 없는 짐을 제게 주시고 버팀목이 될 지겟작대기 하나도 안 주시고 어디론가 떠나가 버리신 아버지' 하며 통곡을 했다.

정답: 어린 단종은 불운이 저 쪽에서 허연 이빨을 으르렁거리며 걸어오고 있음을 예감했네요.

오답: 그랬제. 한숨과 탄식 원망에 가까운 흐느끼는 소리가 애처롭다 못해 비통함으로 적막한 궁전을 회오리바람처럼 감고 돌아 궁전을 둘러싸고 있었다. 하늘조차도 비답을 내리지 않고 눈만 껌뻑거리며 무심하기만 해 어린 단종에게 고단하고 힘겨운 소문들이 발효되어 제집 드나들듯 어린 단종

의 귓속으로 마구 거만을 휘저으며 드나들기 시작했다. 무섭고 두려움이 펄럭펄럭이며 무엄함으로 단종의 심장을 파고들며 괴롭혀 하루하루 몸서리쳐지고 치가 떨릴 정도로 힘겨웠다.

정답: 울매나 두려웠으믄 아직 아무 일도 일어나지 않았고 다만 아버지만 먼 나라로 가셨을 뿐인데 어린 단종이 그래 몸부림 쳤을니껴?

오답: 귓속으로 드나드는 소문들에 귀를 막아버리고 싶었을 것이다. 모든 일에 겁들만 구름 떼로 몰려오고 경복궁의 내전도 텅텅 비고 을씨년스러운 바램들은 마구 펄럭거리고 햇살 조각들조차 다 부서져 어디론가 사라져 햇살 부스러기 하나도 볼 수 없고 정막만이 경복궁 내전을 마구 날아댕그고 단종의 몸속에는 홀로 남은 가혹한 운명에 겁 망울만 점점 자라 넝쿨을 벋었겠제. 푸르른 나뭇잎 다 떨궈내고 알몸만 남은 겨울철 낭구 같은 신세가 된 어린 소년 단종에게 고독한 운명과 가혹함을 헤쳐나가며 버티고 의지할 지팡이 하나 주지 않고 쓸쓸한 두려움만 매일처럼 부려놓고 어디론가 가버렸겠제.

정답: 그 어린 단종한테 겨울바램은 몸속 혈관을 타고 돌아댕그민서 몸과 맴을 울매나 마구 흔들어대며 휘몰아치는 눈보라 속에서 벼랑 끝에 선 단종은 아득한 궁릉 아찔한 천 길

낭떠러지에 서서 맴이 시키는 울음을 실컷 울 수 있는 자유조차도 부여받지 못해 칼바람에 울매나 난도질을 당했을니껴?

오답: 너무 어린 단종은 사정없이 불어오는 칼바람을 다스릴 수 있는 투혼하고는 한참 거리가 멀었다. 단종에 대해 따뜻함을 건네주는 사램이 없었다. 왕인 단종의 눈치와 안위를 살피는 것이 아니라 단종을 둘러싸고 있는 권력을 위해 손꾸락을 꼽고 있는 사램의 눈치와 안위를 살피기에 정신이 나간 사램들뿐이었을 것이고 어린 단종은 시간이 필요하다고 자신을 스스로 달랬을 것이다. 이 날카로운 이빨을 세운 시간이 다 지나가려면 시간이 필요하다고 위로 위로 하늘을 위로 쳐다보고 쳐다보며 위로를 당겼을 것이다. 단종은 사방이 모두 흰 벽으로 된 옥좌라는 감옥에 갇혀서 그릏게 이 두려운 시간이 지나가길 기다렸을 것이다. 하얗게 칠한 맴 감옥엔 면회 올 사램 하나도 없었을 것이고 따뜻한 사식이나 위로 한 모금 마시게 들고 올 사램도 없었을 것이다. 단종에게는 수렴청정을 할 기회조차 주어지지 않았을 것이고 설상가상으로 자신의 몸을 목심처럼 아끼고 지켜줄 어머니와 할머니까지도 하늘은 단종에게 허락해주지 않았기 때문이다.

정답: 어린 단종의 바람막이가 될 측근을 하늘은 왜 모두 걷어

갔니껴? 하늘이 매쳤니더.

오답: 그래도 조선 하늘은 아무롷지도 않게 푸르고만 있었다. 단종은 별다른 방법이 없어 어쩔 수 없이 궁여지책으로 의정부의 세 정승에게 전적으로 국사를 맡겼단다. 영의정에 황보인 좌의정에 김종서 우의정에 정본. 어린 단종을 대신하여 합법적으로 영의정 좌의정 우의정의 벼슬을 가슴에 단 세 정승은 물 만난 고기가 되어 단종의 귀와 눈을 막고, 무슨 일이든 자기들 맴대로 조정의 정사를 좌지우지 멋대로 틀어쥐고 흔들었단다. 막강한 권한을 양손에 움켜쥐고 흔들어댈 명분을 하사받은 그들은 그 명분을 충분하게 휘두르며 남용했단다. 호사다마(好事多魔), 좋은 일에는 늘 탈이 많은 법이제. 왕좌란 자리를 지키기 위해서 울매나 많은 파란을 겪어야 할지.

정답: 단종은 풍파를 견디기는 아직 너무 어려 힘이 없고 보호해줄 바람막이도 없는 것을 안 조정 대신들은 앞뒤 가리지 않고 겁대가리도 없이 마구 힘을 휘둘렀겠네요. 육시랄!

오답: 힘을 휘두를 때는 늘 또 다른 힘이 있는 것이 시상 이치인 것을 모르제. 그 반대급부적인 적들 그러니까 또 다른 권력을 탐내는 자들이 피를 피로 씻으러 달려들어 불만을 휘두르기 시작했다. 불만 세력 가운데서도 단종을 가장 보호해야 할 혈육인 종친들이 가장 앞서서 명분을 만들어 왕좌

로 갈 길을 선두주자로 개척해나갔단다. 단종의 숙부인 수양대군은 권력욕이 가장 많고 가장 머리가 뛰어난 선두 대표 주자였기에 명분은 얼마든지 만들 수 있는 더없이 좋은 기회였겠제. 어린 조카 단종을 자신이 지켜주지 않으면 나라가 위태롭다는 아주 그럴듯한 대의명분을 단청을 칠하듯 화려하게 덧칠했단다. 황보인과 김종서 정본 세 정승 또한 자리를 빼앗길 만큼 어리석고 호락호락한 사람들은 아니었단다. 그들은 수양대군의 낌새를 알아채고 세 정승은 머리를 맞대고 의결한 비상대책에서 나온 줄거리들을 대응책으로 만든 첩지를 내렸단다.

정답: 하나의 머리보다가는 세 명의 머리가 더 앞서는 게 당연지사 아이이껴.

오답: 그래도 수양대군과 안평대군을 조정에 기웃거리며 조정 일에 감 놔라, 대추 놔라, 일일이 왕족이란 이름을 붙여 간섭하지 못하도록 조처를 내리고 출입을 제한했단다. 한마디로 금족령을 내린 것이다. 왕실을 출입하지 못하도록 탄탄한 노끈을 꼬아 법으로 묶어두고 세 정승은 왕실 종친들의 야심에 고춧가루를 뿌리며 권력 주변에 얼씬도 못 하게 하는 분경금지법 견제 장치를 마련한 것이다.

정답: 금족령은 수양대군이라는 잠자는 사자의 코털을 뽑은 격이 아일니껴? 코털을 펄펄 날리며 미친 듯이 날뛰는 수양대

군의 격분이 용광로 불길맨치 이글거리며 활활 타오를 것이 상상되니더. 우째든 수양대군은 태종의 잔인무도한 피도 눈물도 없는 성정을 닮았지 싶니더. 피는 못 속인다고.

오답: 그랬제. 영의정 황보인은 상상보다 더 강하게 펄펄 날뛰며 시베리아에서 불어 오는 한파맨치 밀어닥치는 수양대군의 격노와 저항에 유화책을 마련했단다. '사헌부에서 금족령을 내린 듯합니다만 진상을 소상히 알아보고 대군들은 법에서 자유로울 수 있도록 처리하겠습니다.' 황보인의 말에 수양대군은 회심의 미소를 짓고 '알았소. 그 말을 믿고 지켜보겠소.' 조정 대신 주제에 감히 왕실 종친에게 금족령을 내려! 그러고도 살아남을 생각을 한다? 수양대군은 영의정 황보인의 선처의 답변을 듣고 단종의 숙부로서의 위세를 한껏 끌어올리고 머릿속에서는 또 다른 주판알로 계산을 튕기고 있었단다. 단종의 숙부로서 위세를 한 치의 오차도 없이 보여준 수양대군은 속으로 코웃음을 치며 독 똬리를 틀어 앉히며 만면의 미소를 흘렸겠제.

정답: 시상에! 조카 단종을 끌어내릴 궁리에 미쳤다니!

오답: 수양대군과 미쳐서 함께 걸어갈 사램은 오른팔은 권남 왼팔은 칠삭둥이 한명회였단다. 권남과 한명회는 최고의 술수를 동원하여 수양대군을 야심만만한 인물로 부추기며 설득하여 반대파를 몰아내어 오른팔 왼팔을 모두 제거한

다음 이와 함께 단종을 왕좌에서 끌어내리라고 충동질해 붉은 야심의 마지막 종착지는 왕권으로 가는 길이었제.

정답: 어린 단종을 왕좌에서 끌어내리는 건 우째믄 저들한테는 식은 죽 먹기보다 쉬운 일 아이껴. 무섭도록 태종의 성정을 닮아 섬뜩하이더.

오답: 그릏제. 어린 단종이 이끌어가야 할 나라를 위한 걱정은 모두 뒷전이고 그 자리를 빼앗고 싶은 욕망들이 모두의 눈알을 시뻘겋게 달굴 뿐 진정한 걱정을 하는 사람은 눈을 씻고 찾아봐도 어디에도 없었제. 햇살 한 모금 바람 한 톨 구름 한 두루마리까지 모두 한 패거리가 되어 단종의 편은 하나도 없고 어린 단종 자리를 넘보기에 필요한 서로 간의 눈치 작전과 패를 가르는 눈빛들. 서로가 이런저런 명분을 만들어 왕좌를 빼앗을 일에만 열정을 쏟으며 서로가 서로에게 칼날을 맞대고 있었제. 하긴 외척까지 다 죽이고 빼앗은 권력의 피가 흐르는 자손인데 그 정도가 심한 것도 아이제. 세종의 피는 어데 갔는 동.

정답: 서로의 목소리는 하늘 높은 줄 모르고 치솟았겠니더. 자신들이 최고의 자리를 먼저 차지해 더 높은 자리에 오르기 위해 치열한 전투를 벌이고 자기편을 만들고 충동질을 해서 출세를 깔고 앉아보겠다는 야심이 하늘을 찔렀겠니더.

오답: 탐욕들이 온 궁을 가득 채우고, 서로를 견제하며 욕심을 가

슴에 담은 채 권모술수를 마련하고 겉으로는 명분 만들기에 만 급급했단다. 삼촌이라는 명분으로 어린 조카를 보호하지 않으믄 이 나라가 김종서의 무리한테 넘어가고 조카를 왕좌에서 끌어내린다는 바위보다 견고한 명분을 만들고 단종의 현직 부하인 김종서의 무리는 왕족들이 설쳐대며 마구 바램을 일으켜 어린 단종을 마음대로 조정해서 정권을 자기들 입맛에 맞게 휘두른다며 단종을 보호하는 척했제.

정답: 왕좌를 놓고 두 무리는 서로 어린 단종을 위해야 한다는 위장 전술로 무장하고 가심에는 야심을 키왔겠네요.

오답: 두 부류는 서로 그럴싸한 명분 만들기에 여념이 없었고 더군다나 권모술수의 천재란 소리를 들었던 한명회는 수양대군의 뒷배에서 조정하며 왕좌가 수양대군의 것이라고 말도 안 되는 말로 사탕발림을 하며 부추기는 바람에 수양대군은 피도 눈물도 없는 짓을 꾸미는 데 동참하고 있었고 하늘은 뇌물을 먹었는 동 늘 강자 편에 서서 심판을 하고 있었단다.

정답: 강자가 뇌물을 많이 먹어 하늘도 뇌물을 먹은 편에서 심판을 하니껴?

오답: 그른 모양이제. 왕좌는 주인인 단종이 두 눈을 뜨고 살아서 엄연히 버티고 앉아 있건만 남의 왕좌를 빼앗기 위해 삼촌도 부하도 계략 세우기에 하루하루가 다 닳아갔단다. 한

발 한 발 치밀하고 면밀하게 다가서는 작업의 목적으로 도상 연습에 들어갔으며 황보인과 김종서는 단종을 권좌에서 밀어내려는 반대파들의 음모를 사전에 탐지해 일이 크게 벌어지기 전에 만반의 태세를 갖추며 치밀한 작전을 세웠단다. 우선 수양대군을 명나라 사신으로 보낼 계략을 전략으로 짜고 명나라 사신으로 보내자 우쩰 수 없이 명나라 사신으로 가서 특사 업무를 수행하고 돌아온 수양대군.

정답: 수양대군 편에서도 철저한 준비와 계략을 짜고 또 짜고 치밀한 작전을 음흉하게 숨겨놓고 있었겠제요. 만만하게 당할 수양대군이 아이제요.

오답: 그릏제. 수양대군이 돌아오자 좋아서 펄펄 뛰고 있는 권남 한명회를 만나 승리를 자축하는 술잔을 드높였단다. 기녀들의 춤사위와 노랫가락과 교태들은 모두 별빛에 젖었고 야심이 푸들푸들 살아 물이 오를 대로 오른 세 사램은 술이 핏줄을 돌며 부추기자 몸과 맴이 모두 불콰해지고 그러잖아도 왕좌만 빼앗으면 시상을 맴대로 쥐락펴락할 판인데 그 모든 일을 손발을 맞추어가며 척척 해내는 천재들이 자기 옆에 있다는 사실에 심장이 날뛰었겠제.

정답: 수양대군은 손도 안 대고 코를 푸는 격이 되겠니더.

오답: 수양대군은 조카를 밀어내고 왕좌에 앉은 것처럼 맴속 날씨는 쾌청해 할 수 있다. 우리는 반드시 할 수 있다. 가슴

가슴마다 불길은 불불 길길 번져 활활 타올랐겠제.

정답: 번쩍이는 왕권이 눈앞에 어른거려 혈압지수가 올라가고 심장이 마구 미친 듯이 요동쳐 심장마비는 안 걸렸니껴?

오답: 이른 녀석 생각하고는? 한명회의 책략을 누구보다 인정하며 믿는 수양대군은 그 책략대로 하라는 무언의 몸짓으로 책임을 맡겼고 그때를 놓칠 리 없는 한명회는 그럼 먼저 김종서부터 모가지를 날립시다. 한명회의 말에 권남도 맞장구치며 수양대군의 의중을 넌지시 뜨면서 얼굴빛을 더듬어보며 어쩌면 종친이란 명분이 있기 때문에 머리 좋은 한명회와 권남은 늘 위기가 닥치면 자신들이 빠져나갈 구멍을 그래이까 명분을 만들기 위해 수양대군의 의중을 묻는 식으로 교묘하게 살피며 떠보았겠제.

정답: 그릏지만 권력에 눈이 시뻘겋게 핏줄이 선 수양대군에게 어린 조카이자 제 혈육인 핏줄이 눈에 보이겠니껴? 오로지 황금빛으로 일렁이는 욕심 속에서 어린 조카의 자리인 왕좌만이 번쩍번쩍 자신의 엉덩이를 앉혀줄 희망으로 보이겠제요.

오답: 그래 제법 추측을 잘하는구나. 일말의 가차도 없는 말이 홍으로 얼룩져 비틀거리는 술자리의 귓구멍을 태풍처럼 뒤흔든다. 좋다, 한 치의 실수도 없이 제거하도록…. 이렇게 김종서를 먼저 치우고 조카 단종의 목을 옥죄고 잘라내기 위한 계책을 시작했단다.

정답: 수양대군은 그 무시무시한 일을 꾸미면서도 눈 하나 깜빡 않고 일말의 가책도 없이 쾌히 승낙한 끝에 콧노래까지 흥얼거렸겠네요? 꼭 할배를 닮았네요.

오답: 그 콧노래는 우째믄 불안의 표시였을지도 몰랐겠제. 수양대군은 양정과 임운을 대동하고 봉당에 머무르고 있던 김종서를 만나 양 발톱은 품속에 감춘 채 편안하게 공통 관심사인 요즘 날씨를 불러들이며 날씨 이야기부터 시작했단다. 요즘 날씨가 별로 좋지 않군요. 분위기를 정화시키고 믿음을 만들기 위해 안심스런 말을 던지며 힐끗 곁눈으로 분위기를 살폈단다. 천재적인 머리와 소질을 가진 김종서 역시 만만치 않은 상대임을 이미 알고 있는 터라 수양대군은 만전에 또 만전을 기하민서 김종서의 표정에만 세심한 관심을 던졌단다. 마침내 다행히도 얼굴에서 긴장감이 이완됨을 직감적으로 알아낸 수양대군. 미안하다, 이 나라를 굳건하게 잘 지켜나가려면 어쩔 수 없이 너를 없애야 나의 길을 열 수 있다. 수양대군은 아무릏지도 않게 능청을 능청 능청 떨면서 마른기침을 크게 두 번 했단다.

정답: 그 마른기침은 서로의 암호 탄이겠네요.

오답: 그래. 기침 속에 무시무시한 폭발물이 들어 있어 자신의 목을 저승으로 보낼 것이란 걸 꿈에도 모르는 김종서에게 작전 개시를 하라는 암호 탄이 마른기침으로 심부름꾼이

되어 달려오자 임운이 미리 계획하고 저고리 속에 아무도 몰래 숨기고 간 헝겊으로 둘둘 말아놓은 쇠 방망이를 꺼내 순간적으로 번개처럼 재빠르게 오른팔을 치켜올려 힘껏 젖 먹던 힘까지 다 꺼내서 김종서의 머리를 내리찍었단다. 쇠 방망이는 김종서의 정수리를 내리치고 정통으로 골수를 맞은 김종서는 비명을 흘리며 비틀비틀 쓰러졌단다. 비명을 남기며 쓰러지는 걸 바라보던 아들이 겁에 질려 어쩔 줄 모르고 벌벌 사시낭구 떨듯 떨고 있었단다.

정답: 그 아들도 그냥 살려두었다간 훗날에 화를 불러들일 꺼니 죽였겠네요?

오답: 그래 그걸 너무나 잘 아는 행동대장 임운은 목심만 살려달라는 애원을 뿌리치고 지체 없이 잔인하게 뒤통수를 연이어 내리쳤단다. 김종서의 혼과 육 그리고 그의 아들의 혼과 육까지 모두 한 자리에서 같은 날 분리되었고 그 자리에서 김종서는 그렇게 아들과 함께 어딘지도 모를 곳으로 명을 끊고 권력욕의 손에 숨줄을 제거당하고 말았단다.

정답: 이제 걱정거리 김종서를 제거했으이 수양대군은 왕좌를 뺏는 일에 대한 탐욕이 산불처럼 번질씨더. 사램은 피를 보믄 흥분되어 더 날뛰게 되어 있잖니껴.

오답: 그래. 수양대군은 제거 대상자 1호인 김종서를 작전대로 한 치의 오차도 없이 하라는 명령을 거행해 한 치의 차질

도 없이 너무나 쉽게 성공시켜 죽이고 나자 왕권 찬탈에 자신감에 자신감이 마구 굴러 눈덩이처럼 불어난 그 여세가 식을세라 수양대군은 또다시 무사들을 불러 모았단다. 단순 명료한 폭압에 눈이 뜨인 무사들이 우르르우르르 일사불란하게 대궐로 대궐로 모여들었단다.

정답: 어린 단종이 겁과 두려움에 싸여 울매나 두려웠을니껴?

오답: 뱃속까지 겁과 두려움이 침범해 밥알은커녕 물 한 방울도 마실 정신마저 쓸어낸 저들 때문에 아무것도 먹지 못하고 고양이 앞에 쥐가 되어 벌벌 떨기만 할 뿐 아무것도 보이지도 들리지도 않았단다. 단종이 내쉬는 한숨 속에는 수억 마리의 번뇌가 튀어나왔고 튀어나온 번뇌는 푸들푸들 날아다니며 새끼를 치고 또 새끼를 쳐서 온 궁궐을 덮어 단종은 차라리 눈을 꼭 감고 기도했단다. '아버지 저를 어디든지 데리고 가주세요.'

해를 먹은 섬

10

오답: *1분 1초가 1천 년인 것처럼 시시각각 시간은 단종의 숨통을 조이고 도대체 밖에서 무슨 일이 벌어졌는지 안개 속에 가려 볼 수도 없게 명색이 왕좌에 앉은 왕의 귀와 눈에 연막을 쳐서 덮어버렸단다.*

정답: *콩을 콩이라고 말하고 팥을 팥이라고 정직하게 알려줄 신하가 없어 아무것도 안 보이는 암흑이였겠니더.*

오답: *그랬제. 그들은 그룹게 모든 걸 차단시키고 어둠에 어린 단종을 가두어버렸단다. 단종은 승지에게 연락을 보냈고 수양대군은 의기양양하게 거드름 묻은 걸음을 걸으민서 대궐로 돌아와 일말의 가책은 눈 씻고 찾아봐도 볼 수가 없을 정도로 기세등등한 발길을 앞세워 들어와서는 수양대군 말해보시오. 무슨 일이 벌어졌는지 무슨 변고가 있었는지? 단*

종의 한마디 한마디는 초주검이 풀어놓은 맥 빠진 음성으로 우람한 산문을 열듯 말문을 무겁게 열었단다.

정답: 수양대군은 단종의 음성이 흔들리며 무서움과 두려움이 섞여 떨고 있음을 감지하고 회심의 미소를 번들거렸겠니더. 생각만 해도 소름 돋니더.

오답: 그랬제. 악마의 이빨 같은 붉은 소리를 으르렁거리며 어린 조카에게 위협을 보냈겠제. 일말의 양심조차 던져버린 수양대군은 목에 힘을 주고 말했단다. 김종서와 황보인을 추종하는 역모를 꾸미고 있는 일당들이 안평을 용상에 앉히려고 획책하였소이다. 단종은 충격에 빠져 들숨도 없는 날숨을 크게 한 번 쉬며 하늘을 쳐다보아도 이 엄청난 말을 논의하고 앞길을 헤쳐줄 사람 하나 없어 자신만 외로운 섬에 갇혀 어찌할 바를 모르고 허둥대다가 어린 단종의 겁먹은 소리가 말했단다. 오늘부터 수양대군에게 국사를 위임하겠소. 수양대군은 기다렸다는 듯 의기양양 기세를 깃발처럼 높이 펄럭이며 단종의 어명을 앞세워 황보인과 정본 두 정승과 여섯 명의 판서에게 당장 입궐하라는 명을 어명처럼 내렸단다. 어명으로 알고 부지런히 걸어오다가 입궐 바로 직전 대신들은 대기 중이던 수양대군의 작전 명령을 받은 사람들 손에 영문도 모르는 죽임을 당했단다. 권력은 총칼이 휘두른 핏속에서 나온 것이제.

정답: 당연히 권좌에 오르는 데 걸림돌이 될 우려가 있는 사램은 전부 없애겠네요? 그래야만 안심이 될 거 아이껴?

오답: 제법이구나. 왕좌를 차지하는 데 혈안이 되어 자신의 형제들을 모조리 없애버리는 일뱀에 눈에 들어오는 일이 없었겠제. 안평대군과 아들 이우직(李友直)은 육지와 격리된 강화도로 귀양살이를 보냈제만 그러나 임시방편 눈속임이 길면 울매나 길게 목심을 연명할 수 있겠노. 울매 지나지 않아 아무 죄도 없이 죽어야 할 이유도 모르고 아니, 왕족이란 이유로 사약을 받고 죽었단다.

정답: 저른 천인공노할 인간, 우째 인간의 탈을 쓰고 혈육을 없애가민서 왕좌를 탐낸단 게 말이 되니껴? 그건 사램이 아니고 짐승만도 못하제요.

오답: 시상 사램들이 어데 말이 되는 일만 하고 사나? 불씨를 모두 제거한 수양대군은 형제와 조정 대신들의 목을 딴 피 묻은 칼을 닦고 일사천리로 국정을 반석 우에 올래놓았단다. 수양대군은 영의정과 이조판서 그리고 병조판서까지도 겸직하여 누구도 넘볼 수 없는 튼실한 권력성을 쌓아 실권자가 되었단다. 비상시국을 다스리는 최고의 권력자로서.

정답: 누구한테도 간섭을 받지 않고, 자기 맴대로 왕정을 쥐락펴락했겠니더.

오답: 그랬제. 정인지와 안학 그리고 신숙주는 수양대군과 가까

이 지내민서 간신배 같은 짓으로 아부를 하며 지당한 말씀으로 목심을 이어가고 있었제.

정답: 수양대군으로서는 입에 혀처럼 구는 간신이 울매나 좋았을니껴?

오답: 그래이 그들과는 당연히 좋은 사이가 될 수백에 없었제. 왕위 계승을 노리고 있는 속맴을 환하게 읽은 그들은 하나같이 같은 목소리로 수양대군에게 최면을 걸듯 부추겼단다. '뜸 들이지 말고 하루라도 빨리 권좌에 올라 혼란스런 나라를 바로 세우소서. 좋은 일이란 빠르면 빠를수록 좋습니다. 조정과 국사와 이 나라 백성을 위해서 결단해주십시오.' 새장에 갇힌 솜털이 송송한 어린 새는, 손이 없는 어린 새는 기울어가는 햇살 부스러기를 부·리·로·쪼·고·있·었·단·다. 단종의 하루하루 삶은 바늘방석에 앉은 것맨치 따갑고 편치 않아 무섭고 또 무서워 밤이나 낮이나 몸속에 얼음덩이가 든 것맨치 벌 한 마리 없는 곳에서 벌벌 떨었겠제. 보통 아이들매로, 엄마 앞에서 재롱을 부리고 응석을 부리면서 맴껏 웃고 맴껏 울고 철없는 골목길을 또래의 동무들과 어울려 장난도 쳐보고 넘어져 무루팍도 깨져보며 뛰어놀며 살고 싶었겠제. 밥상을 받아도 침실에 들어도 살맛이 나지 않고 두려움과 불안이 그림자처럼 따라다니며 온몸을 휘감았겠제.

정답: 수양대군 숙부는 숙부가 아니라 두려움 덩어리씨더.

오답: 그랬제. 너무 두려워 두렵다는 말조차 꺼내지 못하고 가심 속에 두려움이 모기 떼맨치 앵앵거렸겠제. 모든 걸 내래놓고 자신의 발로 궁을 걸어 나가 조용히 백성이 되어 평민으로 살고 싶은 맴만 간절했겠제만 왕족이란 굴레가 족쇄로 채와져 맴대로 풀 수도 없어 그것조차도 맴대로 할 수 없도록 자신을 얽매여놓았겠제.

정답: 왕족으로 안 태어난 게 천만다행이씨더. 왕족이란 이유로 아무것도 맴대로 할 수가 없는 운명이 아프고 슬프고 불쌍아이더.

오답: 글쎄 말이다. 단종인들 왕족이 되고 싶어 되었겠나? 단종은 이리 둘러보아도 저리 둘러보아도 위를 보아도 아래를 보아도 어느 한쪽 맴을 건네 정답을 물어볼 신하도 혈육도 찾을 수 없어 주위는 온통 자신을 해치려는 낯선 간신들이 간신이 아닌 탈을 쓰고 설치는 왕궁이란 섬에 표류하며 홀로 망망대해 같은 외로움을 삭이며 풍파를 헤쳐 갈 선장이 되어야 했겠제. 두려움의 높이만큼 쌓여 있는 정사를 똑바로 결재할 자신이 없었겠제.

정답: 단종을 보좌할 충절의 충신이 다 떠났으이 국사가 불안해도 사심 없는 대신들의 뜻이 반영될 길이 아득해서 방도가 서질 않았겠니더.

오답: 방도는커녕 아무 엄두가 나질 않고 생각조차도 모두 두려움에 얼어붙어 머리가 정상적으로 작동하지 않고 다만 멍 멍 멍 멍 멍 자만 머리 가득 날아다녀 밤잠도 제대로 이루지 못했겠제.

정답: 날매둥 근심 줄이 얼굴에 얼룩을 긋고 골을 탔겠니더.

오답: 이랑마다 근심은 우후죽순 돋아나 자랐겠제. 근심 싹이 무성해질수록 얼굴색은 점점 창백해져가고 목소리마저도 기운이 빠져나가 거미줄 같은 말만 가늘게 가늘게 뽑혀 나왔겠제. 그러다 마침내 단종은 왕위를 수양대군에게 물려줬단다. 단종 3년 이른 여름 6월 11일. 노심초사를 지팡이로 만들어 짚으며 칼부림으로 모든 반대편을 없앤 수양대군.

정답: 오매불망 그래던 수양대군의 꿈길 완성이 성대하게 눈앞에 펼쳐졌겠니더.

오답: 이날따라 하늘은 먹구름을 전부 단종 가심에 다 쏟아붓고 하늘은 구름 한 점 없이 화창하게 웃고 있었겠제.

정답: 하늘도 매쳤구만요. 먹구름을 수양대군 얼굴에 쏟아부어야제 우째서 단종의 가심에 다 쏟아부었단 말이이껴?

오답: 그거는 하늘한테 물어보그라.

정답: 하늘 꼴도 보기 싫니더.

오답: 암만 보기 싫애도 하늘을 이고 살민서 멀 그래노?

정답: 하늘이 지 머리 위에 있는 거제 지가 하늘을 이고 사는 게

아이씨더.

오답: 메어치나 엎어치나 매한가지제. 우쨌거나 수양대군이란 딱지를 떼고 세조라는 이름으로 개명을 하고 조선 7대 임금이 된 세조. 1455년 어린 조카인 단종 임금을 온갖 비겁한 술수를 만들어 겁박을 주어 왕좌에서 물러나게 한 세조. 하늘은 이렇게 무심하게 역사의 바퀴가 진흙탕으로 굴러 나자빠져도 아무 일도 아닌 듯 고요히 맑은 구름만 수놓으며 모른 척 시간만 흘려보내는 사이 나라의 인재인 충신들의 목을 댕강댕강 날려버리고 득의양양 왕권을 찬탈한 단종의 숙부 수양대군이 세조 임금이 되어, 뉘우침이나 양심의 가책은 모두 나라의 인재인 충신들의 목을 댕강댕강 날릴 때 함께 날려버리고 야심만만한 조선 7대 임금이 되어 새 시대를 열었단다. 어린 단종에게 일편단심 목심을 바쳐 충성한 충신들의 이름이 피를 쏟으며 졌단다. 성삼문 박팽년 이개 하위지 유성원 유응부로 이름하는 사육신(死六臣)은 살아서는 해결할 수 없음에 자신의 육신을 죽음의 길로 달려가면서 단종을 보호하기 위해 마지막까지 목심을 던졌단다.

정답: 그래도 다행이씨더. 단종을 위해 목심까지 버리는 신하가 있었다이.

오답: 그나마 불행 중 다행이제. 그들은 지금도 영원히 잊히지 않을 별이 되어 하늘에서 역사를 반짝이고 있제. 단종을

받들다 고문을 당하며 참담하게 죽어간 충신이 70여 명이 되었고 1456년에 일어난 사변은 병자원옥으로 불리며 역사 속으로 침몰했단다.

정답: 그래믄 왕좌에서 쫓겨난 단종은 우째 되었니껴?

오답: 단종과 대비 송씨는 금성대군 궁으로 임시로 피난을 갔단다. 아니 쫓겨났제. 그릏제만 이마저도 용납하지 않고 정인지의 강권으로 병자원옥 발발 1년 만에 단종은 노산군(魯山君)으로 강등되고 말았제. 강등과 동시에 강원도 영월 청령포로 외진 곳으로 귀양 보내졌단다. 또한, 하나뿐에 없는 누이 경혜공주는 문종의 하나뿐에 없는 천근만근 무게의 소중한 딸이었고 궁에서 공주로 문종의 사랑을 한 몸에 받으며 귀하게 자랐단다. 공주가 혼인할 때는 신하들의 반대를 무릅쓰고 한양 한복판에 인가 30여 채를 헐어 신혼집을 마련해줬다고 전한다.

정답: 와아 대단하이더. 나도 좋은 일 쫌 하고 살아 다음 생에 공주로 태어나야겠니더.

정답의 말에 오답은 주먹으로 꿀밤 하나를 먹인다.

오답: 예끼 이놈아 끝까지 듣고 결정해도 안 늦어. 왜 미리 스승의 말 허리를 잘라먹고 그래노? 더 들어봐라. 아버지 문종이 승하하자 공주의 삶은 끝을 모르고 나락으로 떨어지기 시작했단다. 단종이 숙부에게 왕권을 빼앗기자 공주는 남

편을 반역죄로 잃고 공주에서 하루아침에 노비로 전락하는 신세가 됐단다.

정답: 잠깐만요 스승님, 지는 공주로 안 태어날라니더. 그 말 취소씨더.

오답: 예끼 이놈. 그새 손바닥 뒤집듯 뒤집는 놈을 누가 공주로 태어나게 해준다나?

정답: 그래믄 공주는 우째 됐니껴?

오답: 경혜공주는 비구니가 되어 파란만장한 삶을 숙명으로 살 수밖에 없었다. 무서움과 두려움이 날아다니는 궁궐보다 단종은 누이의 집이 자신의 두려움을 조금이라도 덜 수 있어 더 편했으리라. 피의 살육전이 온 시상을 뒤덮은 계유정난(癸酉靖難) 1453년 10월 밤에도 단종은 누이의 집에서 누이와 함께 두려움을 쫓고 있었단다. 그러나 바로 경혜공주의 집에까지 쳐들어와서 단종의 신하들을 마구 살해하며 피 냄새를 뿌리는 참극이 일어났고 계유정난 2년 만에 결국 단종은 숙부 수양대군에게 왕권을 양위하고 유배지에서 비참한 최후를 맞이했단다.

정답: 그래믄 단종이 죽은 담에는 우째 됐니껴?

오답: 남동상이 죽은 뒤 4년 만에 경혜공주의 남편 정종마저 반역죄로 능지처참을 당했단다. 부모도 동상도 남핀도 공주의 모든 것을 앗아가 혈혈단신 혼자가 된 스물여섯이던 공

주의 불운은 끊이지 않고 연좌제에 따라 본인은 물론 자식들도 노비가 되었단다. 죽는 것보다 더 처참함과 참담함 고통스러움 따위가 공주의 삶에 칡넝쿨처럼 얽혔겠제.

정답: 나쁜, 피도 눈물도 없는 인간이씨더.

오답: 그렇다고백에. 6월 21일 단종을 노산군으로 강등시키고 영월로 유배를 보내고는 이어 26일에 단종 어머니 현덕왕후가 묻힌 소릉을 파헤쳤단다.

정답: 정말 비정한 인간 아이이껴?

오답: 비정을 다 삶아 먹은 지 오랜데 인제 와서 먼 비정을 찾노? 말이나 들어보그라.

정답: 야, 알았니더.

오답: 그른데 신통방통한 일이 일어났단다. 그 무렵 세조 꿈에 단종의 어머니인 현덕왕후 권 씨가 나타났단다. 현덕왕후는 세조의 형수이고 문종의 부인이다.

정답: 단종을 낳고 산후통으로 스물네 살, 꽃도 피지 못한 나이로 자신의 몸속에서 나온 아들을 품에 안아보지도 못하고 한 많은 시상을 떠난 단종 엄마요?

오답: 그래. 단종 복위를 도모하는 현덕왕후의 어머니와 남동생을 모두 처형하고 단종을 유배시킨 그 험악한 시월의 어느 날 세조의 꿈속에 죽은 현덕왕후가 나타나 매우 분노한 얼굴로 세조를 꾸짖기 시작했다고 한다.

정답: *정말로 꿈에요?*

오답: *그래, 꿈에 '네가 죄 없는 내 아들을 유배 보내더니 이제 내 아들의 목숨까지 끊으려고 하는구나. 네가 죄 없는 내 자식을 죽이려 하니 나도 네 자식을 죽이겠다'라며 세조의 얼굴에 침을 뱉고 사라지는 바람에 세조가 놀라 잠에서 깨었다고 했다. 세조의 맏아들 의경세자가 그해 여름부터 감기에 걸려 시름시름 앓았는데, 9월 2일에 갑자기 죽게 되니 당시의 나이가 스무 살이었단다.*

정답: *에고, 꼬소하이더.*

오답: *꼬소한 게 아이다. 세조는 자신의 꿈속에 나타난 현덕왕후에게 복수라도 하듯 10월 21일에 단종을 죽이고 시신조차 땅에 묻지 못하게 엄명을 내렸단다. 그러나 그가 꾼 꿈의 효력은 잘도 맞아 들어가 그 후 세조의 뒤를 이어 왕위에 오른 둘째 아들 예종도 왕위에 오른 지 13개월 만에 죽음을 맞이했고 그때 예종의 나이도 스무 살이었단다.*

정답: *아무리 단종의 나이가 어리고 그를 보좌해줄 피붙이가 아무도 없었다 해도 삼촌도 피붙인데 우째 그래 잔인할 수 있니껴?*

오답: *그러게 말이다. 그놈의 한 줌도 안 되는 권력이 머라고 인간이 잔인해지기로 맴먹으믄 어데까지 잔인해질 수 있는 건지 나도 모르겠구나.*

정답: *그래믄 안평대군은 위협적인 인물로 꼽지 않았니껴?*

오답: *성질도 급하기는. 그래 안평대군은 4대 명필가로 꼽힐 만큼 대단한 재능을 가졌단다. 안평대군은 어느 날 꾼 꿈 이야기를 해주며 당대의 최고 화가인 안견에게 꿈 내용을 모두 말한 뒤 그림을 그리라고 했단다.*

정답: *꿈 내용이 머길래 꿈을 그래라고 했니껴?*

오답: *꿈 내용은 박팽년과 함께 복숭아 꽃낭구가 화려하게 핀 어느 산골 산기슭에 이르렀는데 숲속 갈림길에서 어떤 사램이 북쪽으로 가면 도원이라 일러줘 북쪽 골짜기 안에 들어섰단다. 그러자 사방으로 산이 벽처럼 둘러싸고 넓게 트였단다. 깊은 골짜기와 깎아지른 절벽이 마치 신선이 사는 곳 같았단다. 어렵고 상상하기 힘든 것임에도 안견은 모두의 예상을 깨고 단 사흘 만에 꿈의 내용을 화폭에 옮겨놓은 것이 몽유도원도(夢遊桃源圖)라고 한다. 몽유도원도를 보고 매우 흡족해하며 만족한 안평대군은 다시 신하들을 불러 안견과 함께 그림을 보며 '길이 천년을 두고 볼 그림이다' 하고 찬탄을 금치 못했단다. '어찌 이리 정확하게 그렸단 말인가. 역시 그대는 신필(神筆)이야.' 안평대군은 자신이 꿈속에서 본 것과 똑같이 담아낸 안견의 그림 앞에서 눈을 떼지 못하고 극찬을 했단다. 험준한 바위 사이 가파른 언덕에 허들허들 붉게 핀 복숭아밭에 꽃은 곧 살아서*

향을 펄펄 날릴 것 같이 살아 움직이는 듯했단다. 그것은 명필인 안평대군의 눈에는 대단한 과감성과 세밀한 구도가 전개된 그림이었단다. 그림은 두루마리에 그려져서 펼칠 때마다 그림의 세계가 전개되며 안평대군 꿈속 맴을 사로잡았단다. 서론도 없이 본론으로 펼쳐진 그 그림은 안평대군이 꿈에서 본 오솔길과 골짜기가 좌우로 그의 혼을 앗아갔던 바로 그 복숭아 꽃밭이었고 꿈속에서 거닐었던 그 풍경이 두루마리 속에서 숨어 거닐다, 두루마리를 펼치면 그 꿈은 다시 걸어 나와 두루마리를 펼치면 꿈을 펼치듯 전경이 펼쳐져 그림을 펼치면 한달음에 눈으로 뛰어드는 풍경. 산 벼랑은 울뚝불뚝하고 낭구숲은 빽빽하여 시냇물이 백 구비로 휘어져 사램의 정신을 홀리는 듯한 신선 세계가 두루마리 위에 달려와 있었단다. 복숭아꽃이 만발하던 그곳이 꿈을 깨자 사라졌는데 이렇게 두루마리 위에서 안개 속에 잠겼다 안개가 걷히면 살짝살짝 고개를 내미는 꽃잎은 고운 꽃잎 위에 금채(金彩)를 더하여 절묘했고 반쯤 무릎을 꿇은 바위에 둘러싸인 꽃밭을 부감법(俯瞰法: 위에서 밑을 향해 내려다보듯 그리는 기법)을 써서 한눈에 들어오게 한 구도 이 뛰어난 그림은 필시 사램이 그린 것이 아니고 神이 응해서 그린 것이리라. 몽환의 꽃밭에서 걸어 나와 눈을 뜨니 현실이었단다. 눈길을 어느 쪽으로 향하든

향기가 벌 나비처럼 날아다니던 꿈을 빠져나오니 현실이었고 그 꿈에 더 머물지 못함이 애석해서 안견에게 그리라고 했더니 신이 내 마음을 알고 그려줬구나. 했다고 하니 그것은 어쩌면 심리적으로 이미 안평대군은 자신의 운명을 점치고 있었는지도 몰랐다고 후세에 전한다.

정답: 왜 가수들도 부르는 노래에 따라 운명이 정해지고 글 쓰는 사람도 그렇다고 들었는데 그렇다믄 그런 셈이네요?

오답: 그릏다고 할 수도 있제. 안평대군은 중국 동진(東晉)의 시인 도연(365~427)의 도화원기(桃花源記)에 심취해 있었단다. '무릉에 사는 어부가 강물 위로 떠내려오는 복숭아꽃을 보고 상류로 거슬러 올라가 환상의 세계로 들어간다. 근심 걱정이라고는 전혀 없는 그곳은 복숭아꽃이 가득 피어 있는 평화로운 마을이었다. 수백 년 전에 전쟁을 피해 이곳에 들어와 사는 사람들은 바깥 세계와 인연을 끊고 그들만의 시상에서 행복하게 살고 있었다. 어부는 극진한 대접을 받으며 그곳에서 꿈같은 시간을 보냈다. 그런 어느 날 어부는 슬그머니 집 생각이 나서 돌아가겠다고 말했다. 사람들은 바깥시상에 나가더라도 이곳 이야기는 하지 말아달라고 청했다. 어부는 이를 수락했다. 그러나 약속을 어기고 그곳을 나올 때 곳곳에 표시를 해두었지만, 나중에 다시 찾아가보니 도원(桃源)은 흔적조차 찾을 수 없었다.' 안평대

군의 꿈 이야기를 듣고 안견이 사흘 만에 그림을 완성할 수 있었던 것은 중국의 문화적인 바탕이 있어서 가능했을 것이다. 안평대군의 꿈을 붓으로 그려낸 안견의 그림에는 안평대군이 박팽년과 함께 말을 타고 돌아다닌 복숭아 꽃밭이 강조되었단다. 한참을 두 사램이 꿈속에서 놀다가 나중에야 최항과 신숙주를 만났던 복숭아꽃밭, 도원, 안평대군의 꿈과 요점의 본질을 꿰뚫어 볼 줄 아는 안견의 탁월함과 감각에 감탄을 한 안평대군. 안평대군은 몽유도원도(夢遊桃源圖) 두루마리 그림을 3년 동안 간직하며 감상하고 고민한 끝에 몽유도원도(夢遊桃源圖)라는 제목을 적어 넣고, 성삼문 박팽년 신숙주 김종서 정인지 최항 등 세종 시대를 대표하는 스물두 명의 학자들의 시를 덧붙있단다.

정답: 그래믄 안견의 몽유도원도(夢遊桃源圖)는 한 작가의 것이 아니이이꺄?

오답: 한 사램이 완성한 것이 아이고 안평대군의 예술적 감각과 재치와 재주에 시인들의 시를 포함한 완벽한 환상의 조화를 이루었기에 거의 신의 경지를 넘는 예술 작품으로 그 시대 문화 수준의 척도를 잘 말해주는 고귀하고 값진 보물이 되었제. 그롷게 꿈속에서 본 복숭아꽃을 두루마리 그림 속으로 옮겨놓았으이 아무리 강한 바램이 불어도 떨어지지 않으믄 좋겠지만 시상은 그렇게 두지를 않는다. 화무십

일홍(花無十日紅)이라 했다. 안평대군의 삶도 꽃처럼 목이 떨어진다.

정답: 그래믄 안평대군도 수양대군이 죽였니껴?

오답: 그릏단다. 자신의 형인 수양대군의 손에 서른다섯 해를 마지막으로 복숭아꽃보다 화려한 목심은 목이 꺾이고 만다.

정답: 참으로 속절없는 삶이씨더. 왕족이란 이유로 무릉도원 꿈속으로 결국 걸어 들어가고 마는 코미디 같은 일이 어데 있니껴?

오답: 시상 일이란 게 우째 보믄 한바탕 꿈이 아이라. 몽유도원도(夢遊桃源圖)를 보고 찬탄의 시를 썼던 사램들도 서로 다른 길을 걷는다. 수양대군이 정적인 김종서를 처단하던 계유정난 때 안평대군도 곧 뒤를 이어 죽임을 당했고 단종복위 운동에 연루된 성삼문 박팽년 이개는 안평대군의 사후에 불귀의 객이 되었단다.

정답: 수양대군 쪽에 줄을 선 자만 영화를 누맀겠네요?

오답: 그릏게라도 되었으믄 울매나 좋겠노.

정답: 그래믄 그 사램들도 토사구팽(兔死狗烹) 당했단 말이이껴?

오답: 수양대군 쪽에 줄을 서서 승리자의 영화를 누린 정인지와 신숙주. 조금만 더워도 쉽게 못 먹고 쉬어버리는 숙주나물이 된 신숙주. 탁월한 변절자 같은 최항과 신숙주는 대군을 배신하고 정난공신으로 호의호식했단다. 지금까지도 녹

두나물을 숙주나물이라 부르며 조롱을 받는 이유는 신숙주에서 연루된 것이다. 안평대군의 꿈은 몽유도원도로 끝나 꿈이 현실의 역사가 되고 말았단다. 안평대군을 당장 죽이는 것은 너무나 큰 파문이 일 것을 염려해서 차선책을 강구했단다.

정답: 사람이 해서는 안 될 짓을 했네요. 우째 사람으로 태나서 권력도 좋제만 어린 조카를 그래 처참하게 내몰 수 있니껴?

오답: 모든 사람에게 정의만 살아 있다믄 그른 해서는 안 될 짓을 저릏게 방치하지는 않았겠제. 인간이 인간의 도리를 알았다면 저 만행을 말렸다믄 그렇다믄 우리의 역사도 달라졌겠제. 사램은 굶어봐야 밥이 울매나 고마운지 알 수 있듯이 단종이 되어봐야 그 절박하고 처참함을 알 수 있겠제.

정답: 그래도 왕족이라믄 기본적인 소양은 갖춰야제. 심으로 전부 다 해결하믄 그게 짐승이제 사램이 아이잖니껴? 신숙주 같은 사램은 기회주의자고 철새씨더.

오답: 그 사램들은 그게 소양이다. 그게 맞는 일이라 여기제. 그건 말이다, 머리 좋은 사램들이 머리를 좋은 곳으로 쓰지 않고 나쁜 쪽으로 써서 자기들 뜻에 맞게 맹분을 만들어 천을 대고 옷을 깁듯이 기워 넣는 거제.

정답: 꾸맨다고 표시가 안 나는 건 아이잖니껴? 꾸맨 자국은 다 남게 되는데 왜 그래 무모한 짓을 했니껴?

오답: 당연하게 표시 나겠제만 본인들은 개의치 않는 게 문제를 부르제. 옳고 그름을 판단하는 데 도움이 되도록 그 시대를 정확하게 기록해두는 일 모든 역사는 자료가 없으믄 알 수 있는 방법이 없제. 모두들 자기가 옳다고 하제만 정의라는 건 있는 뱁이다. 그릏지만 우뜬 일을 보든지 보는 각도에 따라서 우뜬 시각과 맴으로 보느냐에 따라서 모양과 생각이 달라질 수백에 없단다.

정답: 그릏다믄 어떤 각도와 생각에서 봐야 되니껴? 그걸 갈캐주는 학문이 있니껴?

해를 먹은 섬

II

단종의 자규시(子規詩)해석

원통한 새 한 마리 궁궐에서 나오니
외로운 몸 짝 없는 그림자 푸른 산을 헤매누나.

밤이 가고 밤이 와도 잠 못 이루고
해가 가고 해가 와도 한은 끝이 없구나.

두견새 소리 끊어진 새벽 멧부리엔 달빛만 희고
피를 뿌린 듯한 봄의 골짜기엔 낙화만 붉었구나.

하늘은 귀머거리인가 애달픈 하소연 어이 듣지 못하는지

어쩌다 수심 많은 이 사람의 귀만 홀로 밝은고.

오답: 이 시를 잘 읽었나? 니가 묻는 건 말이다. 갈채주는 게 아이고 스스로 깨닫는 거다. 우뜬 생각으로 우뜬 쪽에 서서 우뜬 시각으로 보느냐에 따라 달라진다. 무엇보다 중요한 건 울매나 객관적인 시각으로 경계에 서서 보느냐가 중요하제.

정답: 사램은 멀 보든 주관적으로 보제 상대방 입장에서 생각 하게나 객관적으로 생각하기 쉬운 일이 아이잖니껴.

오답: 그릏제. 그러니까 사램은 늘 배우고 공부를 하는 거란다. 내보다 남이 아니고 내와 남이 같이 어깨동무하는 눈높이를 맞추기 위해서.

정답: 아, 그릏군요. 그래믄 그래 생각하는 사램이 한 수 위란 말씸이제요.

오답: 그릏다고 할 수 있제. 그 수양의 폭을 넓히기 위해 선인들이 겪고 써놓은 지혜들을 읽고 또 읽어 생각의 창을 닦아야 투명한 시상을 볼 수 있단다.

정답: 아, 그래야 환한 시상을 보고 햇살이 찍어놓은 환한 무늬도 낭구가지에 걸린 달빛도 보이는 혜안이 생겐단 말씸이네요.

오답: 삶은 우째믄 울음투성인 바퀴를 굴리는 일인지도 모르제. 사막 우에 슬픔들이 마구 휘몰아쳐 눈도 못 뜨게 하는 눈

부신 폭발 같은 울음 말이다.

정답: 노을이 넘어갈 때 피 울음을 남게는 이유가 울음투성인 껍데기를 벗어뿌래 그롷게 붉게 퍼지는 거이껴?

오답: 그랠 수도 있제. 시월도 상처를 받아 온몸이 곱으민서 바램도 헝클고 구름도 흩어뿌레고 사램도 지워버레제. 구름이건 바램이건 노을이건 사램이건 전부 껍데기를 벗어야 이 시상 더러움을 벗고 비로소 죽을 수 있는 자유마저 얻게 되는 거제.

정답: 그래서 잘나고 위대한 사램이 밍을 다 몬 하고 비밍에 가기도 하는 거이껴?

오답: 가을 들판을 본 적 있나? 그 들판은 조용히 기울어간다. 논도 밭도 한 채 한 채 기울다 결국은 다 기울제. 이 시상 만물은 모두 차면 기울게 되어 있단다. 영원한 건 아무것도 없어. 음달도 양달이 되고 양달도 음달이 된단다.

정답: 적막할 만큼 슬픔이 막 뛰오니더. 그래 끊임없이 빈하는데 사램은 왜 모든 걸 모아서 잡아놓을라고 난리를 치는 거이껴?

오답: 욕심이 눈을 막아서서 그롷제. 생각하믄 울매나 우매하고 서글픈 일인지 모른다. 시시각각 나타났다가 사라지고 다시 생겨나는 것이 시상 이치거늘 권력도 영원할 것 같지만 움직이는 생물이라 단 한순간도 그 자리에 머물지 않음을 사

램들은 생각을 못하기 때문에 형제도 핏줄도 다 없애가민서 권력을 탐하는 거제. 참으로 어리석기 짝이 없는 짓이다.

정답: 계절도 그래 봄을 밀어내고 여름이 오고 여름 밀어내고 가을이 가을 밀어내고 겨울이 자리 잡는 것만 봐도 알 수 있을 건데 왜 그리 어리석니껴?

오답: 그르게 말이다. 살아가는 동안은 저 둥근 열매들 속에는 환한 잎맥들이 자라민서 쉼 없이 공기를 운반하고 빛을 운반하고 햇살을 운반하면서 자기 자신에게 꼭 필요한 만큼만 쓰고 살다 죽으믄 새맨치 날 수도 있을지 모르제.

정답: 차라리 새로 태어날 걸 그랬니더. 훨훨 전 지구를 날아다니믄서 구경이나 하게요.

오답: 그래지 왜 사램으로 태어났노?

정답: 스승님 지도 몰랬니더, 태어나 보이까 사램이드라고요.

오답: 그래도 기왕이믄 사램으로 태어나 이래 생각이란 것도 해보고 토론도 해보고 하는 것도 손해 보는 짓은 아니제. 슬픔꽃도 기쁨꽃도 되어보고.

정답: 그것도 괜찮겠니더. 그른데 스승님 슬픔꽃이란 꽃이 있니껴? 첨 들어보는 꽃이씨더.

오답: 슬픔꽃? 이 시상에 피었다가 사라지는 모든 것은 다 꽃이제. 시골 국민핵교 운동장에 공부가 끝난 다음 한분 가봐라, 가서 조용히 운동장을 바라보렴. 그래믄 거기엔 어린이

들이 떠난 자리에 어린이들의 발자국은 아직도 어지러이 뛰어놀고 웃음소리도 수수꽃다리 향기도 날아댕기고 모래를 한 주먹 쥐어보믄 손꾸락 사이로 빠져나가는 어린이들의 흔적이 보일 것이다. 그것들이 잠시 피었다 지는 것이제. 있음과 없음의 차이는 생각에서 나온다는 말이다.

정답: 맞니더. 가끔 예쁜 여자 선상님이 치시는 풍금 소리도 창문을 넘어와 귓속으로 마구 뛰어 들어오기도 하제요. 그른데 소리도 피었다가 사라지는 꽃인 걸 여태 모르고 살았니더.

오답: 그래, 꼭 여자 선상이 아니어도 소리만 들으믄 똑같은데 남학상들이 들으믄 그 풍금을 여자 선상이 치면 더 아름다운 소리로 들레고 여학상들이 들으믄 풍금을 남자 선상이 치믄 더 아름다운 소리로 들린다. 그게 바로 뇌에서 매 순간 꺼내주는 생각이란 말이다. 똑같은 소리인데 풍금을 치는 사램 자신의 기분에 따라 그 소리가 천상의 소리로 들리기도 하고 지하의 소리로 들리기도 하제. 또 들판을 봐라. 그 뜨거운 땡볕에서 땀을 쏟아내민서 시름을 뽑고 있는 농부들의 굽은 허리 우로 떨어지는 매미 울음소리도 함께 휘고 있제. 전부 피었다가 사라질 꽃소리들이제.

정답: 아, 매미 울음도 뜨구와서 딜 수도 있겠니더. 더군다나 허물 옷도 다 벗어뿌랬으이.

오답: 그릏제, 그릏제만 울음이 익지 않아야 하는데 울음도 익어

서 씨를 뿌려 태어나민서 울음보따리부터 풀어헤쳐 자신이 태어났음을 만천하에 알리제. 숲을 바라보아라. 고요히 흔들리는 낭구 자락에 바램이 나부끼고 햇살이 푸르게 쏟아지고 사램들의 휴식이 달리제. 매미 울음도 저 숲이 몸을 내주어 쉬게 하제.

정답: 그래서 흔들흔들 요램을 흔들듯 바램의 부리를 햇살의 날개를 사램들의 정신을 흔들어 찌든 때와 문지를 털어주고 정신을 맑게 걸러주는 모양이씨더.

오답: 그래, 바로 그거다. 그름 담엔 금성대군의 유배와 그의 행적을 따라가보자.

정답: 야. 금성대군요?

오답: 그래 따라오너라.

산천초목도 우는 귀양길

오답: 경상북도 순흥부(順興府, 현재 경북 영주시 순흥면)에서는 금성대군이 비통함을 견디며 귀양살이를 하고 있었단다. 소수서원 오른편 입구에는 죽계천이 흐르고 있다. 죽계천은 단종 애사인 정축지변(丁丑之變)의 슬픈 역사로 얼룩질 곳

임을 알지 못하는 건지 모른 척하는 건지.

정답: 역사란 원래 한 치 앞도 내다볼 수 없는 암흑 같은 거라민서요?

오답: 어린 조카에 대한 안쓰러움과 앞날에 대한 걱정을 잘게 잘게 슬픔으로 부숴 밥을 지어 끼니를 때우도록 귀양살이를 보내버린 수양대군. 어린 단종을 끌어내리고 왕 자리를 빼앗자 수양대군의 친동상이민서 단종의 숙부인 금성대군은 아무리 친형이지만 부당하고 야비한 방법을 써서 어린 조카 자리를 뺏은 수양대군을 인정할 수가 없다고 항변했제.

정답: 그나마 천만다행이씨더.

오답: 천만다행은 무슨? 천만 불행이제.

정답: 왜 천만 불행이이껴?

오답: 잘 들어봐라. 수양대군을 인정하지 않음을 눈치챈 한명회의 눈엣가시로 작용해 금성대군을 없앨 계획과 명분을 만드는 사이 계속 유배지는 옮겨지고 그릏게 옮겨지던 유배지는 사육신 사건을 계기로 순흥 도호부로 보내졌단다. 모든 건 권모술수에 달인인 한명회의 계략과 지략과 책략에 의해 귀양지를 옮기고 또 옮기게 된 것이었단다. 순흥으로 귀양지가 옮겨진 뒤부터 금성대군 이유(李瑜)는 오직 조카를 살리기 위한 푸르른 뜻을 품기 시작한 금성대군은 '군주가 욕을 당하면 신하는 죽어야 마땅하는데 내가 어찌 앉

아서 죽음을 기다리겠는가? 청컨대 공(公)은 군병을 모아서 나와 더불어 오늘 밤에 곧장 영천(榮川)을 공격하여, 영천에서 응하지 않으면 군법(軍法)으로 종사(從事)하고, 즉시 안동으로 향하면 안동은 가동(家僮)이 모여 사는 곳이므로 2, 3천의 병사는 얻을 수 있을 것이니 이를 호령하면 누가 감히 따르지 않겠는가?' 하고 절제사·처치사(處置使), 제읍의 수령·교수관(教授官) 등의 성명을 기록하고 이보흠도 서명(署名)하게 하고, 취각(吹角)과 타각고(打角鼓)를 시켜 빨리 인신(人信)과 군기(軍器)를 취득하라고 독촉하고, 종이를 중재에게 주어 패자(牌子)를 발급하여 군사를 모으게 한다. 스스로 맹세하는 글을 지어 이르기를, '간신(姦臣)이 정권(政權)을 마음대로 하고, 종친이 유도해 도와서 주상(主上)을 방출(放黜)하고 사직(社稷)을 전복(顚覆)하였으니 한마음으로 광구(匡救)하되 만일 두 가지 마음을 가지면 천지의 신기(神祇)와 사직(社稷)·종묘(宗廟)의 신이 날로 이에 감림(監臨)할 것이다.' 이보흠·중재(仲才)와 더불어 같이 서명(署名)하여 맹세하기를 요구하고, 드디어 이보흠에게 정자(頂子)·입영(笠纓) 및 단자의(段子衣)를 주었단다.

정답: 그래믄 단종은 어데서 우째 지냈니껴?

오답: 단종은 그사이 소백산 뒤쪽인 강원도 영월 강 건너 험준한 산이 둘러싸인 청령포 적소에 안치되어 있을 때였단다.

정답: 그래믄 금성대군이 사육신의 주동이 되어 단종을 복위시키려는 사건에 연루되어 여기저기 유배 처를 떠돌다가 최종 종착지인 경치 좋고 수려한 선비의 고장 순흥으로 귀양처가 옮겨졌겠네요.

오답: 그랬제. 금성대군의 집념은 아무도 말릴 수 없을 만큼 대단했단다. 그 집념은 대낭구맨치 곧아서 꺾어지믄 꺾어지지 휘어지지는 않았다고 한다.

정답: 옳지 않은 일에 적당히 눈감고 타협하여 좋은 위치와 좋은 환경에서 한시상 호강하며 타협에 밥을 말아 먹는 일 따윈 개돼지나 하는 일이지 사램이 하는 일이 아니라고 생각하는 모양이씨더.

오답: 그래 적당히 타협하민서 정의를 잘라내며 큰소리 뻥뻥 치며 편하게 살민서 험한 꼴 안 보고 여유 작작 살다가 때가 되믄 이승을 떠날 수도 있건만 금성대군은 그런 일은 상상조각도 머릿속에 들어오지 못하게 우직하게 꼭 해야지만 해서는 안 될 위험한 일에 목심을 건다. 이때, 역사를 거꾸로 쓰게 한 무지무지 무지한 여인이 나타났단다.

정답: 그릏게 타협 안 하는 사램이 먼 여자 문제가 생기니껴?

오답: 이놈이 말허리 자르지 말고 끝까지 들어보라고 했제. 그놈의 성질머리 급한 거하고는 쯧쯧.

정답: 알겠니더 정말 인제는 말허리 안 잘라먹을라니더. 지송하

이더.

오답: 그래 그놈의 다짐 울매나 오래가나 또 보자. 순흥 고을에 독버섯처럼 아름답고 싱싱한 풍만을 자랑하는 여인이 살고 있었단다. 그 처자는 위풍당당한 금성대군이 고을에 온 뒤부터 짝사랑 씨를 혼자 뿌래고 가꾸어서 꽃을 피우고 있었다. 복상꽃 살구꽃이 만개한 밤이믄 꽃맨치 만개한 여인의 춘정은 혼자 잠 못 이루며 흠모하고 그리워 그리움을 밥으로 먹고 살았겠제. 밤낮을 상사병으로 배를 불리고 살을 찌우민서 지내던 여인. 그 여인은 오매불망 맴이 한쪽으로 휘어져 다시 일으킬 힘마저 고갈되었단다. 우째믄 자신이 사랑하고 흠모하는 금성대군과의 만남을 가져 금성대군의 관심을 자신에게 향할 수 있두록 할 수 있을까? 우째믄 환심을 살 수 있을지 낮이면 햇빛을 바라보는 해바라기맨치 밤이믄 달빛을 보기 위해 피어나는 달맞이꽃맨치 늘 해바라기 달바라기를 하민서 가슴앓이로 세월을 보냈단다.

정답: 또 먼 일을 저지르겠니더. 여자가 한을 품으믄 오뉴월에도 서리가 내린다잖니껴? 참으로 간담 서늘해지는 무서운 일을 저지르는 거 아이껴?

오답: 그 여인은 무지의 소치인 여인이었단다.

정답: 그래이 더 위험하제요.

오답: *그릏제. 감히 왕실을 넘겨다보는 대죄인이지만 자신은 그걸 사랑이라 생각하는 게 문제였제. 그릏제만 금성대군은 그깐 일 정도에 그 여인을 잡고 왈가불가할 시간조차도 아깝게 여겨 못 본 척 귀 감고 눈 닫고 반벙어리맨치 본인의 뜻 외엔 관심조차 두지 않았단다.*

정답: *금성대군은 곧고 푸른 혈기가 유혹에도 눈 감고 귀 닫는 그 뚝심이 좋니더.*

오답: *그릏제. 오직 조카를 복위시키는 일 외엔 아무 관심이 없는 금성대군을 맴에 두고 그 맴을 가지기란 하늘에서 빌 따기만큼이나 어려운 일일 뿐 아이라 능지처참을 당하지 않음을 다행으로 여게야 하제만 무지한 촌 여인은 흠모의 정을 혼자 삭이지 못하고 금성대군 해바라기가 되어 밤낮으로 눈길을 쏘아도 아무리 눈총을 쏘아대도 요지부동이자 그녀는 드디어 마지막 젖 먹던 힘까지 다 긁어모아 금성대군을 만날 계획을 짜고, 젖 먹던 힘까지 동원해 용기를 냈단다.*

정답: *먼 용기를 냈는지 벌써 두렵니더. 연속극이나 조선 시대에 전기수매로 다음에 말해줄께 이른 말씸 하지 마시고 지끔 계속 먼 일인지 말해주시믄 고맙겠습니더.*

오답은 정답의 말에 염화미소 같은 미소를 지으며 쳐다본다.

정답: *스승님 제 얼굴에 머가 묻었니껴? 왜 그래 쳐다보시니껴?*

오답은 정답의 말에 고개를 돌리고 다시 앞을 바라보며 다음 이야기를 이어간다.

오답: 그날도 금성대군은 오로지 조카 단종을 복위시키기 위해 새로 이곳으로 부임한 순흥부사 이보흠(李甫欽)과 만나서 중요한 비밀을 맹글어가는 중이었단다. 금성대군은 순흥부사 이보흠(李甫欽)과 각별하게 지내는 사이였고 둘은 호젓하게 아무도 몰래 만나기로 약속을 했단다. '여보게 이 부사.' 어렵고 조심스럽게 말을 꺼내는 금성대군에게 순흥부사 이보흠은 '편하게 말씀하십시오' 하고 안심 줄을 던지며 편하게 말할 수 있도록 믿음을 깔아주고 '그래 자네가 그리 말해주니 내 숨길 일 없이 솔직하게 말하겠네. 거 말일세. 단복 말이야.' 조심스럽게 꺼내는 말을 이보흠이 땅에 떨어지기도 전에 조심을 털어내며 넙죽 받았단다. '아, 예. 진즉 대군의 푸른 절개의 뜻을 읽고 있었습니다.' 금성대군과 이보흠은 서로서로 일일이 입을 열어 말하지 않아도, 눈빛만 보아도 손발이 척척 맞았단다. 그렇게 척 하믄 삼천리라는 말이 손뼉을 쳤단다.

정답: 아하, 지끔도 말을 잘 알아들으믄 척 하면 삼천리라고 말하고 툭, 하면 밤톨 떨어지는 소리란 말이 있듯이 이보흠도 그렇게 죽을 잘 맞추는 사이였군요.

오답: 그랬제. 두 사람은 의기투합하여 단종 복위 거사의 작전 계획을 치밀하게 세워나갔단다. 둘은 죽어도 같이 죽고 살

아도 같이 살고 만고역적의 험난한 길을 함께 걷기로 한 맹세의 깃발을 맹글어서 소백산 꼭대기에 걸었단다. 하현달 상현달 보름달을 번갈아 바라보민서 또한 금방이라도 쏟아질 것맨치 무수한 빌들을 바라보면서 소백산 국망봉 산 정기를 뽑아 마시민서 하늘의 도움을 빌고 또 빌었제.

정답: 그 기도를 들어주믄 좋겠니더.

오답: 그랬으믄 울매나 좋았겠노. 지금의 역사와는 전혀 반대로 흘러갔겠제.

정답: 그래믄 그래 간절한 기도는 누구한테 빌어야 들어주니껴?

오답: 내가 신도 아인데 그걸 우째 아노? 우쨌든, 선비들과 고을의 군사들을 모으고 영남의 선비들에게 격문을 돌려 단종의 복위를 꾀했단다. 거사에는 비밀 유지가 작전 계획 제1조에 해당하는 것이래서 회의에 참석하는 면면을 꼼꼼히 살피민서 그릏게 입단속과 조심을 두루마리 말듯 말아두었제만 늘 일은 엉뚱한 곳에서 터지는 법이제. 전혀 상상도 못 했던 엉뚱한 곳에서 기어이 터져 역사를 바꾸고 말았단다.

정답: 혹시 금성대군 흠모하던 여자 아이껴?

오답: 그릏제 그건 다름 아닌 금성대군을 흠모하던 여인의 철딱서니 없는 무지무지 무지한 복수심에서 일이 발생했제.

정답: 역사나 전쟁사나 큰일에 여자가 안 끼어든 일은 없다니까요.

오답: 그래는 니도 여자 가랭이 밑에서 나와놓고 그른 말할 자격

이 있나?

정답: 말을 자격이 있어야 한다믄 시상은 고요하고 살기 좋은 시상이 되겠제요.

오답: 우쨌든 들어봐라. 고을 수령과 은밀한 일을 도모하던 중에 그 흠모를 데리고 금성대군에게 용기를 내어 찾아간 여인을 금성대군은 '누가 이 중차대한 회의 중에 잡음을 넣는가? 썩 물러가거라! 대사를 논하는 자리에 어찌 아무런 기별도 약속도 없이 불쑥 찾아와 무례를 범하는가? 당장 나가지 못할까?' 따뜻한 눈길 말 한마디 주지 않고 찬바램이 가득 묻은 말을 여인한테 날려 보냈단다.

정답: 에구 저런 큰일 나겠구먼요. 아는 척이래도 좀 해주시지 않고.

오답: 그럴 여유가 금성대군에게는 없었겠제. 결국 금성대군을 흠모하던 여인은 이 일로 치욕적으로 이를 갈며 물러나서 복수의 칼을 갈기 시작했단다. 그롷제만 금성대군은 단종 복위 외엔 아무것도 보이지도 들리지도 않았단다. 아무것도 모르고 오로지 조카의 복위 문제에 골몰해 있던 금성대군이었제.

정답: 금성대군은 하나만 알고 둘은 몰랐니더. 큰일을 도모하는 자가 여자를 잘 이용하믄 일을 성공적으로 이끌제만 여자 가심에 한을 남기믄 나라도 말아먹는다는 것쯤은 금성대군도

알았어야제요.

오답: 그른 것까짐 알았다믄 울매나 좋았겠노. 경국지색(傾國之色), 이 중차대한 시기에 한가하게 여인에게 마음을 빼앗길 시간조차 그에게는 사치로 느껴졌던 것이었겠제. 그룽제만 금성대군이 그 사치를 즐겼으믄 역사는 다르게 쓰여졌을지도 모를 일이었제. 참으로 시상이란 그룽게 사램의 일을 한 치 앞도 내다볼 수 없게 만들어놓는 것이다. 여자가 한을 품으면 오뉴월에도 서리가 내린다는 말이 적중하고 있었단다. 자신의 뜻을 이루지 못하고 내쫓기다시피 돌아오는 여인의 맴은 여자의 자존심과 수치심으로 물속으로 뛰어들고 싶을 만큼 스스로를 모멸감으로 몰아갔단다.

정답: 에그그 큰일 났구먼요. 여자한테 모멸감을 주는 건 앙심을 품게 하는 건데 잘 좀 하지 답답하이더.

오답: 그래도 그 정도로 대사를 그르칠 걸 상상이나 했겠나?

정답: 그래서 우째 됐니껴?

오답: 그놈 성질 한번 급하네. 그래서 수양대군의 눈길 한 분도 못 받아보고 되돌아온 여인은 그 수치와 자존심을 뭉쳐서 해서는 안 될 일을 저지르고 말았단다. 그 파란이 무엇을 예고할지 모르고…. 그 여인은 금성대군에게 원한을 품었단다. 그리고 그 원한을 풀기 위해 금성대군의 가장 중요한 목표물을 정조준했제. 그는 그 방에서 거사에 가담할

사람들의 명단이 적힌 문서를 빼냈단다. 문서를 빼내기 위해 밤중에 몰래 문지기를 들여보냈단다. 몇 달 노임을 받은 문지기는 이 일이 성공하믄 정식 관리가 되고 부자가 될 수 있다는 말도 안 되는 한 여인의 말을 찰떡맨치 믿고 기밀문서를 꺼내 오는 데 성공했단다. 늘 적은 내부에 있다는 걸 왕손인 금성대군이 모를 리도 없었건만 어떤 못된 귀신의 놀음이 여인의 편을 들어주는 바람에 쉽게 빼낸 문서를 한 관비를 불러서 건넸단다. '이걸 조정에 갖다주믄 너는 큰 공을 세우게 되어 앞으로 너의 일신이 새로와질 꺼다.' 빼낸 기밀을 관노에게 주어 조정으로 보내고 아무것도 모르고 일을 도모하던 금성대군이 이 일을 안 건 한참 후였단다. 뒤늦게 다급함을 안 금성대군과 순흥부사 이대흠은 옆 고을 수령에게 관노를 잡아다줄 것을 부탁하제만 역사는 이미 세조 편에 서서 금성대군과 이대흠의 정의를 무자비하게 짓밟고 아무것도 모르고 조정에 가져다주믄 큰 공을 세워 일신이 새로워진다는 말만을 가지고 관노는 조정으로 향했단다. 또 그 뒤를 풍기 현감 김효급이 힘을 다해 뒤따라가고 뒤에서 자신을 잡기 위해 따라올 것을 생각도 못 하고 푸른 희망을 가심에 안고 조정으로 향하는 관노는 시상 살다 보니 이른 일도 생긴다는 생각에 시상을 다 얻은 듯 상상에 상상을 넝쿨 키우민서

하늘을 쳐다보이 하늘은 파랗게 웃고 있어 관노는 자신이 벌써 부자라도 된 듯 풍선맨치 맴을 부풀리민서 걷고 있는데 뒤에서 '거게 꼼짝 말고 섰그라. 니는 다시 순흥으로 돌아가야 할 거다.' 추상 같은 명령이 관노의 뒷덜미를 낚아챘단다. 당황했지만 관노는 순간 아무롷지도 않은 듯 여인의 말을 가슴에 굳게 품고 말했단다. '현감님 굳이 지를 억지로 잡아갈 일이 머 있니껴? 우리 조정으로 가치 가서 공을 세우는 건 어떻니껴?' 관노 주제에 아무롷지도 않게 현감에게 당당하게 권유하는 말은 권력의 욕심 심지에 불을 붙이는 계기가 되고 풍기 현감 김효급의 머리에 번개맨치 영웅욕이 날아든 김효급은 조용히 하늘을 쳐다보니 하늘에 뭉게구름이 자신에게로 몰려오고 몽실몽실 검은 구름 한 점 없이 목화 같은 하얀 구름이 왜 하필 그에게로 그 시간에 떼로 몰레갔는지. 그의 잘못된 맴 씨알 하나가 울매나 어마어마한 피바램을 몰고 올 악마 구름인지 짐작도 못 하고 있었단다.

정답: *오히려 좋은 징조라고 생각할 수도 있었겠니더.*

오답: *그랬제. '굳이, 반역을 꾀하는 자들의 말을 들을 게 아이제. 이건 한 빵울의 정의도 아이고 모반을 도모하는 반역죄일 뿌이다. 그롷담 나의 죄도 가치 무더기금으로 넘어가서 반역죄로 추궁당할 수도 있제' 생각이 여기까지 닿은 풍*

기 현감 김효급은 신발을 거꾸로 바꿔 신기로 맴을 고쳤단다. '그래 그룹다믄 이놈을 죽애야 고스라이 내 공(功)이 될게 아인가! 그래믄 우짼다? 없애 뿌래? 아이야 아이 그건 인간으로 할 짓이 아이제. 그래믄 우째란 말이로? 나도 우째해야 할지 생각이 떠오르지 않노?' 풍기 현감 김효급의 맴은 두 쪽으로 핀을 나누어 갈등을 일으키민서 맴속으로 중얼거렸단다. 등낭구와 칡은 서로 자기가 옳다며 자기 갈 길을 그 보랏빛 환한 몸과 붉은빛 환한 몸으로 불을 켜 들고 웃으민서 꽃을 따듯 목을 댕강 따서 땅바닥에 버리고 혼자 공을 세우자는 쪽과 아니, 굳이 그럴 필요 없이 함께 몸을 감아올리며 더욱 아름다운 꽃을 피우자는 쪽이 서로 옳다며 팽팽하게 맞서는 바람에 그는 피어나민서 아우성치는 꽃들의 선택을 위해 조용히 길옆 바위에 잠시 걸터앉았단다. 하늘을 쳐다보니 손꾸락으로 찌르면 푸른 잉크가 쏟아질 것같이 맑고 잘못하면 쨍그랑 하고 유리창처럼 깨질 것 같은 불안감이 전신을 휘감을 때 저 멀리서 새들이 줄을 지어 브이(V) 자를 그리며 유유히 날고 있었단다.

해를 먹은 섬

12

오답: 자세히 보니 출전하는 병사들처럼 편대를 이루어 부대 이동을 하는 형상이었단다. 허공에 금을 긋지도 않은 채 모두 한 놈도 흐트러짐 없이 제자리를 지키며 한 놈이 앞에서 대장 노릇을 하며 다른 놈들을 이끌고 있는 걸 본 그는 그래 저게 계시야. 대장은 하나여야 해. 만일 저놈을 함께 조정으로 데리고 가서 함께 공을 세우고 살려두면 언제 또 금성대군과 순흥부사 이대흠에게 나를 일러바칠지 모를 일이야. 그렇게 되면 내 신세는 쪽박 신세뿐 아니라 가문이 모두 지하로 묻힐지 모를 일이야. 하고 생각했단다.

정답: 아니 우째 그 위급하고 중차대한 상황에서도 자신의 욕심이 싹틀 수 있니껴? 참으로 대단한 머리 회전이씨더.

오답: 그러게 아마도 인간은 틈만 나믄 자신을 방어하는 이기적

유전자를 가진 건지도 모르제. 우쨌든 그는 위험의 싹은 애초에 자라지 못하게 자르는 것이 좋다는 쪽으로 정하고 생각의 갈등을 잘라내고 맴을 굳힌 풍기 현감 김효급은 큰 일을 앞두고 불안을 털어내기 위해 헛기침을 두어 번 날린 다음 관노에게 맴을 굳힌 듯 안심 그물을 치며 '그래, 니 말이 맞는 것 같다. 그러면 우리 서두를 필요 없이 여기 잠깐 쉬었다 가자. 그 대신 이 모든 일은 너와 나만이 아는 비밀로 함구해두는 거다 알았제?' 선선히 나오는 풍기 현감 김효급의 말에 관노는 한 치의 의심도 없이 맴을 턱 놓고 있었단다. 길옆을 살피니 높은 절벽이 눈에 들어오자 풍기 현감 김효급은 '혹, 누가 또 뒤따라오고 있을지도 모른다. 그러니 우리 잠깐 그들을 따돌릴 겸 저 바위 위에 보이지 않는 곳에 올라가 몸을 숨겼다가 안전하다고 확인되믄 그 다음 조정으로 가자 알았나?' 하고 함께 일을 도모하는 것처럼 안심 줄을 던졌단다.

정답: 관노가 넘어가믄 안 되는데 벌써 불안하이더.

오답: 니 생각과 달리 순진한 관노는 검은 계략을 꽃말로 알아듣고 자신의 목심을 던질 절벽으로 김효급을 따라 올라갔단다. 둘은 절벽 위에 나란히 아득히 높은 방구가 있는 절벽에 앉았단다. 절벽에서 떨어진 곳에 앉아 꼼짝 않고 주위를 살펴보고 있는 관노를 죽이기 위해 김효급은 비상한 머

리를 비상하게 돌렸단다. '저기 보그라. 저들이 오고 있제. 얼룽 이리 와서 보그라.' 저들이 오는 걸 보러 절벽 가까이로 다가선 관노를 김효급은 있는 힘을 다해 절벽 아래로 밀어버렸단다. 한마디 말도 없이 비가 하늘에서 뛰어내리듯 사뿐히 뛰어내려 관노는 이슬처럼 사라지고 말았단다. 그래 나를 위해 잘 죽어주는구나. 죽을 걸 생각도 못 하고 푸른 희망을 가슴에 안고 조정으로 향하던 관노. 그래 나를 위해 잘 죽어주는구나. 이 또한 너의 운명이려니 하고 나를 원망하지 말아라. 하고 중얼거렸단다.

정답: 풍기 현감 김효급은 아주 나쁜 인간이네요. 사램 목심을 자신 욕심을 위해 죽이다니. 우째 그른 인간이 현감이 됐니껴?

오답: 그러게 사램이 살아가는 과정에 돈도 권력도 존재하는 건데 이것이 목적이 되다니 참으로 안타까운 일이제. 아무튼 현감은 관노를 꽃송이 하나를 따듯 간단하게 목을 딴 후 혼자 조정으로 향했단다. 그러나 천한 목심일수록 질긴 뱁이다. 그 천 길 낭떠러지에서 떨어진 관노는 죽지 않았단다. 벼랑에서 떨어진 관노를 바위틈에서 자란 큰 소낭구가 거뜬히 받아 품어 안았단다. 소낭구에서 일어난 관노는 소낭구 몸을 밟고 땅바닥으로 내려와 소낭구에게 큰절을 올리고 일어났단다. 그길로 한명회의 사촌이 사는 안동으로 걸음을 재촉해 안동에 도착한 관노는 그동안에 벌어진 일

에 대하여 자초지종을 모두 털어놓았단다.

정답: 나쁜 놈들을 하늘이 돕다니. 한심하네요.

오답: 풍기 현감 김효급은 시녀 김련과 관노가 빼낸 격문을 수양대군에게 전했단다. 고삐 풀린 황소처럼 길길이 날뛰던 미친 야생마는 피바람을 돌풍맨치 일으키기 시작했고 이때가 세조 3년이던 1456년이었단다. 어느 역사적인 사건 속에도 여자가 늘 등장하듯이 이 피바람도 철없는 여인의 짝사랑이 빚어낸 어처구니없는 대 참극이었단다. 거사를 일으키지도 못하고 문건에 적힌 수많은 고을의 선비들은 참수를 당해 죽계천에 버려지게 되었단다.

정답: 사나이 한 몸 올곧은 나라를 위하여 바치는 거룩한 희생정신이네요.

오답: 그래. 이 선비 고장에서 양심에 따라 행동으로 옮기지 않는다믄 역사에 대한 죄인이란 것을 단복에 가담한 전사들은 누구보다도 잘 알고 있었제. 천추의 한이 되는 일은 하지 말자고 가심속 깊이 새기며 모두 정의를 위해 목심을 아끼지 않았제.

정답: 사나이가 가는 길. 정의로운 길을 누가 막을 수 있었니껴?

오답: 역사적 사명감을 들고 혁명의 전사들은 서로에게 격려의 힘을 나누며 위로하고 다짐에 다짐을 새깄단다. 술잔이 돌때마다 혹시, 만에 하나 말실수를 일으킬 수 있어 주로 중

요한 이야기는 필담으로 나누었고 기필코 거사를 성사시켜 단종에게 원래의 자리를 찾아 앉히고 왕정을 바로 세우자고 밤이 이슥토록 술잔 부딪히는 소리는 소백산 메아리가 되었단다. 밤은 그들에게 미지의 불안감과 두려움을 실어 날라 어둠을 타고 늦도록 날아드는 불안과 두려움을 술에 타서 마시민서 쫓아내고 술잔을 거듭 돌릴 때마다 권력찬탈에 인륜을 저버린 세조의 악랄한 분개가 술잔 위에서 출렁이고 있었단다. 술잔에서 출렁이는 격분과 적개심은 그들의 가심을 이글이글 한여름 태양보다 더욱 타오르게 불을 지르고 있었겠제. 금성대군은 죽으믄 죽으리라 어린 조카가 죽는 마당에 죽음이 두렵지 않다는 비장한 각오를 지휘봉에 잡아넣고 마구 휘두를 준비를 마쳤고 행동대장은 이보흠이 맡았었단다. 순흥에 있는 65개 큰집이나 작은 집을 불문하고 이 집안의 자손들은 대의를 위해 목심을 두려워 않고 속속 모여들고 자그마치 3백여 명이 머리를 맞댄 거사였단다. 결과는 안 좋았제만.

정답: 정의는 뭉칠수록 힘을 받으며 두려움과 불안을 밀어내고 불끈불끈 혈기를 만들어낼 수 있잖니껴?

오답: 그른데 그 비밀회의 중에 상상의 발톱만도 못한 마(魔)가 끼어 사달이 벌어진 거다. 어마어마한 일인 역모를 꾸미는 일에 악마는 한 여인을 시켜 일을 그르치고 말았제.

정답: 결국 한 여인의 짝사랑이 품은 한은 오뉴월에 서리를 하얗게 내려 큰 뜻을 펼쳐보지도 못하고 말았군요.

오답: 추풍낙엽으로 밀회에 가담한 사람들 대부분이 파리 목심이 되어 하늘 한 분 쳐다볼 시간도 주지 않고 댕강댕강 목을 잘라버렸단다. 실패한 역모에 가담한 사람들의 몸속에 들끓던 피는 일제히 몸 밖으로 쏟아져 흐르며 못다 이룬 꿈을 붉게 물들였고 주인의 몸에서 빠져나온 피들은 전부 하나로 다시 뭉쳐 강으로 강으로 끊임없이 흘러가며 이루지 못한 꿈을 슬퍼했겠제. 모두 한 곳으로 바라보며 흐르기 위해 죽계계곡으로 흘러 들어온단다. 함께 섞여서 맴을 나누던 핏물이 흐르다 그친 곳. 단종 복위 거사의 실패로 생게난 마을 피끝(동촌) 마을은 아픈 굴곡의 역사를 증언하며 이루지 못한 어린 역사가 안타까워 아직도 아물지 못해 멈추지도 못하고 흐르고 있는 것이다.

정답: 그른 애환이 담게서 흐르고 있다니 슬프이더.

오답: 안동 부사 한명진(세조의 최측근인 한명회의 6촌)은 독단적으로 군사를 이끌고 와서 미친 듯이 순흥 도호부에 불을 질렀단다. 순흥은 불길에 휩싸이고 순흥 주민들은 이유도 모르고 무참하게 죽임을 당했단다. 그들은 남녀노소 할 것 없이 닥치는 대로 마구 목심을 거세시켰단다. 그릏게 몸과 영혼을 분리시켜버려 혼들은 중천을 떠돌며 울부짖고 시

체는 그들의 욕심으로 쌓이고 있는데도 한양에서 세조는 또다시 철기병을 출동시켰단다.

정답: 시월이 참으로 무심하이더.

오답: 그릏제. 그들의 철기병은 출동과 동시에 2차로 목심을 추수하기 시작했단다. 그들의 추수는 대풍이었단다. 잘 익은 알곡이나 추수를 할 일이지 미처 익지도 않은 목심들까지 닥치는 대로 추수를 해서 쟁여놓아 순흥 고을 전체를 코를 들고 다닐 수 없을 지경에까지 피비린내는 분노하며 날아다녔단다. 마치 미친 듯이 흥분하민서. 이 복위 운동에 동조했던 순흥 지역 안문(安門)을 중심으로 수백 명의 선비와 가족들이 씨를 말릴 정도로 몸속에 흐르는 피가 모두 삭제됐고 피가 삭제된 순흥은 잿더미가 되고 시쳇더미가 되고 도호부 근방 30리 안에는 살아 있는 사램이 없을 정도였단다. 역사가 찬연한 선비의 고장을 걸신스럽게 잔인무도한 도당들이 흡혈귀맨치 피를 뽑아먹어 참혹함과 처참함만 순흥을 지키고 있었겠제. 정축지변에 참상 피해를 보도한 자료는 역사의 참상을 이처럼 전하고 있단다.

당시 순흥과 주변 지역에 살던 사람들은

호(戶)가 284호,

구(口: 인구)가 1,679명이었다.

토성(土姓: 원래부터 그 지방에 살고 있는 성씨)은

안(安)·이(李)·신(申)·윤(尹)의 4성이었다.

(세종실록지리지 1454년 기준)

현재 역사가들은

이 중에서 어림잡아 약 300명 정도가

희생되었을 것으로 추정하고 있다.

오답: *순흥 청다리 아래로 피들은 모여 또다시 단종 복위 운동을 하며 목은 목대로 몸뚱이는 몸뚱이대로 버리고 피로서 뭉쳐 수십 리를 떠내려가며 다시 역사의 피강을 만든다.*

피피피 피피피 피피피피

피로 물들인 모반의 굴레인 몸은 버렸지만, 혼은 피로 피로 흘러내리고 죽계를 떠나 순흥 끝자락에서 멈춘 피들은 슬픔이 비린 아름다움으로 뭉쳐 역사로 이름 짓고 있단다. 피로서 말하던 그들은 핏물을 거두고 쉼표 없는 맑은 물로 곡조를 붙인 구원의 노래로 흘러흘러 영주를 떠나서 예천 지나고 안동 지나 굽이굽이 낙동강으로 흐르다, 이윽고 영원한 생명의 길 그 남쪽 바다로 가서 수많은 사람들의 생명수로 다시 환생할 그들이다. 별 중에도 유난히 반짝이는 별은

눈물이 많아 핏물로 살아가는 금성의 별빛을 좇고 좇고 좇아서 충절의 고장 사램들은 머리를 떼어주고 몸통도 주고 오직 피와 영혼으로 곧은 길을 갔단다. 안문(安門)과 선비들의 몸과 혼과 피조차 순흥을 떠나버려 쑥대밭이 된 순흥은 폐허나 다를 바 없었단다. 그러나 그 폐허엔 정의 싹과 대낭구처럼 곧은 군자 싹이 땅속 깊은 곳에서 움트고 있었제만 민심은 흉흉했단다. 수백 명의 희생 가운데서 어찌어찌 요행의 도움으로 살아남은 사램은 살아도 살았달 수 없는 어린이 몇몇이 있었단다. 청다리 밑에서 물놀이를 하고 물고기와 이야기를 하고 모래와 장난을 치고 노는 천진들.

정답: 그 아 들은 영문도 모르고 졸지에 고아가 된 버림받은 어둠의 자식들 아이껴?

오답: 마을 어른들은 이 불쌍한 철부지들을 집으로 데려다 키웠단다. '청다리 밑에서 주워 온 아이.' 칼바람이 쓸고 간 황량한 벌판에서 피어난 목이 쉬도록 엄마 아빠를 불러대며 울고 또 울어도 메아리 한마디도 들을 수 없는 그늘에 묻힌 여린 목심들이었단다. 아직 아무것도 모르고 밥 주믄 밥 먹고 놀고 싶으믄 놀고 자고 싶으믄 잠을 자는 어린것들. 부모를 잃은 이유를 꽃이 왜 피는지를 묻지 않듯 아무것도 묻지 않고 놀고 있었단다.

정답: '청다리 밑에서 주워온 아이'는 여게서 유래됐니껴?

오답: 그 말은 유학생들이 연애하여 낳은 사생아를 버린 곳이 청다리 밑이라고 떠벌린 것은 일본 제국주의자들이다. 일본 제국주의자들이 가장 골치 아팠던 걸림돌인 유림들을 없애고 싶어 악의적으로 지어낸 말이다. 청다리는 원래 제월교로 퇴계 이황이 이름 붙인 다리란다. 그러다 숙종 36년(1710)에 다시 제월교로 다리 비를 세웠단다. 지역 주민들은 어린이들이 말을 안 듣거나 떼를 쓰믄 놀릴 때 순흥 청다리 밑에서 주워 왔다고 농담을 한다. 그 말의 진상은 정축지변 당시 고아가 된 어린이들이 이곳에 버려져서 아 를 못 낳거나 이를 불쌍히 여긴 사램들이 데려가서 키워진 데서 유래한 것이다. 천년만년이 흘러도 그 역사는 사라지지 않고 싱싱하게 살아 있을 것이다.

정답: 피천이 흘러가다 멈춘 곳이라 하여 그 마을 이름을 '피끝'이라고 짓고 지금도 '피끝 마을'이라는 처참하고 참혹한 역사의 팻말은 서서 후손들에게 역사를 강의하고 있는데 이른 악랄한 일본까지 보탰네요.

오답: 그른 셈이제. 그 여인의 사랑을 받아주었더라믄 순흥의 역사는 달리 쓰였을 것이제. 사랑이란 무기는 잘만 쓰믄 더없는 약이 되지만 잘못 쓰믄 목심을 그것도 죄 없는 목심을 무차별 앗아가는 것이다. 사랑이란 두 사램이 모두 통하지 않을 때는 늘 비극을 동반할 수백에 없다. 죽계천은 안

죽도 다 가시지 않은 핏물을 씻어내느라 끊임없이 흐르며 영혼의 핏물을 씻어주고 있다. 경상북도 영주시 안정면 동촌1리의 또 다른 이름은 조선 시대의 슬픈 역사를 간직한 곳이다. 이 일로 당시 순흥에 본적을 두고 있던 순흥 안씨는 가장 많은 피해를 입었제. 당대 최고의 명문가인 순흥 안씨 가(家)는 하루아침에 평민으로 추락했단다.

정답: 이 고을에서 살기가 힘들었겠니더. 상처가 너무 커서.

오답: 그래서 순흥 안씨들은 자신이 나고 자란 고향 순흥을 떠났단다. 순흥 땅은 그들을 버린 것이었제. 고향을 등지고 타지로 뿔뿔이 흩어지지 않고는 살아가기 어려웠겠제. 도호부였을 만큼 큰 순흥은 역모의 땅이라 하여 온갖 핍박과 차별을 받게 되었단다.

정답: 고향이 황무지가 되고 말았네요.

오답: 그랬제. 이 사건으로 그 넓고 기름진 선비의 고장은 갈기갈기 찢어지고 말았제. 영천(榮川) 풍기 봉화로 모두 찢어발겨 버리고 말았단다. 그로부터 약 90여 년 후 순흥에 소수서원을 세운 주세붕이 정축지변 당시 억울하게 죽은 원혼들이 밤마다 울어대자 이들을 달래기 위해 바위에 붉은 글씨로 경(敬)이라 새겼다는 '경' 자 바위의 유래가 조선 후기의 유학자인 이야순(1755~1831)의 글을 통해 전해지고 있다.

정답: 그래믄 바위에 붉은 글씨로 경(敬) 자를 쓰고는 원혼들이

안 울었다니껴?

오답: 신통하게도 바위에 붉은 글씨로 경(敬) 자를 쓰고 나서는 울음소리가 그쳤단다.

정답: 그래이 귀신이 없단 말도 못하겠니더. 그래믄 금성대군은 우째 됐니껴? 유배? 사약?

오답: 사약이다. 금성대군은 어린 조카 단종을 지키려다 귀양살이 끝에 충절의 왕족으로서 생을 마감했단다. 왕실 족보인 종적에서도 흔적 없이 지워졌단다. 이때 연루된 자들이 복권된 것은 영조 14년에 이르러서다. 그로부터 4년 후영조 18년에야 금성단이 순흥에 세워졌단다. 금성대군의 의로운 죽음을 기리기 위한 제단의 하나인 금성단이다.

정답: 금성단은 참말로 가심 아픈 사연이 있는 곳이네요.

오답: 그걸 우째 말로 다 하겠노. 집과 움막 둘레에 가시덤불이나 탱자낭구 울타리를 에워싸서 외부인의 출입을 금했던 가택연금인 금성대군의 위리안치지는 순흥면 내죽리에서 상흔의 역사를 증거하고 있제. 한편, 단종에서 노산군으로 강등한 세조의 선왕인 왕족의 신분으로 귀양살이를 하민서 나날을 견뎌내고 있는 영월에도 불길한 징조가 먹구름처럼 날아들었단다. 영의정 정인지와 좌의정 정창손 그리고 이조판서인 한명회가 같은 목소리로 그림을 그리며 단종의 목심을 저승 색으로 칠하민서 세조에게 노산군을 당

장 죽이라는 긴급요청을 까마귀 떼처럼 까맣게 깍깍거리며 쪼아댔단다.

정답: 피도 눈물도 없는 냉혈 짐승들이씨더.

오답: 그 시커먼 목소리를 말갛게 희석해서 듣는 세조가 더 나쁜 사람이제. 어린 조카의 왕좌를 뺏은 것도 모자라, 그 까만 짐승들의 울부짖음으로 새순맨치 여리고 죄 없는 하얀 백지에 검은 죄를 칠하고 말았단다. 왕족으로 태어나 아부지의 뒤를 이어 왕이 된 죄. 그 죄의 대가가 혹독했제. 단종은 꽃봉오리도 터뜨리지도 못한 채 바램에 꺾여 목이 떨어지고 말았단다. 세조는 기어이 어린 조카 노산군에게 사약을 내렸단다.

정답: 왕좌를 빼앗아가고도 아직 배가 고팠니껴? 왜 죽이니껴? 조카의 왕권을 빼앗고 목심까지 빼앗는 새빨간 파렴치 같은 인간이씨더. 어린 단종 무엇이 단종을 이롷게 비참하게 몰고 가도록 하는지 하늘은, 신들은 다 어데로 갔니껴?

오답: 모든 원망 빛들이 온통 시상을 덮어도 아무롷지도 않게 어린 조카의 왕권을 빼앗고 지위도 왕에서 군으로 강등시키고 끝내는 목심마저 빼앗아버리는 숙부 세조의 파렴치 꽃은 넝쿨을 벋어 하늘을 덮었단다. 단종의 주검마저도 누구 하나 제대로 치울 엄두를 못 냈단다. 그러나 그대로 방치할 수도 없었기에 엄홍도는 주변의 눈을 살펴 가며 몰래몰

래 정성껏 관을 만들어 동을지(冬乙地)에 묻어주었단다. 두려움과 무서움 한과 설움은 육신에다 다 묻어두고, 이제 자유로운 영혼이 되어 훨훨 허공을 맘껏 활보하며 살기를 빌민서. 또다른 곳에서는 군기감 앞 형장에도 자신의 눈을 감기지도 못하고 불굴의 혼이 빠져나간 사육신의 주검이 썩어가고 있었단다. 혼들이 몸을 버리고 빠져나가 두 눈 부릅뜬 사육신들의 주검을 차마 볼 수 없었단다.

정답: 참혹과 비참함의 극치를 넘어섰겠니더.

오답: 혼이 빠져나간 최후의 몰골을 목격한 살아남은 자의 눈물샘에서 핏빛 소낙비가 억수맨치 쏟아지는 비를 맞으민서 한밤중 허름한 장삼을 걸친 시님 한 사램이 형장 앞으로 천천히 술통을 들고 들어갔단다. 주검을 지키는 군사들에게 고상한다고 고상 많다고 술을 실컷 먹였단다. 이때 너나 할 것 없이 술의 유인책에 모두 걸려들었고 아군으로 위장을 하고 군사들의 뱃속으로 침범한 술은 군사들을 모두 잠 속으로 유인, 술은 직무 수행을 충실하게 해주고 있었단다. 트로이 목마보다 더 훌륭하게 맡은 업무를 수행했고 병사 수백 명보다 더 막중한 심복 노릇을 했단다. 피 한 방울 흘리지 않고 임무를 수행해주어 임무 수행을 마친 술이 눈짓을 해오자 허름한 장삼을 걸친 시님은 작전 수행에 들어갔단다. 충신들의 장렬한 주검을 밤이 이슥토록 노들

남쪽으로 하나하나 옮기기 시작했단다.

정답은 갑자기 박수를 친다.

정답: *최고씨더. 지혜가 짱이씨더. 스승님, 술이 병사 백 명보다 나을 때가 있니더.*

오답: *그릏제. 온몸에 땀방울이 돋아나 허름한 장삼은 물에 빠진 듯 흠뻑 젖어서 조심스레 주인의 몸에 착 달라붙어 있었고 다행하게도 우직한 충신인 술은 주검을 다 옮기도록 군사들의 몸속에서 수행을 잘 해주고 있었단다. 편하게 살 수 있는 길을 손사래 치고 의로운 죽음을 택한 충신의 주검들을 고개 숙인 경의와 함께 땅에 묻어주었단다. 펄펄 살아 떠돌며 정의를 훈육하는 영혼의 껍데기인 육신들은 자연으로 고이 보내드렸제. 다섯 명의 그 소중한 영혼의 껍데기들은 성삼문 박팽년 이개 유응부 성승 등의 찬란한 이름을 몸에다 얹고 살았던 이들이었단다. 몰래 자신의 목심을 걸고 충신의 주검을 수습하고 그 영혼을 자유로이 날아다니게 한 사램 위인, 허름한 장삼을 걸친 시님은 바로 매월당 김시습(金時習)이었단다. 다섯 살 때 중용이나 대학 등을 읽은 신동, 김시습(金時習) 역시 신동은 신동이었단다.*

정답: *맞니더. 수천 혹은 수백의 힘으로도 엄두조차 내지 못하고 생각조차 하지 못할 일을 수행해낸 걸 보믄 천재가 아니라 천천천재씨더. 김시습은 술이란 군사를 동원해 사램*

이 못할 일을 해냈네요.

오답: *그래, 술이란 술책에 뛰어난 군사를 이용해서 검 한 번 빼지 않고 피 한 방울 흘리지 않고 조용히 처리했으이 그보다 더 천재가 있겠노.*

정답은 사육신이 살던 지구의 의자에 앉아 비둘기를 쳐다본다. 더 쌓일 곳이 없어 사람의 마음 위로 소복소복소복 소복을 입고 쌓이는 눈 파람. 신발이 없는 비둘기 발가락이 발갛게 얼었다. 돌아갈 곳이 없는지, 구구구구 사람의 곁을 쪼며 구슬픈 부리가 눈 위에 발자국을 바라보며 글썽인다. 눈알에 쪼인 공원의 흙 가슴 한 쪽이 자꾸자꾸 무너지며 하루를 허물어뜨리고 있다. 티눈 박힌 발바닥. 칼로 도려내도 집요하게 또 돋아나와서 발바닥을 파고드는 티눈, 티눈도 눈은 눈이다. 외진 생의 반쪽은 늘 허전하다. 단종에게 달려가 있는 정답의 생각을 오답이 끌어낸다.

오답: *니 지금 머하고 있노? 꼭 한 혼 나간 사램맨치 어데 아프나?*

정답: *아이씨더 시상 일이 하도 억척이 없어 그릏니더.*

오답: *니는 가끔 엉뚱한 짓을 해서 그래 사램을 놀래게 하는 재주가 있다.*

정답: *스승님 저 비둘기 발가락 발갛게 언 거 보이니껴? 꼭 맨발로 쫓게난 단종맨치 돌아갈 데가 없어 사램들 곁에서 먹을 것을 구걸하며 우는 소리 들리니껴? 허공을 자꾸자꾸 무너뜨리며 하루를 다 쪼아먹어 발바닥에는 티눈이 박힌 것*

같애 꼭 단종의 영혼 같애서 너무 슬프이더.

오답: 우째믄 단종의 영혼인지도 모르제. 우리맨치 무지한 인간이 그걸 우째 알겠노. 단종이 비둘기에 영혼을 실어 자신의 억울함을 호소하는지도 모르제.

정답: 저릏게 힘들게 살다가 편안하게 눈감는 게 생인지도 모르제요.

오답: 제법이구나. 지금쯤 청령포에는 짙은 안개가 스멀거리고 단종이 거처했던 지붕에는 으스름달이 처연한 눈물을 흘리며 울고 있을지도 모르제.

해를 먹은 섬

13

오답: *내 삶 밖에 깃드는 것들은 모두 남의 일로만 보이지만 결국은 내 일과 무관할 수 없음을 잊지 말그라. 한 웅큼 바램에도 위태위태 흔들릴 수 있는 것이 삶이란다. 아무도 자신의 한 치 앞의 일은 내다보지 못하니까. 오직 한 분백에 얹지 못한 삶은, 단벌 신사란 말이다. 유연하고 여유 자작 도통한 삶은 노자나 장자나 촌부의 삶. 주소도 없는 사망서를 조물주가 인간에게 보내믄 무작정 찾아가야 한다. 어느 인연을 찾아 다시 돌아올지도 모를 외줄을 타고 출렁출렁 건너는 사램을 위해 울어줄 사램이 있다는 건 그래도 조금의 위안이 되기도 하제. 강을 못 건너고 돌아오는 길이란 극히 드문 일. 끊임없이 찾아가야 할 끝없는 낯섦. 그 길을 살아서 알기란 살기보다 더 어려운 일이겠제. 한 생이 저물믄 다*

음 생을 건널 준비를 해야 하는 숙명들. 미처 다 떠나지 못한 흔적들의 어둠을 긁어내는 건 산 자들의 몫이란다. 총알보다 강한 맴을 뚫는 작살이 있다믄 두려움을 이길 방법이래도 찾제만 죽을 때까지 사램 맴은 모르는 뱁이제. 죽음을 염하는 염쟁이도 모르제. 그릏게 그릏게 울고 싶어도 몸속에 울음이 가득 차서 철철 넘칠 지경인데도 무서워 벌벌 떨며 울음 한 장도 못 꺼낸 어린 운명에게도, 결국 염쟁이를 보내 몸속에 울음과 무서움을 염했단다. 조물주는 이릏게 냉혹해. 우쨌든 어린 조카를 구할 생각이 날개를 치고 푸드덕거리던 희망들은 미리 쳐놓은 그물에 걸려버렸단다. 두려움이 얼레가 되어 생각을 감아올린다. 정신을 일그러뜨리며 달려드는 잔악무도. 허튼 시간들은 무얼 감고 섰는지 물레 소리만 물방울 하나 없이 헛바퀴를 돌래고 있었단다.

정답: 모든 것 다 삼촌을 주고 겁마주도 주고 안기고 싶은데 목심마저 내노라는 삼촌의 끈은 썩어서 못 쓰는 끈인 모양이제요?

오답: 그래이 울매나 두려웠겠노. 두려움이 단종의 몸을 떠나지 않고 진딧물처럼 달라붙어 살았겠제. 두려움은 현기증마저 끌고 와서 결국, 왕좌를 땅바닥에 떨어져 나뒹굴게 했제. 궁 안에는 겨울 삭정이같이 툭툭 부러지는 인심백에 없었고 온기 한 방울도 구경하기 어려운 운명의 시대에 태

어난 단종을 위해 하늘도 외면하고 말았제.

정답: 삶을 맴대로 조립하는 숙부가 몸서리쳐졌겠제요. 두 갈래 새총맨치 갈라지는 생각의 삭정이 뚝뚝 뿌러지는 소리가 지끔도 들래는 거 같니더. 그때부텀 시간들은 단종을 내비래고 페달을 심껏 밟으민서 달렜겠제만 지끔도 단종은 버래지지 않고 시간은 안죽도 그 품에서 맴돌고 있는 거 같니더.

오답: 파랗게 질려서 바들바들 떨고 있는 단종의 몸을 유령들이 달려들어 왕관까지 벗게버렸으이 왕좌도 무서워 무서워 숨소리도 감췄겠지. 삼촌의 횡포에 벌벌 떠는 가여운 단종. 텅 빈 하늘 아래 기댈 곳 하나 없어 결국은 목심을 내주고 마는 가여운 단종, 아미산은 어느 왕조를 품어 안는지? 청천벽력을 가심으로 받아 한으로한으로 접어야 하는 침묵.

정답: 그 모진 수난을 가심으로 받아내민서 어데도 날개를 필 수 없는 어린 황새는 뱁새 떼들한테 모도 다 뺏겼니네요.

오답: 시상은 깊이 잠들고 뼛속 가득한 모진 울음은 억만 년을 흘러도 멈추지 않을 눈물로 몸속에서 살점이 다 찢기고 피멍이 들겠제. 눈꺼풀을 쥐어뜯으며 울부짖는 절규는 소리도 못 내고 갇혔제.

정답: 화무십일홍의 생애로 피고 질 삼촌은 꽃진 다음 일을 생각지 몬했니껴?

오답: 저무는 날빛 같은 일은 생각을 밝히지 않는 뱁이제. 암만

해도 그놈의 계절은 그 시기가 악철인 모양이었제.

정답: 악이 내래는 때란 말이제요. 옛부텀 인사는 기회가 있고 천시는 때가 있다고 했잖니껴?

오답: 바램은 아장아장 걸음마를 걷는 아기에게 느닷없이 발을 걸어 넘어뜨리고 넘어진 아기가 울지도 못하게 했제.

정답: 울지도 몬하고 감정을 곰색이고 또 곰색이느라 말갛게 비운 맴에 숙부라는 작자가 흙탕물을 퍼부랬잖니껴. 우째 왕가에서 그리 악독한 일을 할 수 있니껴?

오답: 햇살도 달빛도 꽃향기도 모두 꺾어 천 겹 어둠에 꺾꽂이를 해두고 기다리는 수백에.

정답: 강 기태기에 갈대들도 일가를 이루어 가치 몸띠를 껴안으민서 강하게 비바램을 이기민서 사는데 어데서부텀 머가 틀어졌는 동 비가 그친 뒤에 햇살이 더 강하드끼 강해질 수 있는 기회마저 모도 뽑아뿌래믄 우째라는 거이껴.

오답: 단종을 혹시 긴종이라고 이름 지었으믄 저시상에서는 오래 살까?

정답: 맞니더. 긴종이라고 할걸. 화가 나니더 스승님.

오답: 그래도 그 시절에도 양심 있는 사램은 있었단다. 왕방연이란 자인데 세조가 단종에게 사약을 내릴 때 금부도사가 되어 단종에게 사약을 전달하는 임무를 맡았다가 속죄하는 맴으로 관직을 그만두었단다. 그후 서울의 봉화산 아래 중

랑천 가에 자리를 잡고 초야에 묻혀 배낭구를 키웠단다. 그러나 봄만 되면 바람결에 흩날리는 배꽃에 단종의 넋이 깃들어 있다는 생각에 해마다 단종이 승하한 날이 되면 자신이 수확한 배를 한 바구니 담아놓고 영월을 향해 절을 올렸다고 한다. 평생 죄스러운 맘을 가심에 담고 살던 왕방연은 유언으로 내가 죽으면 영월 가는 길에 묻어주고 주변에 배낭구를 마이 심어달라고 했단다. 시월이 지나고 그가 키우던 배낭구가 사방으로 퍼지민서 그 일대가 배밭으로 이름이 났고 그중에 먹골(묵동의 옛 이름)에서 재배된 청실배는 맛이 뛰어나 왕실에 진상되었다고 한다.

정답: 그래도 양심 있는 사램이 있어 다행이씨더. 인제 금성대군이 궁금하이더.

오답: 금성대군 이유(錦城大君 李瑜, 1426~1457)는 선조 세종과 소헌왕후 심 씨의 여섯째 아들로 1423년 금성대군에 봉해졌단다. 1436년 세종의 하명으로 태조의 여덟째 아들로서 의안대군 방석의 봉사 손으로 입양되었단다. 단종이 숙부인 세조에게 왕권을 빼앗기고 폐위된 뒤에 순흥부사 이보흠과 유배지 순흥에서 단종 복위 운동을 주도하다가 관노의 밀고로 유배소에서 사약을 마시고 시상을 하직했단다. 금성대군이 다른 곳으로 거처를 옮겨간 후 많은 시월이 흐른 다음 숙종이 왕위를 이어받고 잘못된 역사를 바로잡기에

나섰단다. 억울하게 죽임을 당한 선조들과 의로운 백성을 하나하나 이름을 불러내어 명예를 회복시켜주었단다. 단종이 복권되고 금성대군이 복권되고 어정 배식록에 추배된다. 금성대군이 열두 살 때인 세종 19년(1437) 2월 최사강의 딸과 혼인하여 아들 이맹한을 낳았고 문종 2년(1452)에 단종의 즉위로 형인 수양대군과 함께 즉위한 단종의 부름으로 사정전으로 올라갔단다. 단종으로부터 물품을 하사받고 왕의 좌우에서 충성으로 보필할 것을 다짐했단다. 그러나 수양대군은 왕좌에 앉은 조카를 보필하기는커녕 어린 조카인 단종을 밀어내고 자신이 그 자리에 앉아 나라를 좌지우지하며 제대로 운영해보겠다는 야심을 뱃속에 꿈틀거리민서 싹을 틔우기 시작하다 기필코 왕권을 잡아 자신이 원하는 일의 업적을 많이 쌓고 나라와 백성을 손아귀에 거머쥐고 맴껏 뒤흔들며 권위로 다스리고 싶어 하는 형으로부터 금성대군은 조카인 단종을 보호하려는 맴으로 충직하고 흔들림 없는 성격을 다 발휘했제. 형 세조는 재산과 노비를 모두 몰수하고 그 대신 정신적 고통을 하사한 거제. 형은 가짜 왕이 되고 자신과 조카인 진짜 왕은 유배지에서 죽음을 기다리다 세조 3년 1457년 10월 21일 세조의 명에 따라 사약은 단종 복위의 역모죄를 마싰단다. 서른두 살, 충절을 지키다 한 많은 이승에 혼만 남긴 채 몸은 저쪽 시상으로 날아갔제. 금성대군은 성품이 강직하고 충성심이 절대적이었단다. 아부지 세종과 만형인 문종의 뜻을 잘 받들어 섬기고 어린 단종을 끝까지 지켜주려다가 뜻을 이루지 못하고 순흥에서 최후를 맞은 것이었다. 금성대군은 어린 조카 단종을 지키려다 귀양살이 끝에 충절의 왕족으로 생을 마감하민서도 죽기 전 사약을 받고 임금이 계신 곳을 향해 절을 할 때 '내 임금은 북쪽에 계신다' 하고 한양을 향해 절하는 것을 거부하고 단종이 있는 영월을 향해 절했다고 한다.

정답: 끝까지 충절을 지킨 정의의 사약은 사약이 아이라, 뜨뜻한 보약 한 사발이었겠니더.

오답: 그릏게 역사는 또 핏빛으로 시간을 넘기고 수많은 목심을 지구에서 쓸어버렸제.

정답: 지구에서 씰래나가야 할 목심은 남아서 번듯하고 울울창창 숲을 키우고 지구에 남아 울울창창 숲을 키와야 할 사램은 쓸래나가 뿌래는 오류의 페지씨더.

오답: 그릏다고 볼 수 있제. 그때 불을 지르민서 은행낭구에까지 불을 질렀단다. 사램보다 더 나은 은행낭구에 대해서 말해주마. 단종은 죽어서 태백산 산신령이 되고 금성대군은 소백산 산신령이 되었단다. 은행낭구는 중생대부터 존재했으며, 그 역사가 3억 년이 넘었다고 알래진다. 종류는 단 한

종만이 존재하는 순수성뿐 아이라, 유구한 역사를 자랑한다. 한자로는 열매가 손자 대에 가서 열린다고 공손수(公孫樹)라 부르기도 하고 열매가 살구를 닮고 흰빛을 띤다고 행자목(杏子木)이라고도 하며 은행낭구 잎이 오리발을 닮았다고 해서 압각수(鴨脚樹) 압각자(鴨脚子)로 불리기도 하고 은행알은 백과(百果) 화석낭구라고도 불리며 다양한 이름을 달고 산단다. 화기에 강해 산림 방화목으로 쓰이기도 한단다. 독일에서는 산에 낭구를 심을 때는 산불이 났을 때 불이 번져나가는 것을 막기 위해 일정한 간격으로 심어 산림의 피해를 줄이기도 한단다. 또한, 공자는, 은행낭구는 벌거지도 먹지 않고 부정부패나 옳지 않은 일에 물들지 말고 사악한 맴을 멀리해 악한 일에 물들지 말라는 뜻으로 제자를 가르치는 경내에 은행낭구를 심었다고 한다. 그것이 유래가 되어 공자와 관계된 유학을 가르치거나, 향교나 서원 문묘에도 은행낭구를 심는단다. 또 불교 사찰에서도 수행 정진의 의지를 위해 은행낭구를 많이 심는 것을 볼 수 있다.

정답: 은행낭구는 하늘이 내려준 신목 같니더.

오답: 그래서 관가 뜰에도 은행낭구를 심어 악정을 일삼는 관원들을 응징한다는 상징으로 심기도 한단다. 순흥 은행낭구는 오래 살아온 역사의 증인으로서 순흥의 흥망을 다 지켜본 장본인이란다. 고려 때 여러 왕의 태장지로 바뀐 후

순흥으로 승격되면서 순식간에 흥하는 모습. 또한, 1453년 조카 단종을 몰아내고 권좌를 찬탈한 대군의 동생인, 금성대군이 포승줄에 묶여 유배되어 가시덤불 울창한 곳에 갇히는 모습도 지켜봤단다. 그래고 울매 후엔 금성대군이 단종 복위 운동을 하다가 실패해 반역 죄인이 되고 순흥은 폐부되어 마을이 초토화된 것. 온 고을에 피바램이 불어, 인근에는 사램의 흔적조차 볼 수 없을 정도로 몰락되는 과정을 피를 삼키면서 지켜본 증인이란다.

정답: 금성대군의 단종 복위 운동이 있던 당시에 순흥 고을의 집들을 헐고 불지를 때 관원들은 이 은행낭구에도 불을 질러 태웠다민서 우째 살아 있니껴?

오답: 은행낭구의 가운데 줄기도 타들어가고 시커멓게 탄 몸으로 서 있는데 피바램이 지나간 어느 날 술사가 이 은행낭구 아래를 지나가다가 은행낭구 꼭대기를 쳐다보민서 손으로 쓰다듬으민서 혼잣말로 중얼거리는 걸 이 은행낭구 아래서 마을을 위해 기도하던 할매가 듣고 사램들한테 전했다고 한다. '순흥이 망하믄 이 은행낭구도 죽을 것이고 순흥이 다시 일어나믄 이 은행낭구도 살아날 것이다.' 이 술사가 한 말이 순흥 사램들 사이에서 노래로 불러지며 유행했다 전해지고 있었는데 2백 년이 지나 숙종이 단종을 복위시키고 역적으로 몰렸던 금성대군과 순흥 선비들의 신원도 모두 복권이

되자 금성대군 신단을 세우고 제사를 지내기 시작하민서 죽은 줄 알았던 2백 년이 다시 살아나 파란 새싹을 틔우고 생명 활동을 시작하는 기적이 일어난 것이란다. 마을 사램들은 2백 년을 견뎌낸 은행낭구의 소생에 화답하기 위해 고유제라는 이름을 지어서 동제를 올랜단다. 한을 풀고 마을의 안녕을 지켜달라고 입을 모아 소원을 담는다고 한다.

정답: 지는 이해하니더. 마의태자가 금강산에 들어가민서 지팡이로 사용하던 은행낭구를 용문사(龍門寺)에 꽂아두었더니 은행낭구에서 잎이 났다고 전해지는 걸 봐도 은행낭구가 영물임을 알 수 있니더.

오답: 제법이구나. 순흥 향교 역시 순흥이 단종 복위 운동의 본거지로 지목되민서 순흥이 역적의 마을이 되어 향교가 없어졌다가 다시 부활된 것은 숙종 9년인 1683년에 다시 세워졌다고 한다.

정답: 와! 스승님 은행낭구가 사램보다 더 낫니더.

오답: 그른 셈이제.

정답: 인제 소수서원에 가보고 싶니더.

오답: 그래, 정신 바짝 채리고 따라온나 한눈 팔민 안 갈채줄란다.

정답: 야. 한눈 절대로 안 팔고 잘 들을라니더 스승님 숨소리까지 다 삼킬라니더.

오답: 소수서원(紹修書院)은 조선 중종 37년(1542)에 풍기군수 신

재 주세붕에 의해 우리나라 성리학의 선구자이던 회헌(晦軒) 안향이 어린 시절 공부하던 곳에 사묘를 세우고 그 이듬해 백운동서원을 세웠단다. 주세붕이 풍기군수직을 물러나고 퇴계 이황이 그 직을 물러받아 명종 5년(1550)에 조정에 상소를 올려 소수서원이란 현판을 하사받는다. 현판과 더불어 서적과 노비, 토지를 함께 하사받게 되어 우리나라 최초의 사액 서원이 되었단다. 소수(紹修)란 이미 무너진 유학을 다시 이어 닦게 하라는 뜻으로 대제학 신광한이 이름을 지어 명종이 승낙을 한 것이란다.

정답: 아, 그른 뜻깊은 데였니껴?

오답: 그릏지, 그 당시로써는 획기적인 일이라고 볼 수 있제. 이황 선상이 아니믄 누구도 엄두를 못 낼 일을 한 거였제.

정답: 그야말로 선비정신이 투철한 대학자싰네요.

오답: 한 사램의 남과 다른 정신이 그 나라 전체의 운명을 좌우할 수도 있는 일이제.

정답: 아, 그래서 스승님은 늘, 나 하나만이 아닌, 나 하나만이라도라고 강조하싰군요?

오답: 그릏단다. 나 하나쯤 이러면 어때가 아니라, 나 하나만이라도 이러지 말아야지, 생각한다고 해보자. 이 지구상에 모든 사램이 나 하나만이라도 낭구 한 그루라도 심어보자라고 생각한다믄 이 지구는 모두 푸르게 자랄 것이 아니겠느냐?

그릏지만 반대로 이 지구상에 모든 사램이 나 하나 낭구 한 그루 심는다고 머가 달라져 하고 생각한다믄 아마도 시상은 민둥산맨치 삭막해지지 않겠냐.

정답: 그릏겠니더.

오답: 그래, 이 시상에 아무리 큰일도 조그마한 생각 하나에서 변하고 달라진단다. 아주 사소한 일을 소중히 알아야 큰일도 소중히 다룰 줄 아는 법이제.

정답: 먼 말씸인지 알겠십니더.

오답: 잘 알았으믄 여게까지 진도를 나간 김에 퇴계 이황의 7언 율시 한 수를 보자꾸나.

죽계의 백운동서원(7언 율시) 해석 / 퇴계 이황

소백산 남쪽에 폐허같이 남아 있는 옛 고을 순흥에

죽계수는 시리고 시린 찬 기운 쏟아내고 흰 구름은 겹겹이 층 이루네.

인재를 길러 유도를 높이니 그 공적 참으로 원대하고

사당을 세워 성현을 기림은 일찍이 없던 일 아니랴.

성현의 큰 덕을 경보하며 뛰어난 인재들이 모여들매

학문을 통해 인격을 갈고닦음은 벼슬하기 위함이 아니라네.

옛 어진 이를 뵌 일이 없으나 마음은 오히려 헤아려 볼 수 있으니

달빛이 연못* 속을 비치듯 맑은 정신 차갑기가 얼음이 되려 하네.

* 통일신라 때 세워진 숙수寺가 있던 터의 방지(연못)를 암시함

오답: *퇴계 이황(退溪 李滉, 1501~1570) 본관은 진성이다. 풍기군수 재임 시 애초의 서원 이름인 백운동서원을 소수서원으로 개맹하고 임금으로부터 사액(賜額)을 받아 소수서원이 되게 했단다. 퇴계 선상은 이 소수서원에서 직접 온 힘을 다하여 훌륭한 제자들을 많이 길러냈단다. 안향의 인격과 학풍을 진작시키고 조선의 성리학을 튼실하게 발전시켜 유학의 꽃을 활짝 피웠단다. 그의 안향 선상을 흠모하는 글을 보자꾸나.*

고인도 날 못 보고

나도 고인 뵌 일 없네.

고인을 못 뵈어도

가시던 길 앞에 있네.

가시던 길 앞에 있거늘

아니라고 어쩌리.

– 안향 선생을 흠모하여

정답: 시란 참 좋은 거씨더. 저래 안향 선상의 인품을 기리는 퇴계 이황이니, 안향 선상 인품 또한 대단하싰을 거 이이껴?

오답: 평범한 인물이 우째 역사에 남겠노? 비범한 인물이 아니고서는 어려운 역작을 남기는 건 물론이고 나라를 건질 훌륭한 제자들을 많이 길러내기란 어려운 뱁이제. 우리나라를 위기에서 구한 이순신을 잘 알제?

정답: 스승님도, 이순신 모르는 사램이 있니껴?

오답: 겉핥기로 알지 말고 징비록 같은 역사를 반드시 꼭꼭 씹고 또 씹어 삼켜야 한다. 그 핍박과 시기 질투와 모함 속에서 몇 번의 좌천을 겪으민서도, 누구 하나 원망하지 않고 위기를 기회로 삼고, 오로지 나라를 위한 일심밖에 없었으이, 서예를 할 때도 한 일(一) 자 한 획만 제대로 그을 실력만 제대로 갖춘다면 서도를 반은 통달했다고 할 만큼, 한 맴을 가지기가 어렵다는 교훈을 주는 자제. 그릏게 대단하기 때문에 우리가 처음 서예를 배우러 가믄 한 일(一) 자를 만 번은 쓰고 다른 획을 익히게 한단다. 일심을 먹는 것 또한 그만큼 어렵다는 걸 깨닫게 하고 인간의 기본적인 정신을 알려주는 것이제.

정답: 그래 어려운 속에서 왜군을 무찌르고 나라를 구했다이 모가지가 지절로 꺾이고 무르팍이 지절로 꿇어지니더.

오답: 그릏다믄 잘 생각해보그라. 그른 훌륭한 분이라고 심장이

두 개도 아이고 오장육부가 십장십이부도 아니요. 눈이 네 개, 귀가 다섯 개, 입이 열두 개도 아이다. 오직 변치 않는 나라를 위한 애국심, 나 하나만이래도 나라를 위해 몸을 바치자는 희생정신이 일심이었기 때문이제. 남한테 보여주는 것도 칭찬을 듣는 것도 찬사를 듣는 것도 아무것도 필요 없이 오로지 일심 나라를 구하는 것, 그 핍박과 시기 질투와 모함 속에서 몇 번의 좌천들은 그의 옹골찬 대의 앞에서는 아주 하잘것없는 일들로, 맥도 못 추고 무릎을 꿇고 말았제. 오로지 나라를 위한 일심이 그 많은 일을 줄줄이 무릎 꿇렸던 거야.

정답: 그래서 책, 책, 책을 귀에 따데이가 앉도록 자다가도 벌떡 일어나서 책 읽을 걸 강조하싰니껴?

오답: 이제 쪼금이래도 책에 대한 중요성을 느끼니 다행이구나. 내가 지금 말하려는 것은 그 이순신을 한눈에 알아본 사램이 바로 서애 류성룡이란 것을 말하기 위해서다. 서애 류성룡은 퇴계 이황의 수제자였고 그룹게 훌륭한 스승 밑에서는 늘 훌륭한 제자가 나오는 뱁이제. 결국, 이황이 류성룡의 안목을 키워놓지 못했더라믄 나라의 운명도 보장받지 못했을 거란 말이다.

정답: 그릏겠니더. 갑재기 아득한 현기증이 일나니더. 이순신이 그른 훌륭한 경지에 도달한 사램이 아니었음 우리나라가

우째 됐을니껴?

오답: *그래, 그래서 우리가 펑생을 두고 겪은 일의 수천 배의 일들을 선조들이 조목조목 우리 후손을 위해 기록해놓은 것이 책이란다. 그 책들을 읽고 공부해서 나라를 반석 위에 올려놓아 다음 세대에게 대물림해야 한다는 교훈서며 지침서고 경전이제.*

정답: *야, 돌머리를 깨주시서 고맙십니더.*

오답: *죽계사 3장을 한번 깊이 새기보그라.*

죽계사 3장

동쪽에 죽계수 서쪽에 소백산 그 사이에 공을 모신 사당
백운이 가득 찬 골짜기에 앞길이 희미하네.
시냇물에는 고기 놀고 산에는 잣나무
여기는 공이 놀던 옛터인데 어이하여 돌아오지 않으시나.
돌아와주오 돌아와주오 나를 슬프잖게
서쪽에는 소백산 동쪽에는 죽계수 산 위에는 구름
강물에는 달빛 고금에 변함없네.
공이 오실 적에는 옥규를 타고,
더러는 난조를 타고
나의 술잔을 드시고 나의 정성에 흠향하시어

기쁨을 다하소서.

공이 옛적 낳기 전에 유도가 어두웠고

윤리가 땅에 떨어져 구름 연기에 싸인 황혼이었네

공이 나신 후로 삼한이 일신되어

푸른 하늘 태양처럼 의리의 도가 높여졌네.

훤출한 사당에 공의 영정 봉안되니

죽계수는 더욱 맑고 소백산은 더욱 높아.

해를 먹은 섬

14

정답: 선비의 삶도 녹록지 않니더.

오답: 그릏제, 그 나라의 흥망성쇠가 선비들의 머릿속에 들어 있다고 해도 과언이 아이제. 잘 듣그라. 실제 사건 하나 예를 들어주마.

정답: 야, 두 눈 부릅뜨고 귀 달팽이 안테나까지 세우고 듣겠십니더.

오답: 그래, 우리 역사에서 가장 수치스런 일 중 하나가 일본 무뢰배한테 명성황후가 시해된 일이제. 그가 시해되던 날 일본공사 미우라에게 길을 안내한 사램이 누군 동 아나?

정답: 그걸 지가 우째 아니껴?

오답: 이눔아 책 쫌 읽그라. 그 사램은 다름 아닌 조선인 우범선이었단다. 그는 당시 별기군 대대장이었는데 황궁을 지켜

야 하는 사램이 오히려 적의 앞잡이 노릇을 한 매국노가 되었제.

정답: 매쳐도 단디이 매쳤니더. 우째 인간의 탈을 쓰고 그랠 수 있니껴?

오답: 그야말로 정신이 돌지 않고 우째 그런 짓을 하겠노?

정답: 그래서 붙잡히서 처형됐니껴?

오답: 아이다. 그는 형벌이 두려워서 일본으로 망명했제.

정답: 그른 눔은 우리나라에 살 자격이 없니더.

오답: 그래 일본으로 건너가 일본 여자와 결혼을 하고 아들을 낳았단다. 그릏제만 우범선은 아들이 여섯 살 되던 해 조선인 자객에게 피살당했단다.

정답: 잘됐니더. 그릏제만 여섯 살은 불쌍하이더. 아부지도 없이 커야 되잖니껴?

오답: 그래, 그 아들 얘기를 할라 그래이 조용히 쫌 듣그라.

정답: 야, 잘못했니더. 너무 화가 나서 고만, 얼릉 그 아들 얘기 해주소.

오답: 어린 나이에 아부지를 잃은 아들은 고된 생활 속에서도 일본인 엄마의 헌신적인 노력으로 대핵을 졸업하고 농림성에 취직을 했단다. 그릏제만 창씨개명과 일본 국적 취득을 반대하다가 결국 사표를 내고 도키이 종묘 회사 농장장으로 직장을 옮기 갔단다. 해방 뒤 일본에서 채소나 과일의 종

자를 수입했던 우리나라는 우범선의 아들이 육종학(종자 개발) 전문가임을 알고 그의 귀국을 적극적으로 추진했고 그는 어머니와 자식과 생이별하고 홀로 귀국해 한국 농업과학 연구소 소장에 취임한다. 그 후 그는 제주도 감귤, 강원도 감자, 병충해에 강한 무와 배추의 종자를 개발해 한국 농업의 근대화에 커다란 업적을 남겼단다. 그의 업적을 인정해 정부에서 농림부장관직을 제안했으나 거절하고 종자 개발에만 열중하며 헌신했단다. 우리나라의 농업 근대화에 뛰어난 공적을 인정받은 그는 1959년 대한민국 문화포장을 받았단다. 그 사람은 다름 아닌 씨 없는 수박으로 유명한 우상춘 박사란다.

정답: 아부지의 삶과 극명하게 대비되는 역사적 아이러니씨더.

오답: 그래이 시상 모든 일에는 정답도 오답도 없는 일이란다.

정답: 진짜 그릏네요. 스승님 주세붕이 누구이껴? 주세붕에 대해 쫌 말씸해주소.

오답: 아참, 주세붕에 대해 말 안 해줬구나. 경남 함안군 칠원(漆原)면 출생으로 1522년(중종 17) 생원 때 별시문과(別試文科) 을과에 급제한 뒤 정자(正字)가 되고 검열(檢閱)·부수찬(副修撰)을 역임하다 김안로(金安老) 배척을 받고 강원도도사(江原道都事)로 좌천됐단다. 순흥 향교가 폐쇄됨에 따라 안향 선생의 영정은 서울의 순흥 안 씨 대종가에서 모시고

가서 봉안되고 주세붕 선생 영정이 순흥부 향교에 봉안되었는데, 정축(丁丑, 세조 3)의 변고로 순흥부가 없어지자 한 성의 대종가로 옮겨 봉안하였단다. 주세붕 선생은 후덕한 목민관으로 백성을 위하는 맴도 유명하단다. 당시 백성이 나라에 바치는 산삼 때문에 온 고을에 근심 싹이 자라 무성함을 알고 그 어려움에서 벗어나게 하는 길이 무엇인지 밤을 지새민서 고민과 연구를 한 끝에 좋은 생각을 낳는다. 그 당시 풍기 산삼이 약효가 뛰어나고 몸에 좋다고 알려져 여기 사람들은 산에 가서 그 산삼을 캐느라 고상이 말이 아이였단다. 그 고통을 알고 고심을 한 끝에 태어난 생각은 소백산에서 산삼 종자를 채취하여 인공 재배를 장려하는 것이었단다. 백성의 근심을 덜어주기 위한 궁여지책으로 풍기 땅에 인삼을 재배하게 했단다. 이 재배 삼은 성공을 거두었단다. 토질이 기름지고 바람과 햇살이 골고루 뿌레지는 천혜의 땅 풍기는 인삼을 재배하기에 알맞은 토양이란 걸 밝힌 셈이제. 풍기 인삼 재배의 성공은 이 고장 주민들의 생활을 풍족하게 해주는 밑거름이 되었단다. 훗날, 주세붕 선생의 선정(善政)을 기리고자 관아 앞에(현 풍기읍사무소)는 보기 드물게 선정비를 세웠단다. 주세붕 선상은 문장에도 뛰어나 '시가(詩歌)' '도동곡(道東曲)' '태평곡(太平曲)' '죽계지(竹溪誌)' '무릉잡고(武陵雜稿)' 등 주옥같은

글을 많이 남겼단다.

정답: *저 기라성 같은 분들이 순흥을 키워서 맹글었는 거나 마 찬가지씨더.*

오답: *선비라고 다 선비는 아이다. 선비다운 기개와 청렴한 정신과 국민을 위하는 맴 3합이 딱 맞아야만 선비라고 이름을 붙여줘도 부끄릅지 않제. 가짜가 아이란 말이다. 말만 선비고 행동은 선비가 아니믄 가짜제. 하긴, 가짜가 늘 진짜보다 더 화려하고 진짜보다 더 진짜같이 보이는 게 문제제. 다음 소수서원에서 빼놓을 수 없는 우리 문학사에 중요한 또 하나가 있제. 바로 안축의 죽계별곡이다.*

죽계별곡(竹契別曲) / 안축

죽령 남쪽, 안동 북쪽, 소백산 앞의

천 년의 흥망 속에도 풍류가 한결같은 순흥 성안에

다른 곳 아닌 취화봉에 임금의 태를 묻었네.

아, 이 고을을 중흥시킨 모습 그 어떠합니까.

청렴한 정사를 베풀어 두 나라(고려와 원나라)의 관직을 맡았네.

아, 소백산 높고 죽계수 맑은 풍경 그 어떠합니까.

숙수사의 누각, 복전사의 누대, 승림사의 정자
초암동, 욱금계, 취원루 위에서
반쯤은 취하고 반쯤은 깨어, 붉고 하얀 꽃 피는, 비 내리는 산속을
아, 흥이 나서 노니는 모습 그 어떠합니까.
풍류로운 술꾼들 떼를 지어서
아, 손잡고 노니는 모습 그 어떠합니까.

눈부신 봉황이 나는 듯, 옥룡이 서리어 있는 듯, 푸른 산 소나무 숲
지필봉(영귀산), 연묵지를 모두 갖춘 향교
육경에 마음 담고, 천고를 궁구하는 공자의 제자들
아, 봄에 읊고 여름에 가락 타는 모습 그 어떠합니까.
매년 3월 긴 공부 시작할 때
아, 떠들썩하게 새 벗 맞는 모습 그 어떠합니까.

초산효, 소운영이 한창인 계절
꽃은 난만하게 그대 위해 피었고, 버드나무 골짜기에 우거졌는데
홀로 난간에 기대어 님 오시기 기다리면, 갓 나온 꾀꼬리 노래부르고
아, 한 떨기 꽃 그림자 드리워졌네
아름다운 꽃들 조금씩 붉어질 때면

아, 천 리 밖의 님 생각 어찌하면 좋으리오.

붉은 살구꽃 어지러이 날리고, 향긋한 풀 우거질 땐 술잔을 기울이고

녹음 무성하고, 화려한 누각 고요하면 거문고 위로 부는 여름의 훈풍

노란 국화 빨간 단풍이 온 산을 수놓은 듯하고, 기러기 날아간 뒤에

아, 눈빛 달빛 어우러지는 모습 그 어떠합니까.

좋은 세상에 길이 태평을 누리면서 오래도록 태평을 누리면서

아, 사철을 즐기는 이 아름다운 고을이여.

정답: *안축도 대단한 사램이씨더.*

오답: *내가 읽고 해석한 것을 상세히 들여다보거라. 더 자세한 해설을 할 수 있겠느냐?*

정답: *안축은 죽령의 남쪽과 안동의 북쪽 그래고 소백산 우에 산정기가 구름맨치 몰레 있는 걸 보민서 천 년을 두고 고려가 홍하든지 신라가 망하든지 한결같은 풍류를 즐게는 순정은 꽂으로 꽂으로 피어나고 어데서도 찾아볼 수 없는 취화맨치 우뚝 솟은 봉우리를 노래했니더. 왕의 안태가 된*

그 기세등등 솟은 소백산 품을 노래했고 이 고을을 중흥하게끔 맹글어준 그 자랑스런 심이야말로 그 광경이야말로 장관이 아이냐고 말로는 표현이 불가능하다는 말을 하고 있니더. 청백 기풍을 지낸 높은 집에 물 맑고 산 높은 이 광경이야말로 우째 다 말로 하냐고 외치고 있잖니껴?

오답: 글 맥을 잘 읽고 해석했구나. 그릏제만 보이는 것만 해석하믄 좁은 경지가 되니까 쫌 더 폭넓고 반대적인 시선으로 보는 것도 중요하제. 그름 2장을 보자. 숙수사의 누각과 복전사의 누대 그래고 승림사의 정자, 소백산 안 초암동의 초암사와 욱금계의 비로전 그래고 부석사의 취원루 뜰에서 술이 반쯤은 자기 몸속에 들어오고 반쯤은 아직 잔 속에서 출렁이는데, 산들은 붉고 흰 꽃을 피우고 있고 꽃을 낳고 있는 산속에 비가 내려와 산파를 하고 있는 아! 절정이 뛰어노는 광경, 그것이야말로 우뚱냐고 묻고 습욱의 고양지는 술꾼들을 초대하고 삼천 객은 춘신굴의 구슬 신발을 신고 달려와 아! 의좋음은 서로 손을 잡고 지내는 광경, 그것이야말로 말이 필요 없다고 찬탄을 금하지 못하제. 3장은 산세에서 채봉이 날아오르고 옥룡이 빙빙 돌아 지세를 만들고 산기슭은 푸른 소낭구 우거진 향을 안고 지필봉(영귀봉) 품에는 향교가 앉았고 그 앞에 연묵지 문방사우는 향교 안에 앉았고 육경은 항상 맴과 뜻을 스며들게 하고,

그들 뜻은 제자들에게 달려와 안기는 천고 성현의 궁구하며 아! 가악의 편장은 봄을 읊고 시장을 음절에 맞추어 타는 여름 광경, 그것이야말로 절창이제. 긴 노정은 해마다 삼월을 불러온다는 말도 일반 사램이라믄 오믄 오고 가믄 가고 무심히 넘길 당연히 넘길 일을 그 노정을 해마다 삼월을 불러온다는 말로 많은 생각을 하게 하는 대목을 보믄 같은 것을 보고도 못 보는 사램이 있고 저룹게 찬탄으로 글을 남게는 사램이 있으이 아는 만큼 보고 보이는 만큼 생을 고급지게 엮어가는 기다. 4장에서 좋은 시절은 동산 후원에서 초산효와 소운영이라는 기녀들이 노닐던 때 꽃은 만발하는데, 그늘진 골짜기가 그대 위해 훤히 트인 버드낭구에게로 바삐 거듭 오길 기다리며 난간에 홀로 기대어, 하고 쓸쓸함의 이미지로 그래고 새로 나온 울음 속에서 꾀꼴새가 날아 나오니 울매나 외로워 보이노. 아! 검은 머릿결 한 떨기 꽃이 되어 구름을 흘려보내는데 둥실둥실 흘러가는 소도홍(小桃紅) 맴이 천하절색인 때쯤 아! 그리움은 천 리 먼 곳에서 달려오고 그리워함이 서로 왔다 갔다 왕래함을 우째하겠냐고 한탄하고 또, 5장에서 붉은 살구꽃은 어지러이 날리고 푸른 풀은 향긋한데 긴 봄날 하루 놀이가 술동이를 부르네. 이리 풍류를 즐기민서 시를 논할 때가 우째믄 태평 시월이어서제. 우거진 낭구는 푸르름을 내뿜고 깊고 그윽한 다락에 단청을 올린 아름답기 그지없는데 불어오는 여름 훈풍이 거문고를 탄다고 읊으이 참말로 여유로움을 느낄 수 있제. 청산을 비단처럼 수놓는 노란 국화와 빨간 단풍 말간 가을밤 하늘 위로 기러기를 날린다는 말은 세월이 쏜살같이 달려가는 아쉬움에 모든 것이 더욱 아름답게 보일 수 있다는 말이고, 아! 달빛 눈 위로 휘영청 어리비치는 눈 그것이야말로 우뚫습니까? 하고 묻는 말은 이래도 좋고 저래도 좋은 태평 시대가 중흥하니 아! 사철이 즐거이 놉니다그려. 외로운 자들일수록 소리에 민감한 뱁이라 우째믄 더 외로운 시절이었는지도 모른다.

정답: 참말로 풍요롭고 여유로운 시절 같은데 스승님 해석의 그 말씸도 맞는 것 같니더. 인제 쪼매만 생각을 옮게도 보이는 각도가 달라짐을 알 것 같니더.

오답: 그래, 너무 찬란해서 슬픈 빛이 나는 주재들이 장마다 잘 들어 있구나. 1장은 죽계의 아름다운 위치와 경관이 2장은 누대 정자 위에서 풍류를 즐기는 모습이 3장은 향교에서 공자(孔子)를 따르는 사램들이 봄에는 경서를 외고 글 향에 취하고 여름에는 현(絃)을 뜯으민서 풍류를 즐기는 모습이 4장은 천 리 백에서 그리운 이들을 그리워하는 모습이 5장은 성대(聖代)를 중흥하여 태평성대를 길이 즐기고자 하는 염원을 각각 노래함으로써, 고려 신흥 사대부의 의욕에

넘치는 싱싱한 젊음과 생활 속의 감정을 잘 나타내고 있는 글이다.

정답: 예나 시방이나 풍류를 즐기는 건 빈함이 없니더.

오답: 그릏제, 조금씩 생활이 진화하민서 다른 모습으로 쪼매씩 달라질 뿐이제 근본적인 것들은 빈하지 않제.

정답: 그른 모양이씨더.

오답: 다음은 손홍 고을이 그 후로 우째 빈했는지 마을로 발걸음을 옮기자. 그간 순홍에 대한 이야기를 들었제만 하도 중요한 일이라 요약하믄 이릏다. 한강 이남 으뜸의 몸매와 성품을 자랑하는 도시 순흥 도호부, 고려 말 조선 초까지 영화의 깃발이 하늘로 높다랗게 펄럭있단다. 산정기가 산봉우리마다 우람하게 묻힌 땅. 어린 조카를 밀어내고 왕권을 빼앗은 불의와 파렴치에 분노가 소백산 국망봉보다 높게 쌓이서 국망봉 분노가 산불맨치 타올라 순흥 사램들한테 귓속말로 잇고 이어가 목을 찢으민서 터져 나온 울분을 심심산골에 묻고 또 묻었단다. 저 영월 청령포에 홀로 어둠으로 갇힌 단종을 살려내기 위해 소백산 정기를 뽑아 들고 그 복위, 제자리를 찾아주기 위해 부르짖다가 한 여인의 어리석은 사랑인, 짝사랑 원한이 덤벼들어 대사를 그르치고 말아 피는 입으로 흐르고 목으로 흐르고 결국은 한 방울도 몸속에 남지 않고 주인을 내뿌래고 흘러내렸단다. 피가

다 흘러나온 피의 집 몸뚱이들은 제멋대로 나뒹굴고 역적으로 내몰린 금성대군 형님 세조의 칼, 칼, 칼, 칼보다 더 시퍼렇게 날 선 무서운 권력욕은 동상의 목심줄을 베어버리고 피를 모두 쏟아버렸단다. 죄 없는 순흥 고을조차 검은 땅으로 초토화되고 모반의 피바램이 불어 소백 자락은 핏빛으로 물들고 의로 솟구친 핏물들은 죽계 이십 리를 붉게 붉게 붉은 울음을 울며 흘러내리면서 몸서리쳐 피비린내로 순흥 고을 덮으면서 구불구불 울다 슬피슬피 울다 멈춘 곳, 그 이름도 피끝 마을이 되었단다. 살아남은 자는 잎새 떠난 낭구맨치 붉은 시간을 물고 견디며 버텨야 했단다. 인적 드문 버림받은 땅, 다시는 봄이 안 올 것 같은 황무지가 되어 쓸쓸하게 누워 있었단다. 그러나 소백의 굳은 기상은 국망봉 높은 곳에서 다시 정기를 뿜어내며 봄바램을 피워내 황무지에 꽃이 피고 벌 나비가 날고 지렁이가 꿈틀꿈틀 기지개를 켜고 땅이 숨을 쉬기 시작했단다. 욕심이란 이름으로 갈기갈기 찢어져 펄럭이던 역사는 조금씩 제자리를 찾아 모두 제자리로 한 걸음 두 걸음 걸음마를 시작해 제자리로 돌아가 단종도 금성대군도 순흥의 선비들도 아물지 않은 상처로 가심과 정신은 만신창이가 되었제만, 상처에 세월이 연고를 발라 핏물을 씻어내고 다시 일어나믄 반드시 흉터는 아물고 새살이 돋아나리라 굳게 믿었단다. 금성대군은 죽어서 소백산 산신령이 되었고 단종은 죽어 태백산 산신령이 되어 소백산과 태백산을 호령하고 단종을 호위하며 영주 고을을 지키서 위풍당당 대접을 받으며 죽어서 영원히 백성들의 가심 속으로 들어가 함께 살아가고 있단다. 믿는다, 믿는다, 믿는다, 입을 모아 45도 각도로 고개를 숙있단다. 정축지변으로 순흥 도호부(현재 영주·단양·영월·태백·삼척·봉화·울진·예천·안동)는 폐부되었단다. 모반의 땅으로 낙인찍혀 버림을 받았단다. 땅이 먼 죄가 있나. 인간의 잘못에 짓밟힌 땅들이 수난을 겪어야 했단다. 칼바램은 사정없이 몰아쳐 핏물을 뒤집어쓰고, 피의 어머니인 주검을 그러안고 숨도 지대로 못 쉬고 헐떡이는 땅이 되었었단다.

정답: 소름이 소소소소 름름름름 돋니더. 참말 피비린내 나는 역사씨더.

오답: 말로만 들어도 그른데 그때 실제 상황은 어땠다고 누가 감히 짐작하겠노? 그 피의 역사를 이해하기는 불가능하제.

정답: 참말로 그래서 그 입장이 되어보기 전에는 우뜬 말도 함부로 해서는 안 된다고 하신 말씸이 맞니더.

오답: 그릏제, 자신이 그 입장이 아니고는 그 심정을 이해한다는 건 추측일 뿐이제. 이를테믄 다 이해한다든가 그른 말은 있을 수도 없는 일이제.

정답: 그릏겠니더.

오답: 뱁에는 눈물이 없제만 역사에는 눈물과 핏물이 섞여 있는 뱁이다. 그 무시무시한 단복 사건도 한 세기 지나 두 세기, 순흥 도호부가 잃어버린 영화의 시대 그때 명예를 다시 찾은 건 2백 년이란 긴 세월이 필요했단다. 숙종은 오욕의 역사 바로 세우기에 팔을 걷어붙있고 대신들은 임금의 명을 받들어 쇳덩어리 같은 누명에 억울하게 죽임을 당한 원혼들을 불러 위무해주어 이윽고 캄캄한 땅속에서 더 자라지도 못하고 숨도 못 쉬고 있던 어린 단종이 무덤에서 벌떡 일어나 흙을 털어내며 숨을 쉬고 복위되고 단종을 복위시키려다 숱한 애를 쓰고 역적으로 내몰려 육신을 버려야만 했던 유배자 금성대군과 대쪽 같은 곧은 절개를 가진 순흥의 선비들이 모두 다 복권되어 모두 무덤에서 걸어 나와 한을 씻고 피로 얼룩진 몸들도 모두 깨끗이 씻어냈단다. 입이 있어도 그동안 말문을 닫아야만 했던, 모진 고문 속에서 살아가던 죄 없는 순흥 사램들 참혹한 상흔을 몸속에 지니고 살아 속이 다 뭉그러져버린 순흥 사램들은 조금씩 숨을 쉬기 시작하고 소백의 곧은 정기 받아, 목에 칼이 들어와도 아닌 것을 아이라 하고 흰 것을 검은 것이라고 말하지 않고 검은 것을 흰색이라고 하지 않는 순흥 사램들 바른말을 고집하고, 바른말만 듣고, 바보스럽도록 우직한

순흥 사람들은 또다시 정신을 바로잡고 힘을 모아 당을 지어 제사도 올리며 우리 산신령님! 우리 금성대군님! 태백산 산신령으로 우리를 지키주신다고 순흥 사람들은 슬플 때나 기쁠 때나 합창을 했단다. 두레골에도 금성대군의 신당이 있어 곳곳서 굿을 하거나, 점을 칠 때 무당들은 꼭 금성대군을 찾았단다. 지나간 오욕의 시간 그 숱한 피와 눈물이 서려 있는 역사의 땅을 경험한 순흥 사람들은 뜻을 한데로 모았단다. 대의를 위하여 이런저런 계산도 없이 목심을 던진 강골, 그 충정의 사표인 금성대군의 혼백을 위로하기 위하여 해마다 정월 보름날이믄 모두 맴을 깨끗이 씻고 정갈한 제사를 지냈단다. 죽음을 한 치 흐트러지지 않게 오롯이 맞이한 숭고한 정신에 감읍하여 이곳 순흥 사람들은 엎드려 절하고 또 절하고 있단다. 금성대군의 신당은 영험하다 소문이 온 고을에 번져 눈치와 재치와 순발력이 남달리 발달한 무속인들의 발길이 계절을 밟으며 분주하게 드나들고 있단다. 무속인들이 찾아와 산신령 금성대군의 영험한 기운을 받으러 제물을 바치며 빌어서 영험함을 바리바리 싸 들고 돌아가는 곳이 되었단다. 금성대군의 충절에 고개 숙이고 무릎 꿇고 앉아 두 손 가지런히 모으며 제물로 가축을 잡아 신당에 올리는 무속인. 정월 대보름 제사가 대대로 이어지는 까닭은 영험하다는 소문이 무속인의 입에서 입으로 전해진 까닭이란다. 금성대군의 충절이 영험함을 만들어내고도 남음이 있으리란 믿음이 확신으로 굳어지면서 무속인들의 소원까지 들어주는 금성대군. 소수서원 부근 마을에 금성대군을 추모하는 제단 신단이 있고 그 신단을 지켜보는 슬픈 눈을 하고 서 있는 은행낭구가 있다. 고난의 현장을 증거하는 1천 2백 년을 살고 있는 은행낭구가 핏발 선 그때 역사를 글썽이며 안죽도 지워지지 않은 지독한 악취를 동글동글 익혀서 뚝뚝 땅바닥으로 떨궈내고 있단다. 은행낭구는 그때 비극의 현장을 바라보면서 입맛을 잃어 통통 굶는 바람에 속이 텅 비어 몸이 수척하고 창백한 얼굴은 절반은 죽어 있었단다. 순흥의 피가 낭구의 주름으로 껍질로 굳어 있다. 정축지변으로 3도 화상을 입고 은행낭구는 사경을 헤매다 용케 살아남았단다. 2백 년이나 잎새를 피우지 않았던 은행낭구와 선비들이 숙종의 은덕에 힘입어 역사의 의인으로 명예회복 복권이 되어서야 생기를 입고 어린 생명 잎을 가지마다 초로롱 파르릉 초로롱 파르릉 매달기 시작한 것이란다. 곡선을 모르는 직선의 선비정신이 굳은 기상으로 일어나는 소백의 고장 노랠 파릇파릇 흥얼거리고 있단다. 신기한 은행낭구 압각수(鴨脚樹)는 지끔도 금성단을 바라보며 묵묵히 서서 금성대군이 외로우면 노래를 불러주고 있단다.

정답: 역사는 늘 은행낭구맨치 꼿꼿해야 하겠니더.

오답: 그랬으믄 오죽이나 좋겠나?

정답: 이 질지도 않은 시월에 이래도 뒤적일 일이 많은데, 참말로 삶이란 한 치 앞도 내다볼 수 없는 일촉즉발에 실탄을 장전한 삶 같니더. 여인 하나가 늘, 역사엔 여자 땜시 정사를 그르치는 일이 무지 많은 거 같니더.

오답: 늘 전쟁이나 큰일 뒤엔 여자가 관여되어 있제. 그릏제만 우째노. 우리 남자 역시 어머이 가랭이 밑으로 나온걸.

정답: 야, 스승님이 정답이씨더.

오답: 예끼 이눔! 스승을 가지고 놀아라. 아참 내가 니 장난감이 되어주고 있는 걸 잊어뿌랬구나. 그래 재밌게 가지고 놀다 제자리에 두그라. 다음에 또 다른 글밭에 추수하로 안향 선생을 뵈로 앞장설 테니 잘 보고 따르그라. 안향의 호는 회헌(晦軒)이고 시호는 문성공이다. 본관은 경상북도 순흥이고 안향(1243~1307)은 중국의 주자학(朱子學)을 이 땅에 최초로 보급하여 유교의 토대를 이루었단다. 안향은 1260년에 과거에 급제하여 개성에서 관직을 시작한 때 나이가 열일곱이었단다. 그 후 예순넷으로 생을 마감할 때까지 도첨의 중찬 등 요직을 두루 거친 명관(名官)이었단다. 고려 후기는 불교의 폐해와 무인의 장기집권 그리고 몽고 침입과 홍건적 난 등으로 국운이 기울어지는 쇠퇴기에 안향은

중국 원나라에서 주자학을 도입했단다. 새로 도입하는 신학풍으로 어지럽기 그지없는 통치기반을 안정시키기 위해 심혈을 기울였단다. 주자학을 수양과 치세의 원리로 삼은 성리학자들을 중심으로 조선을 바르게 세우게 되고 성리학을 통치이념으로 삼게 된 연고로 안향은 민족의 스승으로 동방 도학(道學)의 비조로서 만인의 추앙을 받았단다. 1917년 중국 공자의 77대손인 공덕성이 안향을 안자(安子)로 높여 찬양했단다. 명실공히 안향을 공자의 후예로부터 주자학의 적통으로 그 권위를 인정받아 공자와 주자의 계보를 이음에 모자람이 없는 분이었단다.

6권으로 계속